Sieben, acht ... blutig ist die Winternacht
Thriller

ANDREA REINHARDT

Verlag:
Zeilenfluss
Implerstraße 24
81371 München
Deutschland

Text: Andrea Reinhardt
Cover: MT-Design
Korrektorat: Dr. Andreas Fischer
Lektorat: Luise Deckert
Satz: Zeilenfluss

ISBN: 978-3-96714-392-8

Sieben, acht … blutig ist die Winternacht

Thriller

ANDREA REINHARDT

Für meine Leser:innen
...ohne die es Andrea Reinhardt nicht gäbe.

1

24. DEZEMBER 2006

ICH SAß in meinem Zimmer und sog den Geruch der frischgebackenen Plätzchen ein. Es erinnerte mich an den letzten Schultag, weil meine Lieblingslehrerin Frau Rommert den Schülern Kekse mitgebracht hatte. Und bei dem Gedanken an diesen Tag musste ich fast weinen. Alle Kinder freuten sich auf die Ferien, ich aber wäre gern bei meiner Lehrerin in der Schule, anstatt bei Papa. Sie behandelte mich seit Mamas Tod immer gut. Manchmal nahm sie mich in den Arm und sagte, dass es in Ordnung sei, wenn ich weinen musste.

Bei Papa war das nicht so. Der schimpfte mich aus und nannte mich ›Heulsuse‹ oder ›Waschlappen‹.

Weihnachten mit Frau Rommert wäre so viel schöner. Ich würde lieber mit ihr lachen, statt bei Papa zu sein, der immer voller Wut war.

Das Fest letztes Jahr war grausam gewesen. Papa hatte nach Mamas Tod eine neue Frau gefunden und sie wenige Tage vor Heiligabend mitgebracht. Aber diese Frau war am vierundzwanzigsten Zwölften gestorben, nachdem Papa sehr böse auf sie geworden war.

Mich schüttelte es, denn ich konnte ihre Schreie noch

immer hören. Sie waren so schrill und schmerzerfüllt gewesen, dass sie meine Seele zerbrochen hatten und ich sie nie wieder vergessen konnte. Sie verfolgten mich jede Nacht.

Mama und diese Frau waren an einem Heiligen Abend in unserem Haus gestorben, deshalb hatte ich Angst vor Weihnachten. Am liebsten hätte ich das Frau Rommert erzählt, aber das durfte ich nicht, weil Papa mich sonst in der Luft zerfetzen würde.

Ein neuer Duft nach Zimt und Teig strömte in mein Zimmer, und mir lief das Wasser im Mund zusammen.

Vorsichtig schlich ich in die Küche und hoffte, dass ich ein wenig von dem rohen Teig probieren durfte. Mama hatte es mir immer erlaubt. Ich mochte den am liebsten, wenn er noch nicht gebacken war. Ich brauchte auch nicht die ganzen bunten Streusel darauf.

Aufgeregt beobachtete ich Mara, die Papa in diesem Jahr geholt hatte. Sie stand an der Arbeitsplatte und rührte in einer großen Schüssel. Auf dem Tisch lag ein Backblech, auf dem die ausgestochenen Plätzchen in Herz- und Sternform nebeneinander aufgereiht waren.

»Hallo Mara«, flüsterte ich, weil ich etwas Angst hatte, wie die Frau war. Ich hatte noch nicht so viel mit ihr gesprochen, weil sie erst zwei Tage bei uns war und ich die meiste Zeit im Zimmer bleiben musste.

Sie schaute mich an, ihre Augen waren rot. Hatte sie etwa geweint? »Du sollst mich nicht Mara nennen. Du weißt, dass dein Vater dann sauer wird.«

Ich senkte beschämt den Kopf. »Entschuldigung.«

Ich wollte sie nicht ›Mama‹ rufen, denn sie war nicht meine Mutter. Aber Papa zwang mich dazu. Er wollte unbedingt, dass wir endlich wieder eine glückliche Familie wurden.

Mara streichelte mir über den Kopf. »Ich verstehe,

dass es für dich nicht so einfach ist. Das ist es für mich auch nicht. Aber wir wollen deinen Vater nicht wütend machen, oder?«

Schnell' schüttelte ich den Kopf, dabei tropfte eine Träne auf den Boden. Mara hatte ein blaues Auge vom Vortag, als sie versucht hatte, Papa zu verlassen, und er sie in seiner Rage verprügelt hatte. Nein, ich wollte auf gar keinen Fall meinen Vater verärgern.

In diesem Moment verspürte ich den Drang, mich in ihre Arme zu schmiegen und darin zu verstecken, so wie bei Frau Rommert. Mara wirkte auch so nett, und ein bisschen sah sie sogar wie meine Lehrerin aus.

»Möchtest du von dem Teig probieren?«, fragte sie mich und wischte mir die Tränen vom Gesicht.

Ich grinste. »Oh ja, bei Mama durfte ich das auch immer.«

»Sie ist jetzt nicht mehr deine Mutter«, dröhnte die tiefe Stimme meines Vaters hinter mir. Sie lag wie eine Drohung über mir.

Ich zuckte zusammen. Starrte Mara entsetzt an, die ihre Augen aufgerissen hatte.

»Er weiß das«, sagte sie hastig.

Ich griff nach ihrer Hand und stellte mich ein Stück hinter sie.

Mara zitterte und drückte ihre Hand so fest zu, dass ich das Gefühl hatte, sie würde meine Knochen brechen.

»Anstatt hier herumzulungern, solltest du fertig werden. Ich verlange Punkt achtzehn Uhr mein verdientes Festmahl. Heute Kassler mit Sauerkraut, einmal gebraten und einmal gekocht. Dazu Kartoffelbrei. Morgen eine Pute, gefüllt mit einer Hackfleisch-Maronen-Mischung, Klöße und Rotkohl. Und am zweiten Feiertag möchte ich Roastbeef mit Remoulade und Bratkartoffeln.«

»Aber ich habe kein Roastbeef, du hast mir keins mitgebracht.«

Mein Vater schaute Mara mit diesem Blick an, der mich sehr nervös machte. Ich wusste, dass nicht mehr viel fehlte, bis er ausrasten würde. »Muss ich mich um alles kümmern? Ich schufte den ganzen Tag da draußen, halte unseren Garten sauber, ernte Gemüse, und du sollst mir bloß mein Essen kochen und auf das Balg aufpassen.«

Mara schluchzte.

»Ich bin nicht freiwillig hier«, plärrte sie plötzlich los.

Ich hielt die Luft an, starrte meinen Vater an. *Bitte, bitte nicht.*

Dieser machte einen Satz auf Mara zu, stellte sich ganz nah an sie heran. Seine Halsschlagader war hervorgetreten. »Du bist jetzt meine Frau und seine Mutter.« Er zeigte auf mich. »Und du machst, was ich dir sage. Ich will am zweiten Feiertag Roastbeef. Hast du das verstanden?«

»Wo soll ich das denn holen? Dann musst du mich zum Einkaufen fahren lassen.«

Papa lachte laut auf. »Na klar, damit du postwendend zur Polizei rennst und mich verrätst.«

»Dann kann ich es dir nicht zubereiten.«

Papa schnaufte, sein Brustkorb hob sich ganz doll. Dann packte seine große Hand Maras Hals.

»Aufhören, Papa!«, schrie ich entsetzt.

»Halt deinen vorlauten Mund«, erwiderte er mir. Dann drückte er Mara gegen die Wand.

Sie ruderte mit den Armen, ihr Gesicht war knallrot.

»Bitte, Papa, lass das. Ich habe Angst«, flüsterte ich, weil ich mich nicht traute, lauter zu sprechen.

Mein Vater holte aus und schlug Mara gegen das Gesicht. Einmal, zweimal, dreimal.

Mara schrie, flehte um Hilfe, und Blut lief aus ihrer Nase.

Papa ignorierte ihr Flehen und riss sie mit den Haaren hinter sich her. »Ich will eine ordentliche Familie, nicht so eine, ungehorsame Tussi, wie du es bist. Als ich dich hergeholt habe, habe ich dir das genau gesagt. Wie kann man nur so dumm sein?«

»Es tut mir leid, ich muss das erst noch üben. Ich gewöhne mich daran.« Mara weinte.

Ich hatte Mitleid mit ihr, aber ich wusste nicht, wie ich ihr helfen konnte. Ich war doch erst acht und nicht stark genug, gegen meinen Papa zu kämpfen.

Wieder ertönten ihre Schreie, sie hörten sich genauso grausam an wie vor einem Jahr bei Ilona. Voller Schmerz und Panik.

Papa schubste sie in den Flur und trat mit seinen dicken, schwarzen Stiefeln auf sie ein.

Mara krümmte sich zusammen und legte ihre Arme über ihren Kopf. »Bitte hör auf. Ich werde ab sofort gehorchen und alles zu deiner Zufriedenheit erledigen.«

»Das ist zu spät. Ich habe nicht ewig Zeit, bis du kapiert hast, was eine gute Mutter, Hausfrau und Köchin ausmacht.« Mein Vater griff nach den langen schwarzen Haaren und schleifte Mara über die Holzdielen zur Tür, die in den kalten und gruseligen Keller führte.

Auf dem Weg dorthin starrte er mir in die Augen. Seine funkelten vor blankem Hass.

»Geh in dein Zimmer!«, forderte er mich auf, und ich gehorchte.

Ich warf noch einen Blick auf Mara, deren Körper zitterte. Sie weinte und flehte, versuchte sich aus dem Griff meines Vaters zu retten, doch ich wusste, wenn sie erst in diesem Keller landete, würde ich sie nie wiedersehen.

»Bitte hol Hilfe«, wisperte Mara und schaute mich dabei intensiv an.

Vater riss sie in den Keller und knallte die Tür hinter sich zu.

Ich stand da wie erstarrt, konnte mich nicht bewegen. Ich hörte die schrillen, verzweifelten Schreie der Frau, die nur wenige Tage meine Mama gewesen war. Dann war Stille.

Mit Tränen in den Augen eilte ich in mein Zimmer, kauerte mich auf das Bett. Mich fröstelte es, und es erklangen diese schonungslosen Stimmen, als würden die kalten Wände mit mir sprechen.

Du hast wieder nur zugeschaut.

Du hast sie töten lassen.

Du bist ein Mörder.

Das laute Knallen der metallenen Kellertür ließ mich aufschrecken. Ich hörte die dumpfen Schritte meines Vaters, das leise Klopfen an meiner Tür. Dann trat er herein.

Sein weißer Pullover war blutbespritzt. Er setzte sich neben mich und streichelte mir mit der blutbeschmierten Hand über die Wange, dann über das Haar. Ich spürte die klebrige Flüssigkeit auf meiner Haut, es fühlte sich an, als brannte sie darauf.

»Es tut mir leid, mein Sohn, aber du hast deine dritte Mutter verloren. Bete für sie, damit sie ihren Frieden findet.« Dann erhob er sich und ging zur Tür. »Weihnachten fällt aus«, sagte er trocken und verließ das Zimmer.

Damit konnte er mich nicht traurig machen, denn ich hasste Weihnachten. So sehr, dass es von mir aus nie wieder stattfinden musste.

Ich schaute in den Spiegel, der vor mir am Kleiderschrank angebracht war, und sah das dunkelrote Blut an meiner Wange. Maras Blut. Es juckte heftig, ich wollte es abwischen, doch ich konnte es nicht. Dann erschien sie. Ihre Augen baumelten aus den Höhlen, ihre Haut hing in Fetzen nach unten, ich konnte auf das Fleisch und die Knochen sehen. Schnell schlug ich mir die Hände vors Gesicht. »Es tut mir leid.«

ICH MUSSTE EINGESCHLAFEN SEIN, DENN ES WAR SCHON dunkel, als das stürmische Klingeln mich aufschreckte. Ich rannte zum Fenster und stieß mir dabei den Zeh am Schreibtisch, verkniff mir aber das Aufbrüllen, damit mich mein Vater nicht hörte.

Vorsichtig linste ich hinaus.

Vor dem Eingang stand wieder dieser dunkle Transporter, der schon letztes Weihnachten da gewesen war. Immer wenn Papa eine Frau getötet hatte, kam derjenige.

Ich schlich zu meiner Zimmertür, öffnete sie leise und lauschte. Im Wohnzimmer unterhielten sich zwei Männer. Eine Stimme war die meines Vaters, die andere kannte ich nicht. Auf Zehenspitzen ging ich über den Flur und stellte mich neben die Wohnzimmertür.

»Ich habe keine Lust mehr, dir ständig den Arsch zu retten«, sagte der Fremde. »Was stimmt nicht mir dir? Muss das wirklich immer so eskalieren?«

»Sie hat mir kein Roastbeef machen wollen«, antwortete mein Vater.

»Das ist aber kein Grund, sie so niederzumetzeln. Sie hat es sich nicht ausgesucht, hier zu sein.«

»Sie hat mir das Weihnachtsfest versaut. Das ist das dritte Mal in Folge, dass ich meinem Sohn kein vernünftiges bieten kann.«

Ich wusste, dass ich meinem Vater egal war, also nahm ich ihm seine Worte nicht ab. Vielmehr fragte ich mich, wer dieser Mann war, der sogar von den toten Frauen wusste.

»Es ist das letzte Mal, dass ich dir helfe. Wenn du jedes Mal so etwas hinterlässt, mache ich das nicht mehr. Hast du mich verstanden?«

Mein Vater antwortete nicht. Ich schaute auf die dicke Metalltür des Kellers. Was hatte mein Vater Mara angetan? Keine Ahnung, warum es mich zu der Tür zog, aber ich steuerte darauf zu, gewillt, sie zu sehen, ihr die Hand zu halten.

Die Schritte, die plötzlich auf mich zukamen, brachten mich wieder zu Verstand.

Schnell rannte ich zurück in mein Zimmer, schmiss mich aufs Bett und versteckte mich unter der Decke. Mein Herzschlag ging kräftig, und ich schluckte meine Übelkeit hinunter.

Dann hörte ich, wie die Kellertür geöffnet wurde.

Erleichtert atmete ich aus, offensichtlich hatten die beiden mich nicht bemerkt.

Ich verhielt mich ruhig und lauschte in die Dunkelheit. Im Hof ging das Licht des Bewegungsmelders an. Es polterte, der fremde Mann fluchte, dann hörte ich eine Autotür.

Ich rannte zum Fenster und beobachtete, wie die beiden etwas Schweres in den Transporter hievten. Es war in einer Decke eingewickelt. Ich ahnte, dass es Mara war.

Traurig legte ich mich zurück ins Bett. Ich dachte an Maras Mama, sie hatte mir von ihr erzählt. Bestimmt saß sie zu Hause und weinte, weil sie Mara so vermisste. Mir kamen die Tränen bei dem Gedanken, dass die Mutter

noch nicht einmal wusste, dass ihre geliebte Tochter
tot war.

Mir drängte sich der Wunsch in den Kopf, den Angehörigen Bescheid zu geben, aber ich musste mir gut überlegen, wie ich das anstellen konnte, ohne mich zu
verraten. Denn würde es Papa herausfinden, würde er
mich wahrscheinlich totprügeln.

2

23. DEZEMBER 2022

»DAS DARF DOCH NICHT WAHR SEIN!«, SCHIMPFTE Selina lautlos, als sie die vierte Nacht in Folge mit brummenden Kopfschmerzen aufwachte. Einen Moment blieb sie liegen, massierte sich die Schläfen, in der Hoffnung, dass sie den üblen Schmerz abwehren konnte und nicht aufstehen musste, um sich eine Tablette zu holen.

Der Gedanke daran, dass an diesem Tage auch noch ihre Schwiegerfamilie über Weihnachten kommen wollte, besserte die Quälerei nicht wirklich. Sie liebte ihren Mann, aber seine Familie war eine einzige Katastrophe. Sein flatterhafter Bruder, der jedes Jahr eine andere Frau präsentierte und einfach nur laut war, bereitete ihr schon Kopfschmerzen, vor allem, wenn sie an den Streit dachte. Selinas Schwiegereltern aber brachten sie zur Eskalation. Am liebsten würde sie Weihnachten ausfallen lassen, obwohl sie das Fest an sich so sehr liebte.

Es erinnerte sie an ihre glückliche Kindheit. Sie hatte immer mit ihren Eltern und Großeltern zusammen gefeiert, selbst als sie schon ausgezogen war, wollte sie die Tage mit ihrer Familie verbringen. Sie hatten gesungen, zusammen gekocht und Glühwein getrunken. Selina hatte immer das Schmücken übernommen, denn sie liebte es, die Wohnung in dem warmen Funkeln der Lichterketten erstrahlen zu lassen. Und genau dieses Gefühl der Liebe und des Glücks wollte sie auch ihren Kindern vermitteln. Was aber mit ihrer Schwiegerfamilie nicht so einfach war.

›Oh, Kind, du könntest den Wischmopp ruhig ein wenig öfter schwingen‹, hörte sie ihre Schwiegermutter wettern.

Dabei putzte sie immer wie eine Verrückte, wenn sie wusste, dass Arnos Eltern zu Besuch kamen.

Das leichte Schnarchen ihres Mannes neben ihr machte sie aggressiv, deshalb entschied sie, doch eine Schmerztablette zu nehmen und zusätzlich auch etwas zum Einschlafen. Ohne ausreichend Schlaf würde sie ihre Verwandtschaft nicht ertragen.

Barfuß schlich sie die Treppe hinunter, damit keines ihrer Kinder wach werden würde.

Beide waren schon so aufgeregt, dass sie seit zwei Wochen nicht mehr richtig schliefen. Denn sie hofften bei jedem Treppenknarzen oder Türenquietschen, dass sie den Weihnachtsmann endlich sehen konnten. Selina hatte dann tagsüber Mühe, die Kinder bei Laune zu halten, wenn sie vor Müdigkeit stritten und quengelten.

In der Küche schaltete sie die kleine Leuchte unter dem Schrank an. Dann kramte sie den Tablettenkorb aus dem Medizinschränkchen und holte sich eine Aspirin und eine Betadorm heraus.

Das leise Klirren von Glas ließ sie zusammenfahren. Wo war das hergekommen? Reglos verharrte sie in der Küche und lauschte. Doch es passierte nichts.

Selina schob das auf ihre Müdigkeit und warf sich die Aspirin ein, damit sie schnell zum Schlafen kam. Dann ging auf einmal das Licht der Küchenlampe aus.

Eine Gänsehaut überfiel sie, weil sie sich einbildete, dass sie im Augenwinkel einen Schatten durch den Flur hatte huschen sehen.

Sie versuchte die Lampe wieder einzuschalten, doch es ging nicht.

Hastig drehte sie sich um und starrte in die dunkle Diele. *So ein Blödsinn, wie will ich bitte in der Dunkelheit einen Schatten erkennen? Aber ich gehe auf keinen Fall nachts in den Keller. Arno kann sich morgen um den Strom kümmern.*

Sie holte tief Luft, schluckte die Schlaftablette und schaltete die Handytaschenlampe an, die den Weg in den Flur beleuchtete. Kaum war sie an der Treppe angekommen, bildete sie sich ein, Stimmen zu hören. *Meine Güte, was stimmt nicht mit dir?*

Obwohl sie sich einredete, dass alles bloß ihrer Fantasie entsprang, schlug ihr Herz bis zum Halse, und das Blut rauschte in ihren Ohren. Sie spürte genau, dass jemand im Haus war, und an Geister glaubte sie nicht. Schritt für Schritt lief sie die Treppe hoch, darauf bedacht, dass nichts knarzte. Kurz hatte sie überlegt, das Licht auszuschalten, doch mit Sicherheit würde sie die Stufen übersehen und der Länge nach auf die Nase fallen. Deshalb wartete sie damit, bis sie oben war, und machte es dann aus.

An der Wand tastete sie sich zur Zimmertür ihrer beiden Mädchen und lauschte. Es war nichts zu hören. Die Dunkelheit umhüllte sie wie ein Schleier. Sie wollte die Tür leise öffnen, um im Zimmer zu horchen, da lief es ihr eiskalt den Rücken hinunter. Die Tür stand offen, und das war ganz sicher nicht so gewesen, als sie nach unten gelaufen war. Sie schloss sie immer, damit ihre Töchter nicht hörten, wenn sie nachts herumgeisterte. Ihr Herz hämmerte wild in ihrer Brust. Krampfhaft versuchte sie, ihren schnellen Atem unter Kontrolle zu bekommen. Ihre Hände zitterten, als sie die Tür aufschob.

Sie lief in das Zimmer und machte die Taschenlampe am Handy wieder an. Ihre Mädchen lagen in ihren Betten und regten sich nicht. Selina ging näher zu Ariane, ihrer älteren Tochter, und strahlte sie an, so, dass das Licht nicht ihr Gesicht blendete. Die Kleine hatte sich die Decke über den Kopf gezogen. Schon eine Sekunde später riss Selina die Augen auf.

Auf der Bettdecke hatte sich ein großer roter Fleck ausgebreitet.

Selina rannte zum Lichtschalter, drückte darauf, doch es blieb dunkel. Sie versuchte es immer wieder, hastete in den Flur, um es dort zu probieren, aber das funktionierte ebenso wenig. Ihr fiel ein, dass auch in der Küche die Lampe ausgegangen war.

Sie strahlte mit dem Handy ins Zimmer.

Keine ihrer beiden Töchter rührte sich.

Sie riss Arianes Bettdecke herunter und ließ einen markerschütternden Schrei hinaus. Das dünne, zierliche Mädchen war blutbeschmiert. Blut sickerte aus der klaffenden Wunde am Hals.

Selina schrie auf, rief nach ihrem Mann, rüttelte an Ariane, die sich nicht mehr regte. Dann stürzte sie sich auf das Bett ihrer jüngeren Tochter, riss die Bettdecke weg. Auch Virginia lag reglos und blutbeschmiert im Bett, auch ihr war die Kehle aufgeschlitzt worden.

»Arno!«, brüllte Selina noch einmal. Sie schluckte schwer, und in ihrem Verstand formten sich wilde Vermutungen, die sie in Panik versetzten. Oder war es ein Albtraum? Hatte sie sich nach der Schlaftablette hingelegt?

Weinend nahm sie Virginia in ihre Arme, drückte das

kleine vierjährige Mädchen an ihre Brust. »Wach auf, mein Schatz. Es ist Weihnachten. Komm schon.«

Doch Virginia lag schlaff in ihren Armen. Das lange schwarze Haar klebte in dem Blut am Hals.

Selina schrie erneut und wollte nicht verstehen, warum ihr Mann sie nicht hörte. Schnell legte sie ihre Tochter ab, rannte zu Arianes Bett, in dem sie ihr Handy liegen gelassen hatte.

Während sie ins Schlafzimmer eilte, um Arno zu wecken, wählte sie den Notruf.

»Rettungsleitstelle, guten Tag. Wie kann ich Ihnen helfen?«

Selina hörte die Worte, aber der Anblick im Schlafzimmer ließ sie erstarren.

Auch wenn das Licht der Handytaschenlampe nur schwach war, erkannte sie, dass Arno ebenso blutüberströmt im Bett lag. Seine Augen waren weit aufgerissen, er gurgelte komisch, es sah aus, als wollte er etwas sagen. Aus seinem Blick sprach die pure Panik.

»Arno«, flüsterte Selina, kaum mehr in der Lage zu atmen.

»Hallo? Hören Sie mich?«, rief die Frauenstimme am Telefon. »Liegt bei Ihnen ein Notfall vor?«

Gerade als Selina um Hilfe schreien wollte, schlug ihr jemand das Handy aus der Hand. Ihre Haut kribbelte vor Panik, sie traute sich nicht, sich zu bewegen.

Sie konnte in der Dunkelheit nichts sehen, spürte aber, dass jemand vor ihr stand. Sie schlug um sich und knallte mit der Hand gegen etwas Hartes.

»Scheiße«, brüllte eine Männerstimme.

»Was ist?« Es war eine andere Stimme, die etwas höher geklungen hatte.

Selina horchte auf. Sie waren zu zweit? Oder waren

es noch mehr? Was hatten sie vor? Hatte sie die eine Stimme nicht schon mal gehört?

»Die dumme Kuh hat mir das Nachtsichtgerät von der Nase gehauen. Halt sie fest!«

»Was wollt ihr von mir?«, schrie Selina. Sie drehte sich um, damit sie fliehen konnte, doch weil sie nichts sehen konnte, krachte sie gegen die Tür.

»Schön hiergeblieben«, sagte die tiefe Männerstimme. »Wir wollen Weihnachten feiern.« Er packte sie an den Armen.

»Lassen Sie mich los.« Selina wand sich, doch der Mann hatte sie fest im Griff. Er zerrte sie aus dem Zimmer, die Treppen hinunter. Sie ließ sich fallen, damit sie schwerer wurde. Es brachte nichts. Der Mann zog sie wie eine Gummipuppe mit Leichtigkeit hinter sich her. Jede einzelne Treppenstufe spürte sie in ihren Rippen, wenn sie auf ihnen hinunterrutschte. Doch der Schmerz war nichts im Vergleich zu dem grausamen Bild, das sie gerade gesehen hatte. Ihre Töchter und ihr Mann.

»Du könntest mir ruhig ein wenig helfen, du Idiot. Die ist schwer.«

Der andere antwortete nicht.

Der Mann zog sie am Boden entlang. Irgendwann hievte er sie auf einen Stuhl und band ihr die Arme fest.

Es war so dunkel, dass Selina noch immer gar nichts erkannte. »Wir haben oben den Safe, dort können Sie sich den Schmuck nehmen. Er ist viel wert. Bitte, lassen Sie mich in Ruhe.«

»Wir wollen kein Geld«, sagte der Mann. Seine Stimme war tief und fest. Irgendwie schwang ein heftiger Zorn in ihr.

»Wollen wir nicht lieber gehen?«, fragte der zweite Mann, der offenbar genau neben dem anderen stand. Seine Stimme klang etwas unsicherer.

»Halt deinen Mund, wir waren uns einig. Wir müssen das tun«, sagte der andere streng.

»Bitte, ich flehe Sie an. Lassen Sie mich meine Kinder retten.«

»Die sind tot. Und du wirst es auch gleich sein. Oh heilige Nacht, nur Kummer hast du gebracht. Ein Lichtlein brennt, ihre Zeit, die rennt. Das Christkind schenkt ihr seinen Segen, wird sie zur Ruhe jetzt bald legen.«

Selina runzelte die Stirn. Was war das für ein gestörter Mensch? Und warum nur wollte er sie und ihre Familie töten?

»Was haben wir Ihnen getan?«, fragte sie mit zittriger Stimme.

Niemand antwortete darauf.

Plötzlich spürte sie etwas an ihrem Hals.

»Bitte beeile dich«, sagte die unsichere Stimme. »Sie sollte gar nicht wach sein.«

»Nerv mich nicht. So macht es doch viel mehr Spaß. Sie bekommt alles mit und wird ihr letztes Weihnachten, das sie so sehr liebt, in vollen Zügen genießen können.«

Beide standen unmittelbar vor Selina. Zumindest klang es so, als ob die Stimmen dort waren.

Die Kälte, die nachts in der Wohnung herrschte, schien sich in ihrem Inneren auszubreiten. Eine Welle der Hilflosigkeit brach über sie herein. Tränen traten ihr in die Augen. Sie sah die leblosen Körper ihrer Familie vor sich, das ganze Blut und diese riesige Wunde am Hals ihrer Töchter. Bei Ariane hatte es fast so ausgesehen, als hätten die Schweine sie enthauptet. Aber warum nur?

Der Druck auf ihre Kehle wurde stärker.

»Sie hat dieses Glück nicht verdient. Weihnachten ist ein schreckliches Fest. Wer es mag, der kann nur von Dämonen besessen sein«, sagte der Mann. Er stand nun genau hinter ihr. Vermutlich hielt er ihr das Messer an den Hals.

Der andere erwiderte nichts.

Plötzlich spürte sie seine Lippen an ihrem Ohr.

»Das Fest der Liebe zerstörte sie«, flüsterte er, was ihr Gänsehaut bereitete.

Dann ging alles ganz schnell.

Ein kurzer Schmerz jagte über ihren Hals, zuerst spürte sie nichts. Doch sie konnte sich nicht mehr bewegen, keinen Laut mehr herausbringen. Bis schließlich der unbändige Schmerz zurückkehrte.

Ihr Atem stockte, als sie erkannte, dass ihre Zeit abgelaufen war. Die Kälte wandelte sich in eine schmerzhafte Hitze. Es war ruhig, niemand sagte etwas. Ihr Atem wurde flach und unregelmäßig.

Die Stille wurde von einem leisen Wispern durchbrochen. Selina bemerkte, dass die röchelnden Geräusche ihrer Kehle entwichen. Ihre Arme glitten nach unten, der Kopf sank nach vorn.

Sie spürte, wie ihr Leben langsam aus ihr wich, und schloss die Augen. Gleich würde sie wieder bei ihren Kindern sein.

3

23. DEZEMBER 2022

Romy kam die Treppe hinuntergeeilt. Ihre langen Haare flatterten wild umher. Sie lebte seit zwei Monaten mit im Haus, wodurch sich Mathias wieder wohler fühlte, denn seine geliebte Frau Sara hatte nach ihrem Tod eine so große Lücke hinterlassen, dass es manchmal kaum zu ertragen war.

Zwar verband Romy und Mathias keine Liebesgeschichte, sie waren nur Kollegen und Freunde, aber für seine Kinder war es ein Segen, dass wieder eine Frau im Haus das Kommando übernahm.

»Mathias, träumst du?«, fragte Romy.

Er bemerkte, wie er sie angestarrt haben musste. »Sorry, du erinnerst mich nur an Sara. Die war morgens auch schon immer so aktiv und munter.«

Romys Lächeln erstarb. »Wenn es dir zu viel wird …«

Mathias hob die Hand. »Das war so nicht gemeint. Ich bin glücklich, dass du dich oben im Haus eingenistet hast, von mir aus bleib hier für immer. Mia und Julian lieben dich, und mein Haushalt freut sich auch.«

Sie schmunzelte. »Danke, dass ich hier wohnen darf.

Ich habe entschieden, Paul das Haus zu überlassen. Ich suche mir etwas Eigenes, dorthin kann ich nicht mehr zurück. Ich würde immer die Bilder sehen, wie er sich mit anderen Frauen in unserem Bett vergnügt hat.«

»Das kann ich gut nachempfinden. Bleib so lange, wie du willst. Ich finde es gut, und du hast die ganze obere Etage für dich allein.«

Romy klatschte in die Hände. »Vielen Dank. Und nun mache ich das Frühstück, und du weckst die Kinder.«

»Einverstanden.« Mathias erhob sich und lief zu Mia ins Kinderzimmer.

Seine fünfjährige Tochter saß am Schreibtisch, den sie erst vor wenigen Tagen bekommen hatte.

»Guten Morgen, mein Schatz.« Er küsste sie auf den Kopf. »Du bist schon wach?«

»Ja, ich male Weihnachtsbilder für Oma und Opa, Romy, Julian, dich und …« Sie senkte den Blick. »Und für Mamas Grab.«

»Das wird Mama freuen, sie hat all deine Bilder immer sehr geliebt.«

Mia drehte sich um und sah ihn mit Tränen in den Augen an. »Glaubst du das wirklich?«

»Aber natürlich. Komm mit, ich zeige dir etwas.« Er griff nach der kühlen Hand seiner Tochter und führte sie ins Wohnzimmer. Dann holte er Saras Ordner heraus. Aus Glitzerbuchstaben klebte ›MIA‹ darauf. »Das war Mamas Erinnerungsbuch. Sie hat all deine Zeichnungen und Basteleien darin aufgehoben. Sogar Blumen, die du ihr aus dem Garten gepflückt hast, hat sie getrocknet, gepresst und dort hineingepackt.« Er öffnete den Ordner und blätterte ihn durch. »Und hier hat sie immer mit Datum aufgeschrieben, wann du welches Wort gelernt hast zu sprechen.«

Mia lächelte. »Das ist so schön.«

Mathias streichelte ihr über das Haar. »Sie hat alles geliebt, was du ihr geschenkt hast. Sie war so stolz, dass sie deine Mama sein darf. Und sie wird dich immer lieben.«

Wieder verfinsterte sich Mias Gesicht. »Aber nun ist sie tot, und sie kann das alles gar nicht mehr ansehen.«

»Doch, das kann sie. Denn vorsichtshalber hat sie sich alles in ihrem Herzen abgespeichert, damit sie es immer bei sich tragen kann.« Mathias nahm Mia in seine Arme. Es zerriss ihn fast, sie so leiden zu sehen. »Ich werde das weitermachen und deine Sachen hier reinpacken. Ich schwöre, Mama wird alles vom Himmel aus beobachten.«

»Schwörst du das so ganz doll?«

»Das tue ich. Sie ist immer bei dir, auch wenn du sie nicht sehen kannst, du spürst sie. Du musst es nur zulassen.«

»Das mache ich.« Mia löste sich aus seiner Umarmung. »Können wir später auf den Friedhof, damit ich ihr das Bild dorthin bringen kann?«

»Heute muss ich leider arbeiten, aber morgen ist Weihnachten, da gehen wir ans Grab. Und weißt du was? Wir laden Mama auf ein wunderschönes Winterpicknick ein. Was sagst du dazu?«

Mia sah ihn erstaunt an. »Ehrlich?«

»Ja, wir nehmen Weihnachtsplätzchen mit, Kinderglühwein und Mamas Lieblingsessen.«

»Rührei mit Toast.« Mias Augen strahlten.

»Ganz genau. Und Weihnachtsmusik. Dann setzen wir uns zu ihr und feiern zusammen.«

»Ich will auch«, ertönte die verschlafene Stimme seines Sohnes. Julian tapste barfuß und mit seinem Teddy unter dem Arm auf Mathias zu.

»Natürlich bist du dabei. Wie wäre es, wenn du nachher bei Oma auch ein Bild für Mama malst?«

Julian nickte und schmiegte sich an ihn. Er rieb sich die Augen.

»Frühstück ist fertig«, rief Romy aus der Küche.

Mia stand auf. »Ich habe schon einen Bärenhunger.« Sie rannte aus dem Wohnzimmer.

Einen Augenblick später saßen die beiden am Tisch und aßen Pancakes mit Obst. Dazu hatte Romy ihnen einen heißen Kakao gemacht.

»Danke, dass du dich so lieb um ihr Wohl kümmerst.«

»Sie sollen ja nicht ständig verbrannte Pfannkuchen bekommen.« Romy zwinkerte ihm zu. »Für dich einen Kaffee?«

»Gerne. Meine Schwiegermutter kommt auch gleich, dann können wir los.«

Romy seufzte. »Warum arbeiten eigentlich wir wieder an Weihnachten?«

Mathias grinste. »Weil wir die Besten sind. Außerdem kehrt heute Norman zurück, da wollen wir doch dabei sein.«

Er setzte sich zu seinen Kindern und stibitzte sich ein Stück Mandarine von Mias Teller.

»Hey Papa. Hol dir dein eigenes Frühstück.« Sie kicherte fröhlich, und Julian stimmte ein.

Er war froh, dass der kleine Anflug Traurigkeit bei Mia wieder vergessen war. Er konnte es nicht ertragen, wenn sie sich so quälte. Innerlich war er selbst gebrochen, denn das erste Weihnachten ohne Sara würde schlimm für ihn sein. Das Fest war für sie alle immer besonders gewesen. Sara hatte gesungen, die leckersten Mahle zubereitet und war jedes Mal glücklich gewesen, mit ihrer Familie zusammen zu sein. Sie würde so sehr fehlen. Er konnte nur hoffen, dass der Dienst an Weihnachten ruhig verlief, damit er wenigstens für die Kinder da sein konnte.

4

23. DEZEMBER 2022

L ILI SAß VOR IHREM P UPPENHAUS , und Anja konnte endlich ein wenig die Kleider zusammenlegen. In den letzten Tagen war ihre Pflegetochter anstrengend gewesen. Sie hatte nur geweint, sich gegen alles gewehrt. Anja hatte nicht mehr ein noch aus gewusst, sie durch nichts beruhigen können und war so froh gewesen, dass sie einen Termin bei Dr. Schrader bekommen hatte. Das war keine Selbstverständlichkeit einen Tag vor Weihnachten.

Während sie die Hosen faltete, beobachtete sie Lili, die an diesem Tag erstaunlich entspannt war. Seit zwei Jahren lebte sie nun bei ihr und ihrem Mann, nachdem sie aus ihrer Familie herausgenommen worden war. Ihre Eltern waren drogenabhängig, und die Kleine war völlig verwahrlost gewesen, als sie zu ihnen kam. Sie sprach nicht mit Menschen, nur mit ihren Puppen. Deshalb war es sehr schwer für Anja, zu ihr durchzudringen. Auch wenn der Umgang mit dem siebenjährigen Mädchen nicht einfach war, so bereute sie nicht, dass sie bei ihnen lebte.

Anja und Dirk konnten keine eigenen Kinder bekommen, darum nahmen sie seit vielen Jahren Pflegekinder bei sich auf, denen sie ein besseres Leben ermöglichen wollten als das, was sie zuvor gehabt hatten. Bei ihnen hatten bereits acht Kinder gelebt, sieben davon waren schon aus dem Haus, mittlerweile erwachsen. Nur noch Lili wurde durch sie betreut. Ihr letzter Pflegesohn, der acht Jahre bei ihnen gelebt hatte, kam regelmäßig vorbei. Er und Lili verstanden sich super. Auch wenn sie nie ein Wort miteinander gewechselt hatten, hatte man das Gefühl, sie wussten, was der andere dachte.

Am Morgen hatte er sie auch besucht, wahrscheinlich war das der Grund, warum sie nun so friedlich war. Er hatte eine beruhigende Wirkung auf sie. Seit er gegangen war, spielte sie mit ihrem Puppenhaus und schien zufrieden.

»Schatz, wir müssen bald los. Dr. Schrader möchte dich heute noch einmal sehen.«

Lili spielte weiter.

Auch wenn es sich anfühlte, als ignorierte die Kleine Anja, so wusste sie, dass Lili ganz aufmerksam zugehört hatte. »Du kannst ihm dann mit den Puppen zeigen, was dich in der letzten Zeit so beschäftigt hat.«

Wieder reagierte Lili nicht auf sie. Stattdessen zog sie ihre Puppe aus, bemalte sie am Brustkorb mit einem roten Stift und setzte sie auf einen Stuhl.

Anja übermannte Gänsehaut. Was sollte das bedeuten? Lili zu fragen würde nichts bringen, deshalb entschied sie, es Dr. Schrader zu erzählen. Er war der Fachmann und fand immer einen Weg, zu ihr durchzudringen. Sie erhob sich seufzend und küsste Lili auf den Kopf. »Ich habe dich lieb und bin sehr froh, dass du bei uns bist. Ich werde alles dafür tun, dass du bald glücklich sein wirst.«

Einen kurzen Moment schaute Lili auf, sah Anja direkt in die Augen.

In diesem winzigen Moment hatte Anja die Hoffnung, sie würde endlich etwas sagen, doch Lili drehte sich wieder zu ihren Puppen. Anja war verzweifelt, sie wusste nicht, wie sie es schaffen sollte, dass das kleine Mädchen sich bei ihnen wohlfühlte.

Sie zuckte zusammen, als Dirk plötzlich hinter ihr auftauchte. »Alles in Ordnung?«

Anja lief zu ihm, drückte ihn aus dem Zimmer, damit sie ungestört mit ihm reden konnte. »Ich habe das Gefühl, dass sie einen inneren Kampf mit sich führt.« Sie erzählte ihm von der Puppe. »Es sah aus, als hätte sie die mit Blut bemalt.«

Dirk sah sie aus glänzenden Augen an. Es hatte etwas von Faszination.

»Oh Dirk, bitte. Hör auf, dich wie so ein Psychologe zu benehmen. Ich finde es abstoßend, dass du dich immer so extrem auf die schrecklichen Schicksale der Kinder stürzt. Kannst du nicht ein normaler Vater sein?«

»Ich *bin* ein normaler Vater. Sollten mir die Sachen am Arsch vorbeigehen? Es trifft mich mitten ins Herz, wenn ich sie leiden sehe. Ich weiß gar nicht, was gerade dein Problem ist.«

Anja betrachtete ihren Mann eindringlich. »Natürlich sollst du für sie da sein, doch ich habe manchmal den Eindruck, dass du dich nur für das interessierst, was sie durchgemacht haben. Aber zum Psychologen bist du noch nie mit den Kindern gegangen.«

Dirk schaute sie stirnrunzelnd an. »Ich finde, dass du maßlos übertreibst. Ich interessiere mich doch nur für ihre Gesundheit.«

Weil sich Dirk schon etwas pikiert anhörte, entschied Anja, nicht weiter darauf herumzureiten. »Ich mache mir Sorgen um Lili«, lenkte sie das Thema deshalb zurück zu ihrer Pflegetochter. »Manchmal verzweifle ich, weil ich seit zwei Jahren keinen Draht zu ihr finde. Ich würde sie so gern einmal umarmen, ihr zeigen, dass sie bei uns sicher ist.«

»Sie hat viel durchgemacht, vielleicht braucht sie noch Zeit. Vielleicht ist das Ganze aber auch eine Nummer zu hoch für uns. Wir können nicht alle Kinder retten.«

»Was willst du damit sagen?« Anja verschränkte die Arme, weil es sie fröstelte.

Dirk zuckte mit den Schultern. »Vielleicht sind wir eben nicht die richtige Familie für sie. Wir sind nicht mehr die Jüngsten. Ich werde in ein paar Wochen siebenundvierzig, du bist vierundvierzig. Wir haben gar nicht mehr die Geduld wie früher mit solchen Situationen.«

In Anja wallte Wut auf. »Das ist doch Blödsinn, das sagst du nur, weil du beleidigt bist. Henry hatte so eine schlimme Kindheit, und der hat es auch bei uns geschafft.«

»Deshalb braucht er jetzt mit vierundzwanzig Jahren immer noch einen Psychologen.«

»Er wird ewig zu Dr. Schrader müssen, Dirk. Seine Kindheit ist gerade einmal wenige Jahre her. Denkst du, dass das Trauma einfach so verschwindet?«, schimpfte Anja. »Eben haben deine Augen noch fasziniert geleuchtet, als ich dir von der Puppe erzählt habe, und jetzt willst du behaupten, Lili ist hier falsch?«

Dirk winkte ab und ging wortlos durch den Flur zum Wohnzimmer.

Kopfschüttelnd lief sie zu Lili ins Zimmer zurück.

»Wir müssen es machen«, sagte diese gerade mit einer tiefen Stimme und hielt dabei eine männliche Puppe in der Hand. Sie hatte sie direkt vor der Puppe hingestellt, die mit der roten Farbe angemalt war.

»Schatz, wir müssen langsam aufbrechen. Zieh dich

bitte an.« Anja wartete geduldig, bis Lili die Puppen an ihren Platz geräumt hatte. »Möchtest du die Puppe mit der Farbe mitnehmen? Du könntest bei Dr. Schrader weiterspielen.«

Lili sah sie kurz an und nickte schließlich. Sie packte die Puppe in ihren kleinen rosafarbenen Lilifee-Rucksack und lief an Anja vorbei in den Flur. Sie setzte sich auf den Boden, zog ihre Winterstiefel an sowie ihre Daunenjacke. Dann stellte sie sich an die Tür und starrte auf die Fliesen.

Anja zerriss es fast das Herz, dieses kleine dürre Mädchen, deren Haut blass schimmerte, so zu erleben. Sie hatte sie noch nie lächeln gesehen. Was nur hatten ihre Eltern ihr angetan?

Anja schlüpfte in ihre Boots, warf sich den Mantel über und nahm Lili an die Hand. »Dirk, wir fahren zu Dr. Schrader. Wir bringen auf dem Weg etwas zu essen mit.«

Dirk antwortete nicht, wahrscheinlich schmollte er in seinem Büro, in das er sich gern zurückzog.

Anja lächelte Lili an und verließ mit ihr das Haus. Auch wenn es sich irgendwie nicht richtig anfühlte, denn sie liebte es, Pflegemutter zu sein, dachte sie darüber nach, kein weiteres Kind mehr mit Dirk aufzunehmen. Ihre Ehe war schon lange am Ende. Sie stritten nur noch und waren sich oft uneinig, außerdem blieb die meiste Arbeit an ihr hängen. Er verkrümelte sich oft in sein Büro, wo er sie am liebsten nicht sehen mochte, deshalb ging sie auch nur selten zu ihm rein. Und sie hatte mit dem Haushalt und den Launen ihrer Pflegetochter zu kämpfen.

Lili zerrte plötzlich an ihrem Arm. Ein lautes Hupen des vorbeifahrenden Autos versetzte ihr einen Schrecken. Sie war so in Gedanken verloren gewesen, dass sie gar nicht bemerkt hatte, wie sie die Straße überqueren wollte.

Lili sah sie mit weit aufgerissenen Augen an.

»Entschuldige, ich habe etwas geträumt. Das sollte man wirklich nicht tun. Du hast mir gerade das Leben gerettet.«

Noch mit Herzrasen schaute Anja nach links und rechts und ging dann mit Lili über die Straße zu ihrem Auto.

5

23. DEZEMBER 2007

IM FLUR WAR ES EISKALT, deshalb fror ich in meinem dünnen Schlafanzug. Meine Füße schmerzten schon, weil die Kälte sich von den Treppen in meinen Körper sog. Ich sollte nicht dort sitzen, doch ich konnte meine Neugier einfach nicht unterdrücken, als ich die Stimmen im Wohnzimmer gehört hatte. Leise und vorsichtig schlich ich mich weiter die Treppe hinunter, stellte mich an die Wohnzimmertür und lauschte. Die Stimmen waren tief und bedrohlich. Es schienen mehrere Männer zu sein.

»Bist du sicher, dass der Kleine schläft?«, fragte einer.

»Ja, der Bengel hört auf mich«, erwiderte der Vater. »Wenn ich sage, er soll im Zimmer bleiben, tut er das. Würde er nicht hören, hätte ich doch längst die Polizei im Haus gehabt, oder? Er geht zur Schule, dort hat er noch nie verraten, was hier abgeht, weil er weiß, dass ihm Schlimmes blüht. Warum taucht ihr mitten in der Nacht hier auf?«

Es antwortete niemand.

Ich hatte schon Angst, jemand würde kontrollieren, ob sie wirklich allein waren. Meinen Teddybären hatte ich fest unter den Arm geklemmt, irgendwie fühlte ich mich damit sicherer, auch wenn ein Kuscheltier nichts machen konnte, falls ich erwischt werden würde. Mein Herz schlug laut in meiner Brust. Ich wusste, dass ich mich mit dem Lauschen in Gefahr brachte, aber ich konnte nicht widerstehen, ich musste wissen, was da vor sich ging.

»Ich habe die Schnauze voll, deinen Dreck wegmachen zu müssen«, schimpfte einer der Männer. Es war die Stimme, die ich schon kannte, der Mann, der die beiden Frauen abgeholt hatte, die Papa verletzt hatte.

»Und was willst du jetzt mit diesen Witzfiguren hier? Wollt ihr mich anklagen?« Mein Vater lachte höllisch.

»Alter, du brauchst Hilfe. Du bist gestört«, sagte jemand anderes.

Die Männer schienen sehr wütend zu sein. Sie beschimpften meinen Vater mit lauten Worten, die ich noch nie zuvor gehört hatte. Ihre Stimmen waren rau und klangen gefährlich.

Ich hockte mich hinunter auf den Boden und wagte einen Blick ins Wohnzimmer. Es war nur die kleine Stehlampe an, die hinten am Bücherregal stand, deshalb war es düster im Raum.

Drei Männer saßen an dem runden Esstisch, mein Vater stand daneben. Ich konnte keinen der drei erkennen, weil sie mit dem Rücken zu mir gedreht waren.

Papa rauchte eine Zigarette, was mich besorgte. Denn das tat er nur, wenn er wütend war.

Einer der Männer erhob sich plötzlich.

Ich schreckte zurück. Mein Atem ging schnell, deshalb presste ich meine Hand auf den Mund, damit mich keiner hören konnte.

»Du denkst wohl, du kannst mit deinen Taten ungestraft davonkommen, nicht wahr?«, sagte der Mann mit einem gefährlichen Unterton. »Aber wir werden das alles verraten.«

Nach einer Weile beugte ich mich wieder vor und sah in das Wohnzimmer. Ich verstand nicht, wovon sie redeten, erkannte aber, wie mein Vater die Männer anfunkelte. So wie er es das letzte Mal bei Mara getan hatte. Danach war sie tot gewesen.

Mein Vater lachte plötzlich. »Das sagt ausgerechnet ihr? Gibt es da nicht auch etwas, das euer Leben zerstören würde? Ihr wisst, wovon ich spreche, oder?«

Keiner antwortete. Die Männer tauschten Blicke aus.

»Du bist ein Arschloch. Das werde ich mir nicht gefallen lassen«, drohte einer von ihnen.

Seine Worte waren wie eisige Finger, die über meinen Rücken kratzten und mir eine Gänsehaut bereiteten. Ich hatte Angst, dass sie mich jeden Moment entdecken würden, doch sie war nicht groß genug, um wegzurennen. Ich wollte unbedingt wissen, was Papa damit gemeint hatte.

»Du hast doch sicher schon wieder eine hier, oder?«, fragte einer. »Unsere Geheimnisse können gar nicht schlimmer sein als deine Taten. Woher willst du die denn wissen? Sag es uns.«

»Willst du es darauf anlegen, dass ich es erzähle? Ich weiß, was ihr drei im Sommer 1997 getan habt. Ich war da. Ich hab alles gesehen, und ich habe Beweise dafür, denn ich habe es aufgenommen, damit ich euch immer in der Hand habe und ihr das tut, was ich verlange.«

Plötzlich wurde es still. Bedrohlich still.

Ich drückte mich eng an die Wand, konnte das Knistern von Spannung und Bedrohung in der Luft fühlen. Dann schoss einer der Männer hoch, der Stuhl fiel um.

Mein Herz setzte aus, ich wagte es kaum, zu atmen, und zog meinen Körper zurück. Ich vernahm Schritte, die sich der Wohnzimmertür näherten. Mein Puls hämmerte so laut in den Ohren, dass ich sicher war, sie könnten es hören. Schnell rannte ich ins Bad, das an das Wohnzimmer grenzte. Meine Gedanken wirbelten durcheinander, und ich wusste nicht, was ich tun sollte. Hoffentlich musste niemand ausgerechnet in diesem Moment zur Toilette.

Während ich reglos in der Ecke verharrte, damit kein einziges Geräusch von mir kam, hörte ich es hinter dem Duschvorhang wispern. Ich meinte auch, dass sich dahinter jemand bewegte.

Vorsichtig schlich ich mich zu der Badewanne. Meine Füße waren durch den kalten Boden mittlerweile schon frostig. Die ganze Situation war gruselig, denn ich hatte kein Licht im Bad angemacht. Nur die Straßenlaterne, die genau vor dem kleinen Badfenster stand, bot ein wenig Helligkeit. Ich hatte große Angst, was mich hinter dem Vorhang erwartete. Aber etwas trieb mich dazu, ihn zur Seite zu schieben.

Aufgeregt und mit Abstand zog ich ihn auf.

Eine Frau hockte in der Badewanne, zitternd und verängstigt. Ihre Augen waren weit aufgerissen. Ihr Gesicht war von Tränen ganz nass, und sie schien verletzt zu sein. In ihrem Gesicht klebte Blut.

Verletzten Menschen muss man helfen, denn es ist nicht schön, wenn man sie einfach liegen lässt. Stell dir vor, es wäre deine Mama oder dein Papa, vielleicht einer deiner Großeltern. Würdest du wollen, dass man ihnen nicht hilft? Frau Rommerts Worte drangen zu mir durch, ich konnte sie sogar vor mir sehen. Sie hatte es den Schülern gesagt, als Tiffany hingefallen war und weinend auf dem Boden gelegen hatte. Niemand hatte ihr geholfen, und alle hatten sie ausgelacht. Meine Lehrerin war deshalb sehr wütend gewesen.

Ein Kloß bildete sich in meiner Kehle. Ich kannte die Frau nicht, konnte mir aber vorstellen, wer sie hergebracht hatte. Denn morgen war Weihnachten, und Papa wollte bestimmt wieder eine neue Familie, eine neue Mama für mich haben. Sie brauchte dringend Hilfe.

Die Frau sagte nichts, doch ich konnte ihre Angst fühlen.

»Hallo«, flüsterte ich, meine Stimme war kaum lauter als ein Hauch, damit mich die Männer draußen nicht hören konnten. »Bist du okay?«

Die Frau sah mich an. »Hilf mir, bitte«, sagte sie mit brüchiger Stimme. »Er hat mich hierhergebracht.«

Ich schluckte schwer, meine kalten Hände ballten sich zu Fäusten. »Du meinst meinen Papa? Warum hat er dich in die Wanne getan?«

Die Frau starrte mich mit weit aufgerissenen Augen an. »Er ist dein Vater?« Sie schaute zur Tür. »Er hat mich in das Bad gebracht und gesagt, wenn ich schreie, schneidet er mir die Kehle durch. Und die meiner Kinder.« Sie sah mich an, dann in die Badewanne. »Es ist total bescheuert, ich bin in die Wanne, um mich zu verstecken, als ich Männerstimmen gehört hab. Als ob sie mich hier nicht finden könnten.« Sie schüttelte den Kopf und sah mich dann erschrocken an. »Was wollen die mit mir machen?«

Warum tat das mein Vater schon wieder? Warum holte er jedes Weihnachten eine Frau? Ich wusste nicht, was ich tun sollte, aber ich konnte nicht einfach weggehen und sie alleinlassen.

»Die Männer wollen dir nichts tun. Sie waren noch nie hier. Komm«, sagte ich leise und streckte vorsichtig meine Hand aus. »Ich helfe dir. Ich lasse dich einfach wieder frei.« Ich wusste, dass mir das eine Menge Ärger einbringen würde. Mein Vater würde mich wahrscheinlich windelweich prügeln, doch ich wollte nicht, dass seinetwegen noch eine Frau sterben musste.

Sie griff nach meiner Hand, und ich half ihr, aus der Badewanne zu steigen.

Sie hinkte und hielt sich den Arm.

»Hat er dir wehgetan?«

»Ja, als ich mich gewehrt habe. Er ist wirklich dein Vater?«

Ich senkte beschämt den Blick, eigentlich mochte ich es gar nicht aussprechen. »Ja«, sagte ich dennoch. »Er will eine Mama für mich, er meint das bestimmt nicht böse.«

Die Frau schluchzte laut, und mein Magen krampfte.

»Bitte beruhige dich, sie dürfen uns nicht hören.«

»Wie willst du das schaffen?«

»Papa und die Männer streiten sich, das können wir nutzen. Vielleicht hören sie uns deshalb nicht. Ich bringe dich raus und versteck mich dann in meinem Zimmer. Du musst ganz schnell laufen, aber hier ist kein Haus in der Nähe. Deshalb musst du gut aufpassen.«

»Ich werde Hilfe holen«, flüsterte sie. »Sobald ich ein Haus sehe, lasse ich dich hier abholen.«

Ich schüttelte kräftig den Kopf. »Nein, ich bleibe bei Papa. Mama ist schon tot, er soll nicht allein bleiben. Er wird sich wieder beruhigen.«

»Ich kann das nicht zulassen, du arme kleine Seele. Dein Vater ist sehr böse.«

Ich sah sie an, ihre Worte hatten mich berührt.

»Es ist schon in Ordnung«, flüsterte ich, meine Augen füllten sich mit Tränen.

»Bitte«, flehte sie, »du musst mir vertrauen. Ich werde einen Weg finden, dir zu helfen.«

Ich biss mir auf die Lippe und spürte den inneren Konflikt. Ich wollte ihr helfen, aber ich hatte auch Angst, dass sie jemandem etwas verriet. Ich wollte nicht von zu Hause weg, auch wenn Papa manchmal etwas schwierig war, so hoffte ich, dass er mich liebte. Doch ich verspürte auch etwas Schönes, wenn ich daran dachte, nicht mehr in diesem Haus eingesperrt zu sein, mich mit Freunden auch außerhalb der Schule treffen zu können und ganz normal leben zu dürfen.

Die Frau lächelte schwach und drückte meine Hand. »Du bist ein tolles Kind.«

Ich fühlte mich in diesem Moment gleichzeitig mutig und verängstigt. Es tobte ein absolutes Gefühlschaos in mir. Nur eins war mir klar, ich wollte die Frau retten.

Mit klopfendem Herzen und einem schnellen Atem schlich ich mich zur Tür, darauf bedacht, keinen Laut zu machen. Ich wusste, dass mein Vater gefährlich war, und da waren auch noch die anderen Männer. Ich presste mein Ohr gegen die Tür, konnte aber nichts hören. Waren die Fremden schon weg? Aber bestimmt wäre mein Vater dann bereits ins Bad gekommen.

Vorsichtig drückte ich die Türklinke nach unten.

Die Frau stand ganz nah hinter mir, ich spürte ihren Atem in meinem Nacken.

Im Flur brannte kein Licht mehr. Die Wohnzimmertür war nun geschlossen, ein Lichtstrahl leuchtete unter dem Türspalt hindurch.

Ich atmete erleichtert aus, denn das war gut für uns. Langsam trat ich aus dem Bad heraus, dicht gefolgt von der Frau. Es waren nur wenige Meter, die wir schaffen mussten, dann konnte sie aus der Hintertür rennen.

Als ich fast an der Tür war, trat ich auf ein quietschendes Bodenbrett und erstarrte.

Die Frau stieß gegen mich, ich hörte ihren schweren Atem.

Dann riss mein Vater die Tür auf.

Der Flur wurde vom blassen Licht der alten Lampe erhellt.

»Was machst du hier?«, fragte mein Vater, seine Stimme hatte kalt geklungen.

Panik überflutete mich, aber ich durfte nicht aufgeben. Ich biss mir auf die Lippe und versuchte, mutig auszusehen.

»Ich lasse die Frau gehen«, sagte ich und spürte, wie mein Herz wild schlug.

Die Frau eilte zur Tür und riss daran, doch sie ließ sich nicht öffnen.

Papa hielt den Schlüssel hoch und grinste.

»Sie bleibt hier«, sagte er streng.

Die Frau schluckte schwer, ihre Augen füllten sich mit Tränen. »Bitte, lassen Sie mich gehen. Ich möchte zu meinen Kindern.«

Mein Herz zog sich zusammen, als ich das hörte. Hatten die anderen Frauen auch welche gehabt?

»Ich weiß«, erwiderte mein Vater.

Ich nahm die Hand der Frau. Sie zitterte, ihre Augen waren auf mich gerichtet, als ob sie hoffte, dass ich ihr helfen könnte.

»Sie werden sterben, wenn du nicht das tust, was ich will.«

»Papa, bitte lass sie gehen. Wir können auch alleine feiern.«

Mein Vater ignorierte mich. Sein Blick war nur auf die Frau gerichtet. »Du wirst die Mutter meines Kindes sein«, sagte er, seine Worte klangen bedrohlich. »Du wirst uns ein perfektes Weihnachtsfest bereiten, so wie es mein Sohn und ich verdienen.«

Die Frau schluchzte, ihre Schultern bebten vor Angst. »Ich flehe Sie an, lassen Sie mich gehen. Ich kann das nicht tun. Ich schwöre, dass ich Sie nicht verraten werde.«

Mein Herz klopfte lauter, als ich sah, wie verzweifelt sie war. Aber auch, wie sich die Halsschlagader meines Vaters immer weiter nach außen wölbte. Er war wütend. Ich konnte nicht zulassen, dass er ihr oder ihren Kindern Schaden zufügte. Die Tränen in meinen Augen ließen meine Sicht verschwimmen.

»Lass sie gehen!«, schrie ich entschlossen.

Mein Vater sah mich erst überrascht an, aber dann verzog sich sein Gesicht zu einem finsteren Lächeln. »Oh, du willst deine neue Mama verteidigen, nicht wahr? Wie rührend.«

Ich nickte. »Bitte, lass sie gehen. Sie hat Kinder, die sie brauchen. Ich weiß, wie schlimm es ist, wenn die eigene Mama plötzlich nicht mehr da ist.«

Mein Vater lachte wieder, aber dieses Mal klang es grausam. »Du hast recht. Sie hat Kinder, und deshalb wird sie bleiben und tun, was ich von ihr verlange.« Er sah die Frau an. »Denn sie will nicht, dass den Kleinen etwas passiert, nicht wahr?«

Sie schluchzte wieder, ihre Augen waren weit aufgerissen vor Entsetzen.

»Tu das nicht, Papa.« Ich weinte.

»Du verstehst es einfach nicht, oder?«, knurrte mein Vater und schaute mich wütend an. »Ich tue das für dich, sie wird bleiben.«

Meine Augen brannten von den Tränen.

Mein Vater schüttelte den Kopf. »Zeig ihr die Küche. Am besten beginnt sie sofort mit dem Roastbeef, das möchte ich morgen zu essen haben.«

Ich sah die Frau an, die mir leicht zunickte.

»Schon okay, ich kümmere mich darum«, sagte sie.

Mein Herz sprang in tausend Einzelteile, so schmerzerfüllt hatte ihre Stimme geklungen.

Ich drehte mich zu meinem Vater und funkelte ihn an.
»Ich hasse dich.«

Dann rannte ich die Treppen hinauf in mein Zimmer,
verkroch mich unter der Bettdecke und weinte.

6

23. DEZEMBER 2022

Als Mathias und Romy das Präsidium betraten, hatte er es irgendwie im Gefühl, dass die Stimmung getrübt war. Einige Kollegen liefen mit herunterhängenden Mundwinkeln herum. »Was ist hier los?«, fragte er. »Ist das die jährliche Weihnachtsmuffelsaison oder haben wir das Weihnachtsgeld gestrichen bekommen?«

Romy zuckte mit den Schultern. »Es ist doch jedes Jahr so, sie haben einfach keine Lust, an solchen Tagen zu arbeiten.«

»Das glaube ich nicht, es ist schön hier an Weihnachten.« Mathias zwinkerte und lief die Treppen hinauf.

Das Präsidium war etwas mit Weihnachtslichtern und Tannenzweigen geschmückt. Der Direktor wollte jedes Jahr, dass es ein wenig festlicher aussah, damit die Atmosphäre im Kontrast zur Arbeit stehen konnte, die sie fast jedes Jahr erwartete.

Mathias dachte darüber nach, wann er mal ein ruhiges Weihnachtsfest gehabt hatte. Sehr oft waren gerade in dieser Zeit Eskalationen in Familien oder im Freundeskreis an der Tagesordnung.

Als sie ins Büro traten, sah Mathias, dass die ganze

Weihnachtsdekoration in einer Kiste auf einem Tisch stand.

»Schau mal, Romy, der Weihnachtsschmuck hat sich hier wohl selbstständig gemacht und wieder in der Kiste versteckt«, meinte er mit einem spöttischen Lächeln. Er wusste bereits, warum sie da stand.

Romy lachte leise. »Ja, scheint so, als wäre der Weihnachtsgrinch mal wieder im Polizeipräsidium erwacht.«

Eine Kollegin stöhnte laut auf. »Ich habe es einfach nicht geschafft. Ihr könnt euch gleich damit beschäftigen.« Sie erhob sich, trank ihre Tasse leer und stellte sich vor Mathias. »Die Nacht war ruhig, ich gehe schlafen.«

Mathias grinste. So war es jedes Jahr, die Nachtwachen hielten nicht viel von Weihnachtsschmuck und vergaßen das Dekorieren immer gern.

»Ach ja, in deinem Büro wartet jemand auf euch.«

Mathias lief mit Vorfreude in sein Arbeitszimmer, weil er wusste, wer ihn dort empfangen würde.

»Na, wer sagt denn da Hallo?«, fragte er und lächelte das ihm so vertraute Gesicht an.

Norman, der vor ein paar Monaten bei einem Einsatz verletzt worden war und anschließend mit einer schweren Erkrankung zu kämpfen gehabt hatte, trat mit einem breiten Grinsen auf sie zu. Ausgerechnet an Heiligabend war er zurückgekommen, was Mathias noch immer nicht begreifen konnte.

»Norman! Du lebst ja noch«, sagte Mathias scherzhaft und umarmte ihn. »Wir haben schon befürchtet, du wärst mit einer Krankenschwester durchgebrannt und irgendwo im Schnee festgefroren.«

Norman lachte. »Ach, so eine Auszeit war ganz nett. Aber ich bin froh, wieder hier zu sein und euch mit meiner Anwesenheit zu beglücken.«

Romy grinste. »Und das musste ausgerechnet an

Weihnachten sein? Hättest du uns das nicht ersparen können?«

»Ich kann mir keine besseren Weihnachten vorstellen, als die mit euch zu verbringen.«

Mathias lief zu seinem Schreibtisch. »Dann hoffen wir, dass wir dieses Jahr ein ruhiges Fest haben werden. Wer will noch einen Kaffee?«

Er legte seine Tasche ab, zog sich seinen Mantel aus und hängte ihn über die Stuhllehne.

»Ich habe uns schon einen gekocht.« Norman lief in den Aufenthaltsraum. Kurz darauf kam er mit drei Tassen zurück und stellte sie auf Mathias' Schreibtisch ab. »Was gibt es zu wissen?«

»Nichts weiter. Wir hatten es ganz ruhig hier«, erwiderte Mathias.

Die Worte waren kaum ausgesprochen, da klingelte das Telefon. Mathias hob ab.

Der diensthabende Beamte der Leitstelle war dran. »Guten Morgen, wir haben einen Notruf aus Koblenz-Güls. Vier Tote. Es muss wohl schrecklich sein, unter den Opfern sind auch zwei Kinder.«

Mit einem Mal war die gute Stimmung dahin. »Wir machen uns auf den Weg.«

Mathias ließ sich die Adresse geben und legte auf.

Norman grinste. »Hat Rudolph das Rudel aufgemischt?«

Mathias schüttelte den Kopf. »Vier Tote, darunter zwei Kinder. Sieht so aus, als wurden sie hingerichtet.«

Normans Lachen erstarb. »Gütiger.«

»Ich fahre mit Romy zum Tatort, du gibst gleich alles an die Kollegen weiter.«

»Erledige ich. Ich rufe die Staatsanwaltschaft an und schicke euch die KTU hinterher.«

»Die ist schon informiert. Aber du könntest in Mainz

die Rechtsmedizin kontaktieren. Mir wäre lieb, wenn sie in diesem Fall nach Koblenz kommen.«

»Alles klar.« Norman lief zu seinem Schreibtisch und griff zum Telefon.

Mathias war froh, dass er zurück war, auch wenn Norman noch sehr blass wirkte. Außerdem hatte er deutlich abgenommen.

Auf dem Weg zum Auto kam ihnen Christa entgegen, deren Mimik Bände sprach. Sie drückte sich mit Ach und Krach ein »Guten Morgen« heraus. Vor ein paar Monaten war sie um einiges besser gelaunt gewesen, nicht mehr so mürrisch wie sonst, doch irgendwie nun wieder in alte Muster verfallen.

»Norman ist oben«, sagte Romy. »Wir haben ein vierfaches Tötungsdelikt und sind auf dem Weg zum Tatort.«

Christa nickte, und ihr Gesichtsausdruck verfinsterte sich noch eine Nuance.

Mathias trat auf die Straße.

Große, flaumige Schneeflocken tanzten vom Himmel herab, und der Boden war bereits von einer dünnen Schneeschicht bedeckt. Ein Lächeln stahl sich auf sein Gesicht, als er den Kopf zurücklegte und die Flocken auf seiner Haut spürte. Das würde Mia und Julian freuen, denn es hatte schon lange keine weiße Weihnacht mehr gegeben.

Der Schnee brachte für Mathias eine seltsame Ruhe mit sich, eine Art Magie, die den bestialischen Mord an einer ganzen Familie für einen Moment vergessen ließ. Die Straßenlaternen warfen einen warmen Schimmer auf die weiße Pracht, und die Stille, die sich ausbreitete, war fast tröstlich.

Mathias atmete tief durch und schloss kurz die Augen. Es war, als würde die Welt für einen Moment innehalten, als könnte er den ganzen Stress und die

Anspannung der letzten Monate abwerfen. Er konnte den frischen, kühlen Duft des Schnees in der Luft riechen. Er sah Sara vor sich, wie sie die Rollläden aufzog, die weiße Winterlandschaft bestaunte und dann wie ein kleines Kind freudig herumsprang.

Die Schneeflocken schmolzen auf seiner Haut, und er streckte die Hand aus, um ein paar aufzufangen. Ein Lächeln breitete sich auf seinem Gesicht aus. Dann öffnete er die Augen wieder, die Straße erstreckte sich vor ihm, von einem weißen Teppich bedeckt. Ein leichtes Kribbeln der Vorfreude erfüllte ihn. »Mia und Julian werden heute einen wunderschönen Tag haben«, sagte er zu Romy. »Du kannst dich auf eine große Schneeballschlacht freuen.«

Romy lächelte. »Hoffen wir, dass wir heute früh fertig werden.«

Mit diesen Worten war der Frieden dahin. »Ich denke eher, wir werden lange nicht nach Hause können.«

Sie stiegen ins Auto.

So schön der Schnee auch war, beim Fahren hasste Mathias ihn. Wenn die Flocken vor seinen Scheinwerfern tanzten, wurde ihm immer etwas schwummrig.

Die Fahrt bis nach Güls zog sich in die Länge, weil die Straßen rutschig waren. Mathias hoffte, dass trotz der Wetterlage ein Rechtsmediziner nach Koblenz kommen würde.

Nach einer halben Stunde parkte er das Auto vor dem Anwesen der getöteten Familie.

Ein normales Einfamilienhaus, das bereits in die Jahre gekommen war. Kein pompöses Anwesen, wo man einen Raub vermutet hätte.

Seufzend stieg er aus und stapfte durch den Schnee. Er zog seinen Mantel enger um sich, als er auf das Haus zuging. Ein eisiger Wind strich über seine Haut, und ein

Gefühl der Beklemmung legte sich wie eine schwere Last auf seine Schultern. Er konnte das Flattern der Absperrbänder sehen, die um das Haus aufgespannt waren, als wäre es ein Ort des Schreckens und der Gefahr. Und das war es auch. Er hoffte nur, dass daraus keine Mordserie werden würde.

Ein Kollege der Streifenpolizei begrüßte ihn und Romy. »Die KTU ist schon drin. Es ist ein grausames Bild.«

Als Mathias die Tür öffnete, schlug ihm der Geruch von Blut entgegen. Sein Magen zog sich zusammen, während er sich durch den Flur bewegte.

Gleich in dem Zimmer vor ihm tummelten sich Kollegen der Spurensicherung. Der leitende Kriminaltechniker trat heraus. »Overalls liegen dort.« René Walther zeigte auf eine Kommode. »Am besten zieht ihr euch an. Das Grauen fand im ganzen Haus statt. Oben im Kinderzimmer liegen die Töchter, ihre Kehlen wurden durchtrennt. Im Schlafzimmer liegt der Ehemann. Er wurde mit mehreren Messerstichen hingerichtet. Er lag auf dem Boden und hat eine Blutspur hinter sich hergezogen. Vermutlich hat er nach den Verletzungen noch versucht, Hilfe zu holen. Denn auf dem Boden lag ein Handy. Von dem wurde auch ein Notruf abgesetzt.«

Mathias sah Romy an. »Ruf die Leitstelle an, ob die etwas dazu sagen können.«

»Das haben wir schon erledigt«, berichtete der Kollege. »Sie hatten einen abgebrochenen Notruf in der Nacht, gegen drei Uhr. Es hatte niemand etwas gesagt.«

»Okay«, erwiderte Mathias.

»In der Küche sieht es anders aus. Dort haben wir die Ehefrau gefunden. Sie scheint das eigentliche Opfer zu sein. Sie wurde auf einem Stuhl gefesselt vorgefunden. Und sie trägt einen Weihnachtsrock.«

Mathias riss die Augen auf. »Was soll das nun wieder bedeuten? Ein Raub kann das ja wohl nicht sein.«

»Nein, war es auch nicht. Es fehlt nichts. Der Safe oben im Schlafzimmer ist voll mit wertvollem Schmuck, hier in der Küche im Haushaltsglas stecken mehrere hundert Euro. Auch Fernseher, Laptops und Handys sind hier.«

Mathias seufzte. »Gut, wir ziehen uns an, dann zeigst du uns erst mal alles.«

Romy und Mathias schlüpften in die weißen Overalls. Anschließend brachte der Kollege der KTU sie zuerst nach oben. Sie betraten das Kinderzimmer.

Mathias' Blick glitt über die Szene, und sein Herz schien für einen Moment stillzustehen.

Die Kinder waren noch klein, das größere nicht älter als sechs Jahre. Sie waren auf grausame Weise ermordet worden. Die Bettdecken waren von Blutspuren übersät, und der Anblick der leblosen Körper traf ihn wie ein Stich ins Herz. Mathias hatte schon viele brutale Verbrechen gesehen, aber dieses hier zeugte von einer unbeschreiblichen Grausamkeit. Immer wenn Kinder dabei Opfer waren. Wer konnte so skrupellos sein und zwei kleinen Mädchen die Kehle durchtrennen?

Das Schlafzimmer der Eltern lag auf demselben Flur.

Mathias und Romy folgten dem Kollegen.

Der Raum wurde von einem gedämpften Licht erhellt, das von der Morgensonne durch den Vorhang schien. Auf dem Boden lag der leblose Körper des Ehemanns bäuchlings. Über das helle Laminat zog sich eine Blutspur.

Romy kniete sich neben den Mann und zog ihre Handschuhe an. Sie nahm vorsichtig die Hand des Leichnams. »Sieht nicht so aus, als hat er sich gewehrt.«

Sie schaute zu dem Kollegen der KTU.

Dieser zuckte mit den Schultern. »Wir waren noch nicht an ihm dran.«

Der Kopf des Mannes lag zur Seite gedreht. Sein Gesicht trug den Ausdruck des Entsetzens, als ob er erkannt hatte, dass sein Leben in dieser Nacht ein Ende nehmen würde. Seine andere Hand war ausgestreckt, die Finger verkrampft, als hätte er versucht, nach dem Handy zu greifen, das ein Stück weiter entfernt vor ihm lag. Doch sein Herzschlag war verstummt, bevor er hatte Hilfe erreichen können.

»Aber er hat den Notruf nicht mehr gewählt, oder?« Mathias sah René Walther an.

»Vermutlich nicht. Wie gesagt, wir waren hier noch nicht dran. Aber seine Hände sind blutbeschmiert, auf dem Handy ist keins. Wahrscheinlich hat er im Todeskampf versucht, es zu erreichen. So sieht das für mich auf den ersten Blick aus.«

»Dann muss es die Frau gewesen sein. Sie war also auch hier im Zimmer.« Mathias schaute sich um, fand aber nichts Auffälliges.

»Lass uns erst einmal die Spuren sichern, dann kann ich vielleicht mehr sagen. Auf der Treppe waren auch Blutspuren. Wenn ich DNA-Ergebnisse habe, kann ich den Tatvorgang eventuell genauer rekonstruieren.«

»Wer könnte jemandem so etwas antun?«, fragte Romy.

Mathias schüttelte den Kopf. Erst einmal musste er die Gedanken ordnen. »Das müssen wir herausfinden. Wie ein erweiterter Suizid sieht das Ganze nicht aus, oder?«

Er schaute zu seinem Kollegen der KTU.

»Nein, alle vier wurden von jemand anderem getötet. Tatwaffe haben wir keine gefunden, es scheint aber ein

Messer gewesen zu sein. Mehr kann ich nicht sagen. Fingerabdrücke nehmen wir noch ab.«

Romy seufzte, stand auf und überblickte den Raum. »Wir müssen jeden Stein umdrehen. Jede Spur, jede Verbindung.«

Mathias nickte. »Zeig uns noch die Ehefrau, dann beginnen wir mit den Befragungen.«

Der Kollege führte sie die Treppe hinunter in die Küche.

Inmitten des blutigen Chaos saß eine Frau auf einem Stuhl gefesselt, die in einem Weihnachtsrock gekleidet war. Ein bordeauxroter Rock mit weißem Saum. Ihr Blick war leer. Das weiße Oberteil war mit Blut besudelt, das offenbar aus der klaffenden Wunde am Hals gelaufen war.

»Ihr wurde ebenfalls die Kehle durchtrennt«, sagte der Beamte der Kriminaltechnik.

Mathias atmete tief durch und näherte sich der Frau. »Sie wurde offenbar vorher geschlagen.«

Er zeigte an die Stirn, an der eine große rote Schwellung zu erkennen war.

»Oder ist gestürzt«, antwortete der Kollege. Dann zeigte er an die gegenüberliegende Wand, auf der in Blut geschriebene Worte prangten. »»Das Fest der Liebe zerstörte sie‹«, las er vor. »Klingt, als hätte der Täter ein Problem mit Weihnachten.«

Mathias betrachtete die unheimlichen Worte, und ein Schauer lief über seinen Rücken. Er ahnte anhand der Aufmachung dieses Verbrechens, dass sie es mit einem kaltblütigen Mörder zu tun hatten. Was bedeutete diese Botschaft? Und warum hatte er die Frau in diesem Weihnachtsrock zurückgelassen? »Spräche dafür, dass die Frau in so einem Rock dasitzt. Aber warum nur sie?«

Mathias wusste, dass er jeden Stein umdrehen

musste, um die Wahrheit ans Licht zu bringen. Der Anblick der getöteten Familie brannte sich in sein Gedächtnis ein, ein Bild, das ihn lange verfolgen würde.

Walther zuckte mit den Schultern. »Vielleicht hat sie den sich ja auch selber angezogen.«

Mathias runzelte die Stirn. »Könnte natürlich sein, passt aber irgendwie nicht zu ihrer anderen Kleidung, oder?«

Romy schüttelte den Kopf. »Nicht wirklich. Sie trug einen weißen Pyjama, warum sollte sie sich mitten in der Nacht einen Weihnachtsrock überziehen?«

»Wer hat die Familie gefunden?«, erkundigte sich Mathias, weil sie die Frage nach dem Rock sowieso nicht klären konnten.

»Das waren die Eltern des Mannes, die heute angereist waren, um mit der Familie Weihnachten zu feiern. Sie sagten, die Tür stand offen, auf ihr Klingeln habe keiner reagiert, dann sind sie einfach rein.« Der Kollege von der KTU schüttelte den Kopf. »Die Mutter wurde in die Klinik gebracht, sie steht unter Schock. Ihr Mann sitzt draußen in einem der Polizeiwagen.«

»Okay, dann befragen wir den zuerst. Wir gehen dann. Meldet euch, sobald ihr etwas Brauchbares habt. Finden wir dieses Schwein schnell.«

7

23. DEZEMBER 2022

»Hallo Lili«, begrüßte Dr. Schrader sie. »Ich freue mich, dich zu sehen.«

Lili reichte dem Psychologen zögerlich die Hand und setzte sich direkt vor das Puppenhaus, das Dr. Schrader extra für sie angeschafft hatte, um mit Lili kommunizieren zu können.

Dann begrüßte er Anja mit einem Handschlag. »Hallo Frau Ludolf. Bitte setzen Sie sich doch. Wie kann ich Ihnen denn helfen?«

»Lili ist seit einiger Zeit wieder sehr verstört, ich mache mir große Sorgen. Heute zum Beispiel hat sie einer Puppe den Brustkorb rot gemalt. Es sah aus wie Blut. Ich weiß natürlich nicht, ob es irgendwas zu bedeuten hat, aber es kommt mir komisch vor.«

»Gut, dann versuche ich zu Lili durchzudringen. Bitte verhalten Sie sich in dieser Zeit ganz ruhig, egal was wir erfahren. Es ist ganz wichtig, dass sich Ihre Tochter nur auf das konzentrieren kann, was die Puppen zu sagen haben.«

Anja nickte und setzte sich in die Ecke ans Fenster.

Der Psychologe dämpfte das Licht und hockte sich neben Lili vor das Puppenhaus.

Lili richtete ihre großen Augen auf Dr. Schrader, der irgendwie immer einen Draht zu ihr fand. Die Stille wurde nur von ihrem leisen Atmen durchbrochen.

Dr. Schrader beobachtete Anjas Pflegetochter einen Moment lang.

»Lili, ich verstehe, dass du Schwierigkeiten hast, über das zu sprechen, was du gerade fühlst«, sagte er schließlich in ruhigem Ton.

Lili blickte auf das Puppenhaus. Sie zeigte damit, dass es ihre Welt war, in der sie sich ausdrücken konnte.

»Vielleicht kannst du mir wieder mit den Puppen zeigen, was in deinem Herzen vorgeht«, fuhr Dr. Schrader fort.

Lili nickte leicht und bewegte die Puppen vorsichtig. Ihre Finger glitten über die kleinen Figuren, es passierte erst einmal nichts. Dann holte sie die Puppe heraus, die sie zu Hause mit roter Farbe bemalt hatte, und setzte sie auf einen Stuhl in eine Ecke des Puppenhauses. Anschließend griff sie nach einer männlichen Puppe und ließ diese zu der bemalten Puppe laufen.

»Wir müssen alle töten«, sagte sie wieder mit dieser verstellten tiefen Stimme.

Anja beobachtete Lili und spürte eine Gänsehaut. Es war, als ob der Raum sich langsam abkühlte, und ein unbehagliches Gefühl breitete sich in ihr aus. Sie konnte nicht genau erklären, warum diese Darstellung sie so erschreckte, aber es fühlte sich unheimlich an.

Dr. Schrader schaute seelenruhig zu, wirkte aber nach Anjas Empfinden auch etwas irritiert.

Plötzlich spielte Lili eine Szene, in der die männliche Puppe die weibliche angriff. Ihre kleinen Hände zitterten dabei leicht, aber sie setzte das Spiel mit einer erschreckenden Heftigkeit fort.

Dr. Schrader beobachtete sie aufmerksam.

»Was tust du der Frau an?«, fragte er an die männliche Puppe gerichtet. Lili würdigte er dabei keines Blickes.

»Ich schneide ihr die Kehle durch. Das habe ich auch mit ihren Kindern getan«, antwortete Lili mit tiefer Stimme. »Ich konnte das nicht mit ansehen«, fuhr sie dann fort. Dies sagte ebenfalls die männliche Puppe, aber Lili verstellte ihre Stimme dabei noch einmal anders. »Ich habe sie zugedeckt. Und das alles nur wegen Weihnachten.«

Anja schluckte schwer. Sie verstand überhaupt nichts von dem, was Lili da erzählte.

Ihre Tochter legte zwei kleine Kinderpuppen in ein Bett, bemalte auch diese am Hals mit einem roten Filzstift und legte ein Tuch über sie beide. »Und ihren Mann habe ich auch getötet.«

Sie nahm eine weitere männliche Puppe und verteilte mehrere rote Punkte über den Oberkörper und legte sie in ein anderes Bett.

Anja konnte das Unbehagen nicht abschütteln, das sich in ihr ausgebreitet hatte. Sie hatte das Gefühl, dass sich eine geheimnisvolle Dunkelheit um Lili rankte. Und irgendwie machte ihr das Kind in diesem Moment sogar Angst.

Ihre Tochter beendete schließlich ihr Spiel. Sie sah zu Dr. Schrader auf. Die Stille zwischen ihnen fühlte sich beinahe drückend an.

Der Psychologe blickte tief in Lilis Augen und lächelte sanft. »Danke. Ich glaube, du hast mir gerade viel erzählt.«

Anja spürte eine Kälte, die nicht von der Temperatur

kam. Die Darstellung im Puppenhaus hatte etwas Gruseliges, das sie nicht erklären konnte. Sie wusste, dass Lilis Erfahrungen tief und schmerzhaft waren, aber sie fragte sich, ob das arme Kind solch eine Grausamkeit wirklich erlebt hatte. Die Mitarbeiter des Jugendamtes hatten nie etwas Derartiges erwähnt. Es hieß immer nur, dass die Eltern dauerhaft zugedröhnt gewesen wären und Lili hatten verwahrlosen lassen. Deshalb musste sie aus der Familie heraus.

Dr. Schrader lief zur Tür und rief seine Assistentin zu sich. Er bat sie, Lili mit nach draußen zu nehmen, und setzte sich anschließend Anja gegenüber.

Anja schluckte ihre Übelkeit hinunter. »Ich mache mir wirklich Sorgen um sie. Das war gerade so seltsam und verstörend. Was hat das alles zu bedeuten?«

»Das verstehe ich. Kinder können auf verschiedene Weisen auf traumatische Ereignisse reagieren. Und Lili hat eine schwierige Vergangenheit hinter sich. Sie war immer allein, hat kaum Essen und Trinken bekommen. Ihr Vater hat sie verprügelt. Wir müssen vorsichtig vorgehen und ihr die Zeit geben, die sie braucht, um sich zu öffnen. Mir scheint es, als wäre sie in ihrer Vergangenheit gefangen.«

»Warum nur redet sie nicht mit uns, sondern mit Puppen?«

»Ich verstehe, dass es sehr beunruhigend ist. Oftmals haben Kinder Schwierigkeiten, ihre Ängste und Sorgen in Worte zu fassen. Deshalb drücken sie sich auf andere Weisen aus, oft durch kreatives Spielen. Was wiederum gut ist, denn so habe ich zumindest die Möglichkeit, mit ihr zu kommunizieren.«

»Aber diese roten Flecken … Das macht mir wirklich Angst. Glauben Sie, es ist was, das sie in ihrer Kindheit miterleben musste? Einen Mord?«

»Das denke ich nicht. Außerdem wüssten Sie das. Man hätte sie beim Briefing darüber informiert, damit Sie mit solchen Situationen umgehen können. Es kann gut sein, dass sie zum Beispiel mal irgendein Gespräch im Fernseher aufgeschnappt oder ein Telefonat mitgehört hat. Das würde dieses Verstellen der Stimme erklären. Denn sie hatte ja nur eine männliche Puppe in der Hand. Und zu den Bruchteilen, die sie aufgeschnappt hat, könnte sie sich noch Sachen dazu ausgedacht haben. Wichtig ist, dass wir ihr helfen, diese Emotionen zu verstehen und zu verarbeiten.«

Anja wunderte sich, wie der Psychologe dieses derart brutale Spiel so entspannt zur Kenntnis nehmen konnte.

»Was kann ich tun, um ihr zu helfen?«, fragte sie. Sie fühlte sich in diesem Moment nicht gerade geeignet als Mutter für ein traumatisiertes Kind. Vielleicht hatte Dirk doch recht.

»Geduld ist der Schlüssel, so abgedroschen es auch klingen mag. Zeigen Sie ihr weiterhin, dass Sie für sie da sind und dass sie bei Ihnen sicher ist. Versuchen Sie, eine offene Kommunikation zu fördern, indem Sie über Ihre eigenen Gefühle sprechen und Interesse an ihren zeigen. Wir könnten auch in Erwägung ziehen, kreative Therapieformen zu verwenden, wie beispielsweise Kunsttherapie, um ihr zu helfen, ihre Emotionen auszudrücken.«

»Aber wie lange wird es dauern, bis sie sich öffnet? Ich versuche es doch schon zwei Jahre. Vielleicht ist sie bei mir nicht richtig.«

»Jedes Kind ist anders, und es gibt keine festen Zeitvorgaben. Nur weil Ihre anderen Pflegekinder sich eher geöffnet haben, heißt es nicht, dass Sie für Lili nicht als Pflegemutter geeignet sind. Es kann Wochen, Monate oder sogar Jahre dauern. Das Wichtigste ist, dass wir ihre Fortschritte achten und sie auf dem Weg begleiten. Mehr können wir nicht tun. Ich bin mir sicher, dass Lili Sie sehr liebt und glücklich bei Ihnen ist, auch wenn es derzeit für Sie nicht so scheint.«

Die Worte klangen zwar zuversichtlich, aber Anja beruhigten sie trotzdem nicht.

»Wie geht es eigentlich Henry?«, wechselte Dr. Schrader dann das Thema.

»Ich denke bestens. Er ist ja nun seit einem halben Jahr ausgezogen und scheint gut zurechtzukommen. Lili hat seitdem aber mehr Albträume, ich glaube, dass sie ihn vermisst, auch wenn er sie wirklich sehr oft besucht.«

»Das ist bemerkenswert. Es zeigt, wie stark die Verbindung zwischen Lili und Henry in so einer kurzen Zeit geworden ist. Und wie geht es Ihnen dabei, Henrys Fortschritte zu verfolgen?«

»Es ist natürlich schön, zu sehen, dass er sich gut entwickelt. Aber im Moment ist Lilis Wohl meine Priorität. Sie kommt weniger zurecht. Henry ist jetzt erwachsen und hat seine traumatische Kindheit überwunden.«

»Natürlich«, erwiderte Dr. Schrader. »Ich habe mich auch nur gewundert, weil Henry schon länger nicht mehr vorbeigekommen ist.«

Anja runzelte die Stirn. »Das wusste ich nicht. Ich dachte, er käme noch zu Ihnen. Aber er sagt mir immer, es würde ihm richtig gutgehen. Vielleicht hält er es derzeit nicht für nötig.«

Dr. Schrader schaute Anja einen Moment an. Sein Blick fühlte sich merkwürdig an, so als zöge er sie damit aus. »Das klingt gut«, sagte er schließlich. »Vielleicht richten Sie ihm aus, dass er jederzeit einen Termin machen kann, wenn er es braucht.«

Anja nickte und erhob sich. Sie verabschiedete sich.

»Wir sehen uns dann direkt nach den Feiertagen mit

Lili wieder. Ich wünsche Ihnen ein schönes Weihnachtsfest.«

»Danke, Ihnen auch.«

Anja ging zu Lili, die im Wartezimmer ein Bild malte. »Komm, mein Schatz, wir können jetzt nach Hause fahren.«

Ihre Tochter legte die Stifte ab, gab der Frau das Bild und nahm Anja an die Hand. Dann verließen sie die Praxis.

Als sie im Auto saßen, drehte sich Anja zu Lili nach hinten. »Ich habe eine Idee. Wie wäre es, wenn wir uns ein Eis holen?«

Lili sah Anja an und blickte dann aus dem Fenster. Sie zeigte mit dem Finger nach draußen.

»Ja, ich weiß, es schneit. Aber hey, im Sommer Eis essen kann jeder. Es schmeckt auch im Winter. Wir gehen in den Supermarkt, ich kaufe etwas zu essen ein, damit wir später was Leckeres kochen können, und zur Belohnung schlecken wir ein Eis im Schnee.«

Lilis Augen wurden größer und glänzten. Sie nickte.

»Super. Dann los!« Anja wusste nicht, wieso, aber sie hatte gerade keine Lust, nach Hause zu fahren. Irgendwie fühlte es sich dort so leer an.

8

24. DEZEMBER 2007

Ich saß seit dem Morgen still in meinem Zimmer. Nachdem ich den Tag zuvor versucht hatte, Patricia zu retten, hatte Papa mich dorthin verwiesen, und ich durfte nur zum Essen herauskommen.

Die Stimmung im Haus war angespannt, seit mein Vater Patricia gedroht hatte, ihren Kindern etwas anzutun. Sie versuchte, alles richtig zu machen, aber manchmal war es zu laut, wenn sie backte, oder es roch zu stark nach Fett. Nichts war ihm recht. Sie tat mir leid, und noch immer hatte ich vor diesem Heiligen Abend Angst. Denn die letzten drei waren von Gewalt und Tod geprägt gewesen.

»Komm runter«, plärrte plötzlich mein Vater nach oben.

Am liebsten hätte ich mich versteckt, aber ich würde es so nur noch schlimmer machen. An seiner Stimmlage hatte ich erkannt, dass er irgendwie wütend war. Ehe ich aus meinem Zimmer ging, schaute ich noch einmal aus dem Fenster.

Die Dunkelheit hatte sich schon über die Landschaft gelegt, während sanft Schnee vom Himmel rieselte. Die

Straßenlaternen warfen Licht auf den Boden und ließen die Schneeflocken wie funkelnde Diamanten in der Luft glitzern. Wie gern würde ich nach draußen gehen und sie auffangen. So wie es Mama früher immer mit mir gemacht hatte.

Die Äste der Bäume auf ihrer Straße waren von einer Schicht Puder geziert. Das Nebengebäude, in dem Papa seine Geräte aufbewahrte, war ebenfalls von einer sanften Schneedecke berieselt.

Ich schaute in den Himmel. Die Sterne funkelten auf dem schwarzen Hintergrund. Die Dunkelheit ließ den Schnee noch heller erscheinen. Ein zarter Hauch von Frieden lag in der Luft, doch im Haus lauerte das böse Grauen.

»Kommst du endlich? Ich will essen«, riss Papa mich aus der schönen Idylle.

Seufzend schleppte ich mich zur Treppe, an deren Fuße Papa auf mich wartete.

»Hörst du schwer, oder warum reagierst du nicht?«, motzte er.

»Ich habe noch etwas den Schnee beobachtet. Es sieht so schön draußen aus. Vielleicht können wir später ja etwas draußen spazieren gehen.«

»Ach hör auf mit so einem Scheiß. Es reicht, wenn du aus der Schule immer so nass nach Hause kommst. Und jetzt möchte ich mein Roastbeef essen. Ich werde ungehalten, wenn ich noch länger warten muss.«

Patricia drehte sich um, als wir die Küche betraten. Ihr Auge war ganz zugeschwollen und schimmerte blauviolett. »Ich bin gleich fertig, setzt euch schon an den Tisch.«

Ich spürte genau, wie mein Vater neben mir schnaubte. Mit mahlendem Kiefer starrte er auf den Tisch, auf dem lediglich der Adventskranz stand.

Ich eilte zum Schrank und wollte die Teller rausholen, doch Papa hielt mich auf.

»Wieso bist du nicht fertig?«, schnauzte er Patricia an.

Ich stellte mich neben sie und spürte ihre Angst.

»Ich habe noch nie Roastbeef zubereitet, da habe ich mich etwas verschätzt.«

Er kam auf mich und Patricia zugestürmt. Seine Schritte waren schwer, und seine Augen funkelten vor Wut.

Ich bekam Panik, denn genau das könnte bedeuten, dass Heiligabend wieder so enden würde wie die letzten Jahre.

»Ich habe die Schnauze voll von so viel Unfähigkeit«, brüllte mein Vater. Seine Stimme brachte den Raum zum Erzittern.

Ich wagte kaum, aufzusehen, betete stumm, dass Patricia es irgendwie schaffte, ihn zu beruhigen.

»Es tut mir leid. Das Essen ist noch nicht ganz fertig, ich wollte nur —«

Mein Vater unterbrach sie mit einem scharfen Blick. »Es ist Heiligabend! Das Essen sollte pünktlich auf dem Tisch stehen. Wie kannst du das versauen?«

Ich spürte den Kloß in meinem Hals, als die Spannung im Raum immer dichter wurde.

In Patricias Augen sammelten sich Tränen.

»Es tut mir leid«, wisperte sie erneut.

Doch Papa war schon zu tief in seiner Wut drin. »Es ist eine Schande!«, schrie er sie an. »Du dummes Weib.«

Ich biss mir auf die Lippen und traute mich nicht, etwas zu sagen oder zu tun. Meine Hände zitterten leicht.

Dann setzte sich mein Vater plötzlich an den Tisch.

Patricia stand unsicher da. »Es tut mir wirklich leid, ich wollte nur, dass alles perfekt ist.«

Doch ich sah in den Augen meines Vaters, dass es zu spät war.

Mit einem Satz sprang er wieder auf und packte sie. Seine Finger krallten sich um ihren Arm, und er zerrte sie hinaus in den Flur.

Nur ein paar Sekunden später fuhr mir das Klacken der Kellertür in die Ohren. Ich glaubte, Patricias Schmerz zu spüren, auch wenn ich nicht sehen konnte, was dort unten geschah. Er jagte mir durch alle Glieder.

In der Küche hörte ich, wie mein Vater wütend auf sie einschrie, seine Stimme war bedrohlich und dunkel.

Trotz der dicken Kellerwände drang Patricias verzweifeltes Flehen nach oben.

Ich fühlte mich hilflos. Sollte ich nach unten gehen und versuchen, Papa zu beruhigen?

Die Minuten verstrichen, in denen die lauten Hilfe-schreie durch das Haus hallten.

Ich kauerte mich auf den Boden in die Ecke, presste mir die Hände auf die Ohren, damit ich Patricias Verzweiflung nicht mehr hören konnte.

Schließlich, nach gefühlt unendlich langen Minuten, kam mein Vater aus dem Keller. Sein Gesicht war rot vor Wut. Er ging an mir vorbei, ohne mich anzusehen.

Ich blieb in der Ecke hocken, unfähig, mich zu bewegen oder etwas zu sagen.

Von Patricia kam kein Ton mehr.

Einen Augenblick starrte ich die Treppen hinunter, die in den dunklen Keller führten, immer noch voller Hoffnung, dass Patricia hochkommen würde.

Papa war im Wohnzimmer verschwunden, aus dem laut der Fernseher dröhnte. Wahrscheinlich hatte er sich einen Wodka eingekippt, den er immer trank, wenn er sich nach einer Wutattacke beruhigen musste.

Ich geh da runter, entschied ich dann mutig. Vielleicht konnte ich Patricia helfen.

Meine Hände zitterten, als ich die erste Stufe nahm und mich am Geländer festkrallte, weil ich Angst hatte, was mich dort unten erwarten würde. Doch ich würde es nicht ertragen können, einfach in mein Zimmer zu gehen, während sie da unten lag. Unruhe durchströmte mich, ich konnte nur hoffen, dass Patricia in Ordnung war, denn ich hatte Panik vor dem, was ich vorfinden würde. Wenn Papa auch sie umgebracht hatte, müsste ich mir eine Tote ansehen. Und ich hatte noch nie zuvor eine Leiche gesehen.

Als ich unten ankam, raubte mir der Anblick den Atem, und ich musste würgen.

Patricia lag auf dem kalten feuchten Boden, ihre Augen waren komisch aufgerissen, leer und glasig. Aus einer Wunde am Hals sickerte ganz viel Blut.

Ich starrte sie an und bekam Schweißausbrüche. War sie wirklich tot?

»Patricia«, flüsterte ich und tippte sie leicht an der Schulter.

Sie regte sich nicht. Ihr Gesicht war fast um das Doppelte angeschwollen, überall klebte Blut. Es war sogar in ihre Augen gelaufen. Ihr rechter Arm war seltsam verrenkt, es sah aus, als gehörte er gar nicht zu ihrem Körper.

»Bitte wach auf«, flehte ich sie an. Rüttelte stärker an ihr. Bei der Berührung an ihrer Hand erschrak ich, weil diese so kalt war. Ich setzte mich neben sie, nur ganz wenige Zentimeter entfernt. Die Dunkelheit des Kellers erdrückte mich, während ich allein mit dem schrecklichen Bild vor mir dasaß. »Es tut mir so leid, ich hätte mir für dich ein schönes Weihnachtsfest gewünscht, zusammen mit deinen Kindern.«

Ich wusste nicht, warum, aber ich stimmte leise ein Weihnachtslied an. Meine Stimme zitterte dabei. Ich hoffte, dass meine Worte sie erreichen konnten, wo immer sie auch war. Während ich die sanften Töne sang, kamen mir die Bilder der anderen Frauen in den Sinn. Sie alle waren hier unten gestorben. Und in diesem Moment schwor ich mir, wenn ich einmal eine Tochter haben sollte, würde ich gut auf sie aufpassen. Ihr würde so etwas niemals passieren. Ich hatte mir immer eine kleine Schwester gewünscht, aber ich war froh, keine zu haben. Wegen Papa. Vielleicht würde sie sonst auch hier liegen.

Dann kam mir eine Idee, die mir verrückt erschien, aber irgendwie Trost spendete. Nicht nur mir. Ich beschloss, all den Angehörigen der Frauen Weihnachtskarten zu schicken. Ich würde sie wissen lassen, dass ihre Lieben tot waren, sodass sie nicht mehr in dieser Ungewissheit leben mussten. Vielleicht würde es für sie dann leichter sein zu trauern. Ich fand, dass ich es den Frauen schuldig war, denn Papa hatte sie nur meinetwegen geholt, damit ich schöne Weihnachten hatte.

Ich stand auf. Meine Beine wackelten, als ich die Kellertreppe hochstieg. Auf dem Weg in mein Zimmer stellte ich mir vor, was ich in die Karten schreiben würde und dass ich sie auf dem Schulweg in den Briefkasten schmeißen könnte. Eine andere Möglichkeit gab es nicht, denn ich durfte sonst nie rausgehen. Doch zuallererst musste ich die Adressen der Frauen herausfinden. Mir kam in den Sinn, dass Papa in seinem Schrank die Taschen der Frauen versteckte, dort musste ich suchen, vielleicht konnte ich so etwas finden. Ich musste nur warten, bis Papa besoffen genug war und in seinem Sessel einschlief. Und ich musste sie holen, ehe dieser Mann wiederkam, um Patricia wegzubringen.

Voller Trauer lief ich ins Bad und wusch mir das Blut

von meinen Händen. Patricias Blut vermischte sich mit Wasser und lief in den Abguss. Ihr Bild tauchte vor mir auf, wie sie heute Morgen ganz kurz ausgesehen hatte, als sie mich geweckt hatte. Sie war so liebevoll gewesen wie eine echte Mutter, und ich hatte sie wirklich gern. Ihre Augen hatten trotz des Veilchens gestrahlt, und ihr Lächeln war so warm gewesen. Ein Kloß bildete sich in meinem Hals.

Warum nur hatte Papa das getan? Trauer überwältigte mich. Ich hatte das Gefühl, als tobte ein Sturm in meinem Inneren, ich wusste gar nicht, wohin mit meinen Emotionen.

Ich presste eine Hand gegen meine Brust, weil ich glaubte, ich müsste das Herz festhalten, damit es nicht herausfiel. Die Tränen rollten über meine Wangen, und ich konnte die Schluchzer nicht zurückhalten. Die Trauer fühlte sich an, als ob sie mich erdrücken würde, als ob sie mich in eine Dunkelheit ziehen wollte, aus der es kein Entkommen gab. Ich wünschte, ich könnte einfach zu Patricia rennen, sie umarmen und ihr sagen, wie sehr ich sie vermisste. Ich wünschte, sie könnte zurückkommen und alles wieder in Ordnung bringen. Aber ich wusste, dass das nicht passieren würde. Genau das hatte ich mir auch bei Mama gewünscht, aber es war nie in Erfüllung gegangen.

Für einen Moment wollte ich mich ins Bett legen und lief in mein Zimmer. Ich zog die Decke über meinen Kopf und floh vor der Realität, vor der Leere, die in mir ruhte. Ich versuchte, mich an die glücklichen Momente mit Mama und Papa zu erinnern. Die Tage, als wir zusammen gelacht, gespielt und uns umarmt hatten. Diese Erinnerungen waren wie ein kleiner Lichtstrahl in der Dunkelheit meiner Trauer.

Plötzlich fühlte ich mich erschöpft, aber ich musste

wach bleiben, um in Papas Schrank nach den Taschen zu suchen. Ich musste nur noch einen Augenblick verharren.

Es war schon sehr dunkel, als ich mich leise aus meinem Bett schlich. Die Schritte hallten in der Stille wider, weil meine nackten Füße auf dem Boden kleben blieben. Mein Herz pochte laut in meinen Ohren, und ich konnte meine Angst fast greifen.

Der Schrank meines Vaters stand im Schlafzimmer, und ich hoffte, er würde noch immer im Wohnzimmer hocken. Ich schlich in den Raum, linste hinein und schloss die Tür leise hinter mir, als ich gesehen hatte, dass er nicht im Bett war. Dann öffnete ich den Schrank langsam, der dabei etwas quietschte. Ich konnte vor Anspannung fast nicht atmen. Das Zimmer war dunkel, weil ich das Licht nicht angemacht hatte. Nur der Schein des Mondes drang durch das Fenster und enthüllte die Umrisse der Taschen, die an dem Haken im Schrank hingen.

Mein Herz schlug immer heftiger, sodass ich dachte, es würde jeden Moment aus meiner Brust springen. Ich griff nach einer der Taschen und zog sie vorsichtig herunter.

Viel Zeit hatte ich nicht, deshalb kramte ich schnell darin und nahm von jeder der drei Frauen die Geldbörsen heraus. Dann eilte ich damit zurück in mein Zimmer. Erst dort wagte ich mir, wieder zu atmen.

Die Ausweise ruhten nun in meiner Hand. Aus der Schule wusste ich, wie eine Adresse aussah und wo ich sie finden konnte. Was mit den Frauen geschehen war, war ein düsteres Geheimnis, das nur ich kannte und diese drei Männer, die am Tag zuvor mit meinem Vater gestritten hatten. Ich könnte Papa verraten, wenn ich die

Karten schrieb, könnte den Angehörigen erzählen, was in diesem Hause vor sich gegangen war, aber dann wäre ich ganz allein. Ich musste es irgendwie anders schaffen, Papa zur Vernunft zu bringen. Es musste aufhören, denn ich konnte das nicht mehr ertragen.

9

23. DEZEMBER 2022

Mathias lief durch den Schnee, der, obwohl schon ein Räumfahrzeug unterwegs gewesen war, die Straße schon wieder mit einer dicken weißen Schicht bedeckte. Seine Kollegen der Schutzpolizei standen vor dem Wagen, in dem der Vater des ermordeten Ehemannes saß. Sie traten von einer Stelle auf die andere, sodass der Schnee unter ihren Schuhen knarzte.

Ihre Stimmung war gedämpft, denn sie hatten als Erstes dieses grausame Bild in dem friedlich wirkenden Haus gesehen, und es war kaum zu verdauen.

»Können wir mit dem Vater reden?«, fragte Romy einen der Kollegen.

»Ja, er scheint ziemlich klar zu sein. Setzt euch ruhig zu ihm ins Auto.«

Mathias bedankte sich und nahm neben dem Mann auf dem Rücksitz Platz.

Romy setzte sich vorn auf den Beifahrersitz.

Der ältere Herr war von tiefer Trauer gezeichnet, saß mit gesenktem Blick, seine Hände zitterten leicht, und seine Augen waren vom Weinen gerötet.

»Guten Morgen, mein Name ist Kron von der Kriminalpolizei Koblenz. Das ist meine Kollegin Blauen. Wir untersuchen den Mord an Ihrer Familie. Wir wissen, dass dies eine sehr schwierige Zeit für Sie ist. Fühlen Sie sich in der Lage, ein paar Fragen zu beantworten?«

Der Mann hob den Blick, seine Augen wirkten leer, so als ob er noch nicht ganz begriffen hatte, was geschehen war.

»Masberger. Ich bin Arnos Vater. Ich tue alles, was ich kann, um Ihnen zu helfen«, sagte er mit brüchiger Stimme.

»Vielen Dank. Wir wissen, dass es sehr schwer für Sie ist, aber wir wollen keine Zeit verlieren, den Täter zu schnappen.«

Der Mann nickte.

»Können Sie uns etwas über das Verhältnis zwischen Ihrem Sohn und Ihrer Schwiegertochter erzählen? Gab es in letzter Zeit Auffälligkeiten oder Streitigkeiten?«, fragte Romy.

Herr Masberger zögerte, er schien zu überlegen. »Wir haben davon nichts mitbekommen. Für uns schien es so, als wären sie glücklich verheiratet. Ich habe nie bemerkt, dass es Probleme gegeben hat. Aber wir wohnen weiter weg und sahen die vier nur ein- bis zweimal im Jahr. Ich kann es also nicht mit Bestimmtheit sagen.«

Mathias nickte verständnisvoll. »Sie sind heute erst angereist?«

»Ja, wir sind in der Nacht losgefahren, haben aber wegen des Schnees länger gebraucht als üblich. Fast zwei Stunden statt einer.« Der Mann sah Mathias aus weiten Augen an.

Mathias verstand ohne Worte, was ihm für eine Frage auf der Seele brannte. »Nein, Sie dürfen sich das nicht einreden. Eine Stunde früher hätte das Unheil leider nicht verhindern können. Der Täter ist in der Nacht da gewesen. Das ist zu einhundert Prozent sicher.« Mathias verschwieg dem Vater, dass jemand noch versucht hatte, den Notruf zu wählen, denn er glaubte, dass es nur noch mehr schmerzen würde, wenn der Mann erfuhr, wie sehr seine Familie gekämpft hatte. »Haben Sie denn irgendetwas Ungewöhnliches bemerkt, als Sie ankamen?«

Herr Masberger schüttelte den Kopf. »Nur eben, dass die Tür auf war. Wir haben das erst gar nicht gemerkt, haben ganz normal geklingelt und uns gewundert, warum niemand aufgemacht hat. Die Rollläden waren auch noch unten, und meine Frau vermutete, dass Arno und Selina vielleicht verschlafen haben. Also wollte sie es an der Tür probieren und stellte fest, dass die einen Spalt offen stand.«

»Sie sind dann ins Haus gegangen?« Mathias rieb sich seine kalten Hände und ärgerte sich, dass er keine Handschuhe dabeihatte.

»Ja, obwohl ich schon ein mulmiges Gefühl hatte. Und das bestätigte sich dann im Flur.« Der Mann strich sich über das Gesicht. »Dieser bestialische Geruch, es war schrecklich. Wir haben gerufen, niemand hat sich gemeldet. Dann bin ich in die Küche gegangen und habe Selina da in diesem merkwürdigen Rock gesehen und diese Worte an der Wand.« Herr Masberger schluckte. »Gütiger, was sollte das bedeuten?«

»Das wissen wir leider noch nicht«, antwortete Mathias. »Könnten Sie sich vorstellen, dass Ihre Schwiegertochter den Rock selbst gewählt hat?«

Der Mann schüttelte vehement den Kopf. »Selina? Niemals. Sie hatte Stil. Und außerdem ... Warum sollte sie sich so einen Weihnachtsrock über den Pyjama ziehen?«

Auch über den Schwiegervater ließ sich die Frage

nach dem Rock nicht klären.

»Sind Sie dann durch das Haus gegangen?«, fragte Mathias deshalb weiter.

»Nein, ich habe sofort meine Frau aus dem Haus geschoben und den Notruf gewählt. Erst Ihre Kollegen haben uns dann gesagt, dass mein Sohn und meine Enkeltöchter ebenfalls tot sind.« Der Mann ließ sein Gesicht in die Hände sinken und schluchzte. Sein Körper bebte.

»Aber Sie haben niemanden gesehen, der sich von dem Grundstück entfernt hat?«, fuhr Mathias fort.

»Nein, es war noch ganz ruhig. Alles wirkte so friedlich. Ich hätte mir niemals ausmalen können, dass so etwas Grausames passiert. Sie sind ganz normale Leute, die niemandem etwas getan haben. Warum verübt jemand so ein Verbrechen?« Herr Masberger schaute Mathias tief in die Augen, als suchte er darin die Antwort.

Doch Mathias konnte ihm keine geben. »Wir werden alles dafür tun, den Täter zur Rechenschaft zu ziehen.«

Das Kinn des Mannes zitterte. »Meine Enkeltöchter waren doch noch so klein.«

Er richtete seinen Blick starr auf den Boden. Seine Hände zitterten leicht.

Die Stille in dem Auto konnte Mathias kaum ertragen, und er musste sich bemühen, die Tränen zurückzuhalten. Er konnte den Schmerz des Großvaters nur zu gut nachempfinden. Ihm kamen die Fotos der beiden Mädchen in den Sinn, die ihn im Flur an der Wand begrüßt hatten. Dort hatte er zwei fröhlich lachende und strahlende Kinder gesehen, deren Augen wie Sterne funkelten. Nur wenige Minuten später hatte er die Leichen der beiden gefunden, brutal ermordet in ihren Betten. Nichts mehr war von dem Leuchten übrig.

»Warum?«, flüsterte Herr Masberger leise mit

brüchiger Stimme, die von Schmerz beladen war. »Warum solche unschuldigen Wesen?« Er ballte seine Hände zu Fäusten. Mathias spürte seine Wut und Hilflosigkeit. »Wir wollten noch so viele Abenteuer erleben, ich wollte ihnen Geschichten erzählen.«

Mathias hörte geduldig zu. »Es tut mir so leid.«

Dann sah er aus dem Fenster. Auf der gegenüberliegenden Straßenseite stand ein junger Mann, der auf das Polizeiauto starrte. Seine Hände waren tief in den Jackentaschen vergraben, sein schwarzes Haar von einer Haube Schnee bedeckt.

»Kennen Sie diesen Mann dort drüben?«, fragte Mathias Herrn Masberger.

Dieser schaute auf und wischte sich die Augen trocken. »Gütiger, Rob. Das ist mein zweiter Sohn.«

Der Mann wurde fahl im Gesicht.

Mathias war für einen kurzen Augenblick irritiert, weil der zweite Sohn so viel jünger wirkte als sein Bruder im Haus. Er schätzte das Opfer mindestens um zwanzig Jahre älter als den jungen Burschen. »Wohnt er hier in der Nähe?«

»Nein, er wohnt in Berlin, aber er sollte heute auch anreisen. Es wundert mich, dass er schon da ist.« Der Vater schluckte schwer, und Tränen traten in seine Augen. »Er wird am Boden zerstört sein, wenn er erfährt, was passiert ist.«

Mathias bemerkte, wie der Sohn nervös auf der Stelle trat, den Blick immer wieder vom Haus auf den Polizeiwagen wechselte.

»Ich würde mich kurz mit ihm unterhalten wollen, können wir Sie allein lassen?«, fragte er Herrn Masberger.

»Darf ich meine Familie sehen?«

»Im Moment nicht, im Haus werden noch Spuren

gesichert. Die Leichen werden dann in die Klinik gebracht, wo sie einer Obduktion unterliegen werden. Im Anschluss können Sie sich von ihnen verabschieden. Leider können Sie nicht im Haus bleiben, das wird für einige Zeit gesperrt.«

Herr Masberger nickte Mathias zu. »Ich verstehe.«

»Bleiben Sie ruhig noch etwas im Auto, mein Kollege hat ein Team der Notfallseelsorge beordert, das sich um Sie und Ihre Familie kümmern wird.«

Mathias und Romy stiegen aus dem Wagen und gingen auf den Mann zu, der sich hastig umdrehte und loslief.

»Bitte bleiben Sie stehen«, rief ihm Mathias hinterher. »Kriminalkommissar Kron, ich möchte Ihnen gern ein paar Fragen stellen.«

Der Mann hielt inne und schaute Mathias an.

»Das ist meine Kollegin Kommissarin Blauen.« Mathias zeigte auf Romy.

»Robert Masberger, was ist hier los?« Die Stimme des Mannes krächzte etwas. »Warum sitzt mein Vater in einem Polizeiwagen?«

»Es tut mir sehr leid, Ihnen das sagen zu müssen. Heute Nacht wurden Ihr Bruder Arno Masberger und seine Familie ermordet. Ihre Eltern haben die Leichen heute Morgen gefunden.«

Robert Masberger schaute erneut zum Haus.

In diesem Moment fielen erneut dicke Schneeflocken vom Himmel. Es war, als finge er an zu weinen.

Der Bruder des Opfers sah Mathias an, sein Blick leer, fast emotionslos. Seine Miene blieb ausdruckslos. »Was ist passiert?«

Seine Stimme war ebenso leer wie sein Blick.

Mathias war kurz irritiert. »Das wissen wir noch nicht.«

»Das kann nicht sein, wer sollte denn die vier töten? Sie sind eine Bilderbuchfamilie. Sie müssen sich irren.«

Mathias spürte eine seltsame Spannung in der Luft. Der Mann schien überhaupt nicht geschockt zu sein. »Es tut mir leid, aber es ist die Wahrheit. Dürfen wir Ihnen ein paar Fragen stellen?«

Der Bruder zuckte mit den Schultern. »Nur zu. Ich weiß aber nicht, wie ich Ihnen helfen könnte.«

»Standen Sie und Ihr Bruder sich nahe?«

Robert Masberger blies geräuschvoll Luft heraus. »So wie sich Brüder halt nahestehen. Wir haben uns geliebt, waren aber nicht immer gleicher Meinung. Wir hatten unterschiedliche Auffassungen vom Leben. Sie haben ein Bilderbuchleben geführt, brav und auf Familie getan. Ich dagegen bin eher der freiheitsliebende Typ. Ich konnte nichts mit so einem Spießerdasein anfangen.«

»Gab es deshalb auch Streit?«, fragte Romy.

»Nee.« Der Mann schüttelte den Kopf. »Wir haben uns nicht oft gesehen. Meist nur an Weihnachten. Da musste ich herkommen, meine Eltern wollen das so. Ich hasse Weihnachten, und ich finde, Selina übertreibt dieses bescheuerte Fest immer total.«

Mathias horchte auf. »Wie meinen Sie das? Was genau übertreibt sie?«

»Nun, na ja ...«, stammelte Robert Masberger vor sich hin. »Selina war quasi besessen von Weihnachten. Alles musste immer tipptopp sein, festlich geschmückt, es musste nach Weihnachten riechen, wir mussten uns festlich kleiden, es ging mir einfach auf die Nerven. Wir beide haben uns deshalb auch nicht so gut verstanden.«

»Trotzdem sind Sie hergekommen?«, hakte Romy nach.

»Ja, meinen Eltern zuliebe. Und ich mochte meine Nichten, sonst hätte ich sie ja nie gesehen. Aber das Fest, an dem alle nur glücklich sein wollten, hat mich genervt. Man kann gar nicht nur glücklich sein. Bestimmt hatten die beiden auch ihre Probleme.«

»Herr Masberger, hatten Sie heute Streit mit Ihrer Schwägerin? Wegen des Weihnachtsfestes?«, fragte Mathias.

Der Mann runzelte die Stirn. »Nein, hatte ich nicht. Ich habe sie nicht gesehen.«

»Ihr Vater hat sich gewundert, dass Sie schon so früh am Morgen aus Berlin hier angereist sind. Gibt es dafür einen Grund?«

Masberger starrte Mathias an. »Nein, ich bin nur früh losgefahren. Das ist alles.«

Er nestelte an seinen Händen.

»Waren Sie schon im Haus?«

»Nein«, platzte es unvermittelt aus dem Mann heraus. Seine Stimme hatte eindringlich geklungen. »Ich war nicht im Haus.«

Mathias runzelte die Stirn, verwirrt von dieser heftigen Reaktion.

»Ich habe nichts damit zu tun«, fuhr der Bruder des Opfers fort, mit einem merkwürdigen Unterton der Rechenschaft. »Ich war nicht im Haus.«

Mathias hatte das Gefühl, der Bruder schien mehr darum besorgt zu sein, seine Unschuld zu beteuern, als um den Verlust seiner Familie zu trauern. Seine Reaktion wirkte seltsam abgestumpft, fast als ob er bereits von dem Geschehen gewusst hätte.

»Ich habe Sie doch gar nicht verdächtigt«, erwiderte er vorsichtig. »Wir ermitteln gerade, was passiert ist, und wollen nur wissen, welche möglichen Fingerabdrücke wir im Haus finden könnten.«

Robert Masberger blickte Mathias direkt in die Augen, und für einen Moment glaubte Mathias, einen

Schimmer von etwas Unausgesprochenem in ihnen zu sehen.

Dann senkte der Bruder den Kopf.

»Ich war nicht im Haus. Das ist alles, was ich dazu sagen kann«, murmelte er.

»Dann haben Sie doch sicher nichts dagegen, wenn wir Ihre Fingerabdrücke nehmen, damit wir die dann mit denen, die wir im Haus finden, vergleichen können?«

Der Mann kaute auf seiner Unterlippe und schluckte. »Ich bin ja nicht das erste Mal hier, es könnten schon welche da von mir sein.«

»Das ist uns klar. Es sind reine Formalitäten, wir müssen diese nur ausschließen können, wenn wir uns unbekannte Fingerabdrücke finden.«

Robert Masberger räusperte sich und schob seine Hände tiefer in die Taschen. Mittlerweile war sein Haar nass, und Tropfen fielen herunter. »Gut, wenn es sein muss.«

»Gehen Sie bitte zu Ihrem Vater, ein Kollege kümmert sich dann darum. Vielen Dank für Ihre Unterstützung.«

Ohne ein weiteres Wort lief der Mann zu seinem Vater.

Mathias drehte sich zu Romy. »Den schauen wir uns genauer an.«

»Er wirkte sehr nervös.«

»Ich gehe noch mal schnell rein, dann unterstützen wir die Kollegen bei den Nachbarschaftsbefragungen.« Mathias schaute sich um. »Hier stehen so viel Häuser. Warum wurde ausgerechnet in dieses eingestiegen? Ich glaube nicht an einen Zufall.«

»Nein«, antwortete Romy. »Dieses Verbrechen hat etwas mit Weihnachten zu tun. Und dieser Robert

Masberger schien richtig genervt von seiner Schwägerin
gewesen zu sein.«

10

23. DEZEMBER 2022

Der Schnee trommelte sanft gegen die Frontscheibe, was die Sicht für Anja etwas schwieriger machte. Sie blickte in den Rückspiegel, als sie an einer roten Ampel stand.

Lili war eingeschlafen, nachdem sie ihr Eis gegessen hatte, von dem die Hälfte auf ihrer Jacke klebte. Sie klammerte sich an ihrer Puppe fest.

Anja gingen die Worte des Psychologen nicht aus dem Kopf. Sie spürte eine Mischung aus Erleichterung und Besorgnis nach dem Gespräch. Sie vertraute ihm und hoffte, er behielt recht mit seiner Einschätzung, dass Lili eines Tages auftauen würde, doch sie hatte auch Angst davor, wie lange das dauern würde. Lili war ihr damit unheimlich. Manchmal wirkte es, als wäre sie von Dämonen besessen.

Hinter ihr hupte es, und Anja schreckte aus ihren Gedanken. Sie hatte nicht bemerkt, dass es grün geworden war. Sie gab Gas, und das Hinterrad scherte etwas aus, was sie sofort unruhig werden ließ. Sie brach das Anfahren ab. Ihre Wangen glühten. Hektisch sah sie wieder in den Rückspiegel, holte tief Luft und gab noch einmal vorsichtig Gas. Das Auto rollte an, und Anja atmete tief durch. Sie hasste Winter. So schön es auch aussah, das Autofahren war bei diesem Wetter für sie ein Albtraum.

Sie war heilfroh, als sie im Hof ihres Grundstückes stand. Sie griff nach hinten und rüttelte Lili sanft am Bein. »Aufwachen, Schatz. Wir sind zu Hause.«

Lili blinzelte kurz, streckte sich und war dann putzmunter. Sie schnallte sich los und öffnete die Autotür.

Anja stieg aus und rutschte auf dem Boden aus. Mit Mühe krallte sie sich noch an der Tür fest, knallte aber mit dem Kopf dagegen und fiel auf den Po.

Lili kam auf sie zugeschlittert, hockte sich zu ihr, griff nach ihrer Hand und starrte sie entsetzt an. In ihren Augen stand die pure Panik.

Anja fing trotz des pochenden Schmerzes in ihrem Kopf an zu lachen. »Ich bin so ein Tollpatsch, was?«

Und dann passierte etwas, was Anja schmelzen ließ.

Lili stieg in das Lachen ein. Sie lachte herzhaft, laut.

Das erste Mal seit zwei Jahren sah Anja dieses kleine Mädchen so kräftig lachen. Sie hätte vor Freude heulen können, doch sie versuchte sich zusammenzureißen und diese wunderschöne Situation so zu erleben, als wäre sie völlig normal. Sie erhob sich, klopfte sich den Schnee von der Hose, holte den Einkauf aus dem Kofferraum und nahm Lili an die Hand. »Wir trinken jetzt einen schönen warmen Kakao mit Marshmallows, ausnahmsweise gibt es heute mal ganz viel Süßes. Das haben wir uns verdient.« Normalerweise würde Anja nach dem Eis nicht noch Kakao erlauben, aber sie schwebte gerade auf Wolke sieben, nachdem Lili ihr dieses Lachen gezeigt hatte. Es war ein besonderer Tag, der dann auch besonders weitergehen durfte.

Lili nickte.

Beide betraten das Haus. Drinnen war es still, was Anja sehr wunderte.

Für gewöhnlich hatte Dirk immer Musik an, weil er Stille kaum ertragen konnte.

Anja bat Lili, sich auszuziehen und in der Küche auf sie zu warten. Dann lief sie ins Wohnzimmer.

Ihr Mann saß auf dem Sofa und starrte in die Ferne. Er schien ihre Ankunft nicht wahrgenommen zu haben.

»Wir sind wieder zu Hause«, sagte Anja leise, um ihn nicht zu erschrecken.

Langsam wandte Dirk seinen Blick zu ihr, als ob er gerade aus einem Traum erwachte. Seine Augen schienen müde und leer.

»Oh, hallo«, murmelte er.

Anja hatte schon am Morgen bemerkt, dass er völlig übermüdet gewesen war. Die Veränderung in seinem Verhalten hatte sie bereits seit einiger Zeit beobachtet, mittlerweile beunruhigte sie sie. Normalerweise war er aufmerksam und interessiert, besonders wenn es um ihre Pflegekinder ging. Zwar hatte er am Morgen sehr interessiert geklungen, als Anja ihm von Lilis Verhalten erzählt hatte, aber trotzdem wirkte er deutlich abwesender als sonst. »Geht es dir gut?«

Er nickte langsam, als ob er sich selbst wieder in die Gegenwart zurückholen würde. »Ja, ja, alles ist in Ordnung.«

Anja betrachtete ihn skeptisch. »Du wirkst müde und abwesend.«

Dirk seufzte und rieb sich über das Gesicht. »Ja, ich hatte eine unruhige Nacht. Mir fällt das Schlafen derzeit schwer.«

»Bist du deshalb in der Nacht rausgegangen?«

Dirk schaute Anja perplex an. »Ähm, du hast das bemerkt?«

»Natürlich, ich habe schon seit Tagen gemerkt, dass du unruhig warst. Und dann in der Nacht bist du rausgegangen. Du warst lange weg. Wo warst du denn?«

Er winkte ab. »Ich bin nur durch den Schnee gelaufen. Ich dachte, dass mir ein Spaziergang in der kalten Luft guttun würde. Tut mir leid, dass ich dich geweckt habe. Mach dir keine Sorgen, es ist nur ein wenig Stress.«

Dirk drehte sich wieder weg und starrte in den Raum.

»Willst du nicht wissen, was Dr. Schrader gesagt hat?«

Dirk sah Anja wieder mit völlig ausdruckslosen Augen an. »Was?«

»Ich war doch mit Lili beim Psychologen.«

Ihr Mann lächelte schwach. »Das ist toll, mein Schatz.«

Anja spürte, dass etwas nicht stimmte, dass er irgendetwas mit sich ausmachte, worüber er nicht reden wollte. »Ich habe mit dem Psychologen über dieses Anmalen der Puppe gesprochen«, begann sie zögernd. »Er glaubt, dass es tief verwurzelte Ängste oder Traumata sein könnten, die wir angehen sollten. Du kannst dir nicht vorstellen, was Lili dort gezeigt hat.«

Sein Blick wurde wieder abwesend, als ob er in Gedanken versunken wäre. »Ja, was denn?«

Seine distanzierte Reaktion beunruhigte sie immer mehr. »Bist du sicher, dass alles in Ordnung ist? Du interessierst dich gar nicht für das Gespräch.«

Er seufzte und schüttelte leicht den Kopf. »Das ist Unsinn, Schatz. Mir ist einfach nur nicht wohl. Ich bin erschöpft.«

»Wenn du reden möchtest, bin ich hier. Egal, was es ist.«

Er blickte sie einen Moment lang an, und Anja

konnte in seinen Augen eine Mischung aus Unsicherheit, Zweifel und vielleicht sogar Furcht sehen. Dann senkte er den Blick und nickte nur. »Also, erzähl mir von der Sitzung.«

Er lenkte vom Thema ab. Anja entschied, es dabei zu belassen.

»Lili hat ihre Puppe von einem Mann töten lassen. Es war total verstörend.«

»Mach dir da nicht allzu große Sorgen, Schatz. Wahrscheinlich hat sie einfach nur gespielt, und du interpretierst zu viel dahinein.«

»Dr. Schrader meint, dass sie eventuell etwas aufgeschnappt haben könnte, das sie verstört hat, und es jetzt in einem Puppenspiel ausdrückt. Aber wo sollte sie es gesehen haben, wir schauen doch keine derartigen Filme?«

Dirks Kehlkopf hüpfte hoch und runter. »Vielleicht hat Henry mal verbotenerweise etwas angeschaut.«

Anja konnte nicht verstehen, warum ihr Mann so merkwürdig war, entschied auch, dass es in diesem Moment keinen Sinn machte, mit ihm weiter über Lili und die Therapie zu sprechen. Dirk war sowieso nicht bei der Sache.

»Dr. Schrader hat gesagt, dass Henry nicht mehr zu ihm kommt«, wechselte sie das Thema.

Dirk blieb stumm, sah stur auf die Wand vor sich.

»Schatz? Hast du mich gehört?«, fragte sie.

Er kratzte sich am Kopf und sah sie wieder an. »Das muss Henry nun selbst entscheiden, wir sind nicht mehr verantwortlich.«

»Ich werde trotzdem mit ihm reden, wenn er zu Besuch kommt.« Damit ging Anja aus dem Wohnzimmer. Langsam nervte Dirk sie. Was war nur los mit ihm?

Sie lief in die Küche, in der Lili schon geduldig auf dem Stuhl saß und auf sie wartete.

»Entschuldige, mein Schatz. Ich mache jetzt schnell den Kakao.« Während Anja heiße Milch aus dem Kaffeevollautomaten laufen ließ, schaute sie ins Wohnzimmer auf den Fernseher, den Dirk angemacht hatte.

Gerade liefen die Nachrichten. Man zeigte ein Haus, das mit Absperrband versehen und von jeder Menge Polizisten umgeben war.

Anja machte Lili schnell den Kakao fertig. »Ausnahmsweise darfst du den heute im Zimmer trinken. Ich komme gleich nach, und dann spielen wir ein bisschen, okay?«

Lili nickte, klemmte sich ihre Puppe unter den Arm, nahm die Tasse und ging in ihr Zimmer.

Anja setzte sich zu Dirk auf das Sofa und lauschte der Nachrichtensprecherin, die die schrecklichen Details eines Verbrechens vorlas.

Ihr Herz schlug schneller, als sie hörte, wie eine ganze Familie in der Nacht brutal ermordet worden war. Anja spürte einen Kloß im Hals. Zwar hatte die Polizei keine Einzelheiten preisgegeben. Aber allein, dass es ein Elternpaar mit ihren zwei Kindern getroffen hatte, bereitete ihr eine Gänsehaut. Sie erinnerte sich an Lilis Sitzung, in der ihre Tochter mit den Puppen gespielt und Szenen nachgestellt hatte, die dem grausamen Verbrechen im Fernsehen ähnelten.

»Kamen die Nachrichten gestern oder heute Morgen schon einmal?«, fragte Anja Dirk entsetzt.

Er sah Anja nicht an. Starrte nur auf den Fernseher. »Nein. Man hat die Leichen erst heute Morgen gefunden.«

Ein Gefühl der Beklemmung legte sich über Anja. Sie schüttelte ihre Gedanken ab. Ganz sicher hatte es nichts mit Lilis Puppenspiel zu tun. Aber warum wollte sich Anja dann nicht beruhigen?

Sie stand auf und rannte zu Lili ins Zimmer, die bereits vor ihrem Puppenhaus saß. Sie hatte eine männliche Puppe in der Hand.

Anja setzte sich still auf den Boden, um Lili einen Augenblick zu beobachten.

»Es hat sich nicht gut angefühlt. Die beiden Kinder tun mir leid«, sagte sie mit verstellter Stimme, so wie sie es in der Praxis getan hatte.

»Sei nicht so weich. Wir haben nur das getan, was wir tun mussten.« Ihre Stimme war wieder so tief gewesen.

»Aber eine ganze Familie auslöschen?«

»Ja, genauso war es richtig.«

»Dann sind wir nicht besser als …«

»Sprich seinen Namen nicht aus«, schimpfte sie mit tiefer und drohender Stimme.

Anja überfiel eine Gänsehaut. Es war, als spräche jemand anderes aus Lili. Das konnte doch nicht von einem siebenjährigen Kind stammen. Spielte sie wirklich das Verbrechen nach, das eben in den Nachrichten gezeigt worden war? Tränen sammelten sich in Anjas Augen. Sie musste unbedingt besser auf sie aufpassen. Wo nur hatte sie das aufgeschnappt?

Anja beschloss, den Psychologen anzurufen und mit ihm über das zu sprechen. Sie wählte die Nummer und war heilfroh, dass sich Dr. Schrader noch in seiner Praxis aufhielt.

»Frau Ludolf, gibt es Probleme?«

Sie erzählte ihm von der merkwürdigen Situation.

»Sie sind sich sicher, dass Lili nicht doch die Nachrichten gehört hat?«

»Eigentlich bin ich das schon, wir sind gerade erst

nach Hause gekommen. Das waren die ersten Meldungen zu diesem entsetzlichen Mord in Koblenz. Ich mache mir wirklich große Sorgen.«

»Machen Sie das nicht, es könnte nur ein dummer Zufall sein. Woher sollte Lili von genau diesem Verbrechen wissen? Aber wenn es Sie beruhigt, dann kommen Sie mit ihr gleich morgen Vormittag noch mal. Ich wollte sowieso in der Praxis noch ein paar Unterlagen bearbeiten. Seien Sie um elf Uhr da.«

»Vielen Dank, ich weiß das sehr zu schätzen.« Sie legte auf.

Lili hatte sich zu ihr umgedreht und schaute sie erschrocken an.

Anja breitete ihre Arme aus. »Magst du dich mal von mir drücken lassen?«

Zu ihrer Verwunderung kam Lili tatsächlich zu ihr, setzte sich auf ihren Schoß und legte ihren Kopf an Anjas Schulter.

»Ich bin immer für dich da«, flüsterte Anja und versuchte, ihr ungutes Bauchgefühl zu ignorieren. Irgendeine Ursache würde es für diesen merkwürdigen Zufall schon geben.

11

24. DEZEMBER 2008

Es war wieder Weihnachten, der Tag, an dem ich mich immer an die Frauen erinnerte, die in diesem Haus gestorben waren.

Im letzten Jahr hatte ich den Angehörigen eine Karte geschrieben. Dafür hatte ich stundenlang gereimt, um ein schönes Gedicht zu entwerfen. Sogar in den Nachrichten waren die Karten. Denn die Polizei suchte dringend denjenigen, der sie geschrieben hatte. Mit diesem Teil hatte ich nicht gerechnet, denn damit wusste auch mein Vater Bescheid, was ich getan hatte. Noch immer brach mir der Schweiß aus, wenn ich daran zurückdachte.

Mein Vater hatte im Wohnzimmer gesessen, obwohl es Winter und eiskalt im Haus gewesen war, war er in einem blauen Unterhemd im Sessel gehockt und hatte auf den Fernseher gestarrt.

Ich konnte fast nicht mehr atmen, als eine Frau plötzlich von den Karten gesprochen hatte. Sie hatten die Fotos der Frauen in den Nachrichten gezeigt, die bei uns im Haus gewesen waren.

Papa hatte sich ganz langsam umgedreht. Sein Gesicht war knallrot angelaufen, seine Halsschlagader hervorgetreten, und ich hatte gewusst, ich sollte mich retten. Doch ich hatte nur wie erstarrt dagestanden und geschluckt.

»Was hast du kleines Arschloch getan?«, hatte er gefaucht.

»Ich … ich wollte …«

Zu weiteren Erklärungen war ich nicht mehr gekommen, da hatte ich schon Papas Pranke an meiner Kehle gespürt. An diesem Tag hatte ich die Tracht Prügel bekommen, vor der ich immer Angst gehabt hatte. Und ich hatte das erste Mal das Gefühl gehabt, dass ich dabei genauso sterben würde wie die Frauen.

Ich schüttelte die grauenhafte Erinnerung von mir ab und kramte die Karten heraus, denn ich hatte für jede Frau die Weihnachtsgrüße doppelt geschrieben, damit ich ein Andenken an sie hatte.

Ich betrachtete die für Patricias Angehörige, auf der eine schöne Winterlandschaft abgebildet war und ein Tannenzweig, der mit bunten Lichtern und Kugeln behängt war. Auf die Rückseite hatte ich das Gedicht geschrieben.

Ein Platz ist leer am Festtisch,
Ein Herz zerbricht, es ist so trist.
Die Liebe bleibt, doch du bist fort,
Du fehlst uns hier an diesem Ort.

Die Worte waren aus meinen Emotionen entsprungen, dabei hatte ich mir vorgestellt, wie es sich angefühlt hatte, als meine Mama gestorben war. Bestimmt hatten die Angehörigen das Gedicht auch gut gefunden. Und so wussten sie, dass ihre Lieben gestorben waren.

In mein Zimmer strömte der Geruch von Suppe, die seit dem Morgen auf dem Herd köchelte. Ich stellte mich an die Treppe und überlegte zu Linda zu gehen. Sie war seit zwei Tagen im Haus, aber irgendwie war es anders als die letzten Male. Zwar sah auch sie übel zugerichtet aus, als sie zu uns kam, aber Papa hatte noch gar nicht so viel geschimpft. Linda machte wohl alles zu seiner Zufriedenheit. Manchmal glaubte ich sogar, dass sie gar keine Angst hatte, weil sie mir gegenüber sehr fröhlich war.

Ich nahm eine Stufe nach der anderen. Im unteren Flur stand genau neben dem Eingang ein Tannenbaum, an dem bunte Lichter wie kleine Sterne glitzerten. So einen schönen Baum hatte es schon lange nicht mehr bei uns gegeben. Ein Hauch von Vorfreude erfüllte mich, weil darunter auch Geschenke lagen. Trotzdem konnte ich mich noch nicht entspannen.

Alles schien friedlich, als würde die festliche Atmosphäre um uns herum die Dunkelheit vertreiben können, die bisher an Weihnachten im Haus geherrscht hatte. Trotzdem gab es eine warnende Stimme in mir, die sagte, dass alles nur Schein war. Und ich konnte noch so sehr versuchen, sie wegzutreiben, sie blieb hartnäckig in mir.

Die Küche war erfüllt von verschiedenen Düften. Es roch zimtig, zitronig und süß.

Ich betrat sie vorsichtig und rechnete damit, dass Linda weinend am Herd stand, doch sie wirbelte hektisch umher, um das Weihnachtsessen vorzubereiten. Wahrscheinlich um Papa nicht wütend zu machen. Sie hatte schnell gelernt, dass man ihn nicht sauer machen durfte, denn sie hatte noch nicht so viel Ärger gehabt wie die Frauen zuvor. Hoffentlich blieb das auch so.

Ich stand am Eingang und beobachtete sie, wie sie zwischen Töpfen und Pfannen jonglierte. Irgendwie gefiel mir dieses Bild, denn sie hatte eine besondere Art, den Raum mit Energie zu füllen. Ein wenig erinnerte sie mich an meine alte Lehrerin Frau Rommert aus der Grundschule. Sie fehlte mir sogar. Aber ihre Art war wie

Lindas, und ich hatte die leise Hoffnung, dass Linda vielleicht für immer dableiben konnte. Ich wollte sie nicht mehr verlieren, weil sie keine Angst hatte, weil sie auf mich aufpasste und weil sie mich umarmte.

»Na, kleiner Kücheninspektor, wie gefällt dir das?«, sagte sie plötzlich. Dabei schwenkte sie eine Pfanne schwungvoll, so als würde sie tanzen.

Ich schrak zusammen.

Sie drehte sich um und lächelte. »Ich habe auch hinten Augen.«

Ich lachte auf und trat näher. »Ich glaube, du machst das ganz schön chaotisch hier. Ich weiß nicht, ob Papa das gefallen wird.«

Linda warf mir einen ungläubigen Blick zu und stellte die Pfanne ab. »Oh wirklich? Dann komm her und hilf mir, das Chaos zu beseitigen. Und für dich bin ich Mama, das weißt du doch.«

Ich ging zu ihr hinüber und griff nach einem Kochlöffel.

»Rühr die Soße um, damit sie nicht anbrennt«, forderte sie mich liebevoll auf und stupste mir auf die Nase.

Gemeinsam rührten wir in den Töpfen. Linda schnitt dabei alberne Grimassen und versuchte mich mit Mehl zu bestäuben.

Ich verteidigte mich lachend.

Inmitten all des Chaos' und des Gelächters spürte ich etwas, das ich seit Jahren nicht mehr gefühlt hatte – Vorfreude auf Weihnachten. Es war, als ob Linda mit ihrer lebensfrohen Art eine Tür in meinem Herzen geöffnet hatte, die ich lange Zeit verschlossen hatte. Obwohl sie selbst eine Gefangene in einem Albtraum war. Warum machte ihr das nichts aus?

»Weißt du, ich habe schon lange nicht mehr so viel

Spaß gehabt«, gestand ich, während wir uns gegenseitig mit Mehl bewarfen.

Linda kicherte fröhlich. »Ach, das höre ich aber gerne. Weißt du, Weihnachten kann magisch sein, wenn man es zulässt.«

Ich nickte nachdenklich. »Ja, das habe ich vergessen. Ich habe so viele schlechte Erinnerungen an diese Zeit, aber irgendwie ... irgendwie fühlt es sich dieses Jahr anders an.«

Linda legte ihren Arm um mich und drückte mich sanft. »Manchmal brauchen wir einfach einen neuen Menschen in unserem Leben, der alles ändert.«

Ich spürte eine tiefe Wärme in mir aufsteigen. Sollte dieses Jahr zu Weihnachten alles anders sein? »Warum hast du denn gar keine Angst?«

Lindas Lächeln erstarb, und ich hätte mich ohrfeigen können, dass ich diesen besonderen Moment verdorben hatte. Doch dann nahm sie mich in ihre Arme. »Ich werde mich nicht unterkriegen lassen und dafür sorgen, dass du ein wunderschönes Weihnachtsfest hast, so wie es dein Papa verlangt.«

Schnell drehte sie sich weg, aber ich hatte bereits gesehen, dass ihr Tränen in den Augen standen.

»Du musst nur alles genauso tun, wie er es sagt, dann kann dir nichts passieren«, redete ich ihr gut zu.

»Ich weiß, mach du dir keine Gedanken darüber.«

Ich stand in der Küche, umgeben von Mehl, zerdrückten Eiern und verschütteter Milch. Das Chaos, das Linda und ich bei unserem albernen Kochexperiment verursacht hatten, war wahrscheinlich ein Grund, warum Papa ausflippen könnte. Und ich hatte den Gedanken kaum zu Ende gedacht, da wurde die Eingangstür aufgeschlossen.

Mein Herzschlag beschleunigte sich. Papa war zurück, und ich erstarrte vor Angst.

Ich drehte mich um und sah ihn in der Tür stehen.

Sein Blick wanderte langsam über das Durcheinander.

Mein Magen zog sich zusammen, und ich bereitete mich innerlich auf die Wut und die Schimpftiraden vor. Außerdem überlegte ich mir schon, wie ich ihn davon abhalten konnte, Linda zu bestrafen. Ich wollte nicht schon wieder eine Tote an Weihnachten haben. Und vor allem wollte ich sie bei mir haben. Ich beschloss, alles zu tun, um Linda zu beschützen. »Papa, das war meine Schuld. Mir ist das Mehl heruntergefallen.«

Linda fasste mich an die Hand.

Vaters Halsschlagader pulsierte heftig, und seine Lippen waren zu einem schmalen Strich zusammengepresst. Ich sah das Donnerwetter schon kommen, das bald über die Küche ziehen würde.

Ich lasse es nicht zu. Kommst du ihr zu nah, werde ich dir wehtun. Ich ballte meine Hände zu Fäusten.

»Ich mag es nicht besonders, wenn meine Küche so aussieht«, fauchte er.

»Wir räumen das wieder auf. Ich helfe Lin… ähm, Mama.« Ich schluckte schwer.

Papa kam auf Linda zu.

Ich nahm all meinen Mut zusammen und stellte mich vor ihn. Mein Körper zitterte, und ich konnte es kaum kontrollieren, aber ich würde es nicht zulassen. »Bitte, Papa, tu mir das nicht schon wieder an. Lass uns endlich Weihnachten feiern.«

Mein Vater begutachtete Linda von oben nach unten. Sein Blick war komisch, ich hatte so einen noch nie vorher an ihm gesehen. Irgendwie nicht mehr so wütend, aber es schien, als gefiele ihm, was er sah.

»Das sieht nach einer interessanten Kochstunde aus«, sagte er plötzlich und ließ seinen Blick erneut über das Chaos schweifen.

Mein Vater hatte nicht mehr wütend geklungen, sondern fast amüsiert. Das war das genaue Gegenteil von dem, was ich erwartet hatte.

»Ähm, ja«, stammelte ich, unsicher, wie ich reagieren sollte.

»Ich nehme an, ihr hattet euren Spaß?« Er sah Linda an.

Ich schluckte, noch immer verwirrt. »Sie ist nicht schuld. Ich habe nur ein wenig Alberei mit Mama haben wollen.«

Mein Vater nickte. »Solange alles pünktlich fertig ist, habe ich nichts auszusetzen.« Er drehte sich um und stiefelte aus der Küche. »Linda, wisch noch den Boden im Flur!«

»Natürlich«, antwortete sie hastig und begann das Chaos in der Küche aufzuräumen.

Ich half ihr. Ich war froh, dass Papa nicht ausgerastet war.

Als Linda und ich einen kleinen Moment allein waren, hockte sie sich vor mich.

»Tu das nie wieder«, sagte sie streng.

»Was denn?«, fragte ich verwundert.

»Die Schuld auf dich zu nehmen. Wenn ich einen Fehler mache, dann bade ich den lieber allein aus.«

»Aber dich würde Papa ...« Ich wollte es nicht aussprechen. Als ich ihr von den anderen Frauen erzählt hatte, hatte sie danach heftig geweint. Ich hatte sie die ganze Nacht schluchzen gehört. Seitdem war Linda wie eine echte Mutter für mich.

»Schon gut. Jetzt lass uns schnell alles fertig machen

und den Tisch decken, damit dein Papa so gut gelaunt bleibt.«

AM ABEND SAßEN WIR GEMEINSAM PÜNKTLICH AM Tisch, um das Weihnachtsessen zu genießen, das Papa sich gewünscht hatte. So weit war es die letzten Jahre nie gekommen. Auch wenn mein Vater ruhig wirkte, fühlte ich mich hingegen nervös. Ich konnte die schrecklichen Erinnerungen an die vergangenen Jahre nicht abschütteln – die Frauen, die plötzlich in unser Leben getreten und genauso schnell wieder verschwunden waren.

Mein Blick glitt unauffällig zu meinem Vater. Er schien entspannt und zufrieden zu sein. Aber ich kannte die Wahrheit hinter seiner Fassade. Ich kannte das Monster in ihm. Ich konnte nicht anders, als das schreckliche Gefühl zu haben, dass sich alles wiederholen könnte.

Meine Hände zitterten leicht, als ich das zähe Fleisch auf meine Gabel schob.

»Wenn wir mit dem Essen fertig sind, verteile ich die Geschenke«, sagte mein Vater.

Ich sah ihn an, noch immer skeptisch. Aber ich hätte gelogen, wenn ich behauptet hätte, dass ich mich nicht freute.

Linda lächelte mich an.

Papa griff nach ihrer Hand.

Sie rang schwer nach Luft, ließ ihre Hand aber tapfer liegen.

»Anschließend möchte ich dann etwas Zweisamkeit mit Linda haben.« Da war wieder dieser merkwürdige Blick, den ich vorher schon in der Küche bemerkt hatte. Papa leckte sich die Lippen.

Ich zwang mich, ein Lächeln aufzusetzen, genauso wie es Linda tat. Ich hatte große Angst um sie.

»Darf ich denn vielleicht mit Linda noch ein wenig raus?«, wagte ich zu fragen.

Vater lachte laut los.

Und ich bemerkte, wie dumm meine Frage gewesen war. Nicht umsonst waren Fenster und Türen in diesem Haus komplett verriegelt, damit Linda nicht abhauen konnte. Denn dieses Mal war alles etwas anders. Papa ging wieder arbeiten, und wir waren etliche Stunden allein im Haus. Da hatte er vorgesorgt.

»Schon gut. Wir hören auf das, was dein Papa sagt, okay?«, meinte Linda.

»Okay, Mama«, erwiderte ich und sah in das zufriedene Grinsen meines Vaters.

Die anschließende Bescherung lief dann schon in etwas gedrückter Stimmung ab. Obwohl sich Linda Mühe gab, sich nichts anmerken zu lassen, konnte ich die Angst in ihren Augen sehen.

In meinem Kopf ratterte es, weil ich irgendeine Lösung finden wollte, damit sie mit meinem Vater nicht allein sein musste. Sie war stark, aber ich wusste, dass sie das nur für mich tat. In ihrem Inneren wollte sie nach Hause zu ihrer Familie.

»Nun pack dein Geschenk aus«, sagte Linda. Ihre Stimme hatte ein wenig gezittert.

Ich presste meine Lippen zusammen, denn mir steckte ein Kloß im Hals, und am liebsten hätte ich geheult. Ich riss das schwarze Geschenkpapier mit goldenen Sternen darauf ab und hielt ein Legofahrzeug in der Hand. Ein Spielzeug für Kleinkinder.

Papa grinste mich an. »Gefällt es dir?«

Ich sollte wohl froh sein, dass ich überhaupt etwas bekommen hatte, also nickte ich und setzte ein Lächeln auf. Nur um des Friedens willen. »Danke, Papa, es ist toll. Das habe ich mir schon immer gewünscht.«

»Super, dann kannst du jetzt damit spielen gehen.«

Ich warf Linda einen Blick zu, sie aber erwiderte ihn nicht.

»Geh schon«, forderte Papa mich auf. Dieses Mal blitzte eine Spur Härte in seiner Stimme auf.

Ich spürte, dass etwas in der Luft lag, und das flößte mir Angst ein. Aber ich tat, was mein Vater befohlen hatte, und verließ den Raum.

Ich schloss meine Zimmertür und setzte mich auf mein Bett. Und obwohl ich die Gefahr für Linda in mir spüren konnte, war ich wieder mal nicht in der Lage, etwas zu tun.

Sie hatte sich solche Mühe gegeben, alles richtig zu machen. Ich konnte nur hoffen, dass es so bleiben würde.

Ich legte mich hin und lauschte den gedämpften Stimmen aus dem Schlafzimmer, das genau neben meinem lag. Die Wände waren so dünn, dass ich vieles hören konnte. Ich rutschte ganz nah an die Wand und presste mein Ohr dagegen.

»Das war ein schönes Weihnachtsfest«, ertönte die tiefe, brummige Stimme meines Vaters. »Kochen kannst du.«

»Danke«, antwortete Linda.

»Mein Sohn schien ganz zufrieden zu sein. Vielleicht bist du die richtige Mutter für ihn.«

Auch wenn ich mich nach den Armen einer Mutter sehnte, so wusste ich, dass Linda traurig war.

»Er ist ein wunderbares Kind, er hat so einen Vater nicht verdient.«

Mein Herz stockte, und ich hielt den Atem an. *Nein, Linda. Tu das nicht. Halte es aus.*

»Was sagst du da?«, zischte mein Vater.

Bitte entschuldige dich, flehte ich stumm.

»Was du hier machst, ist abartig«, sagte sie streng. »Ich weiß das von den anderen Frauen.«

Vor Schreck war ich nicht in der Lage, mich zu bewegen.

Dann hörte ich plötzlich einen dumpfen Schlag, gefolgt von einem gedämpften Aufschrei. Ein eiskalter Schauer lief mir über den Rücken, und ich sprang von meinem Bett auf. Panik ergriff mich. Ich rannte zur Tür. Dieses Mal würde ich es nicht zulassen, dass Papa eine Frau tötete.

Ich drückte an der Türklinke des Schlafzimmers. Es war abgeschlossen.

Mein Vater feuerte wütende Schimpftiraden ab.

Es krachte, und Linda schrie um Hilfe.

Nein, ich wollte nicht schon wieder dabei zuhören, wie er das Leben einer Frau auslöschte. Nicht Linda, sie wollte ich behalten. Ich hatte schon Frau Rommert nicht mehr bei mir. Ich hämmerte gegen die Tür. »Aufhören! Lass sie in Ruhe, Papa.«

Plötzlich kam kein Laut mehr aus dem Schlafzimmer. Die Stille ließ sich kaum ertragen.

»Linda«, flüsterte ich.

Ich stand vor der Tür und wartete. Minuten fühlten sich an wie Stunden.

Schließlich hörte ich Schritte, die sich der Tür näherten, und dann wurde sie aufgerissen.

Das Gesicht meines Vaters war blass und mit Blutspritzern besprenkelt. »Hatte ich dir nicht gesagt, dass du in deinem Zimmer bleibst?«

Er hatte die Tür hinter sich rangezogen, sodass ich keinen Blick in das Zimmer werfen konnte.

»Was hast du getan?«

Papa stand wie ein drohender Schatten vor mir. Ein schweres Gefühl drückte auf meiner Brust.

»Verschwinde!«, brüllte er mich an.

Doch ich blieb stehen. Einen Moment zögerte ich, bevor ich mich an ihm vorbeidrängelte und die Tür mit zittrigen Händen öffnete.

Das schwache Licht des Mondes drang in das Schlafzimmer und enthüllte ein Bild, das sich mir wieder einmal in die Seele brannte. Wieder bekam mein Herz eine Narbe.

Linda lag regungslos auf dem Boden, ihr Blick starrte ins Leere. Blut befleckte ihr wunderschönes Kleid, in dem sie fast wie ein Engel aussah. Aus einer großen Wunde am Hals lief ebenso welches heraus.

Mein Vater war hinter mich getreten. »Sie hatte schwarzes Haar so wie du. Schade um sie, sie hat eigentlich gut als Mutter gepasst, aber sie musste unbedingt aufmüpfig sein.«

Mein Herz schien in meiner Brust zu explodieren. Der Tag hatte so gut angefangen. Ich hatte wirklich geglaubt, dieses Mal würde es anders werden.

»Was hast du getan?!«, schrie ich. Meine Stimme hatte vor Wut gezittert.

Das Gesicht meines Vaters war von einem kalten Ausdruck gezeichnet.

»Das geht dich nichts an«, antwortete er mit abgeklärter Stimme.

»Das geht mich sehr wohl etwas an!«, brüllte ich. Meine Worte wurden von Verachtung getragen, die sich über Jahre hinweg in mir angesammelt hatte. »Du bist ein Monster!«

Er starrte mich mit herunterhängender Kinnlade an. In seinen Augen blitzte etwas Dunkles auf, das mich bedrohte. Aber ich war nicht mehr bereit, vor ihm zu kuschen, nicht mehr bereit, seine Taten zu dulden.

»Ich werde dich nicht mehr decken«, fuhr ich mit fester Stimme fort. »Ich werde nicht länger zusehen, wie du diese Frauen tötest.«

Mein Vater trat auf mich zu. Sein Gesicht war rot vor Wut. Er packte mich an der Kehle.

»Du wagst es, dich gegen mich zu stellen?«, fauchte er.

Ich schlug auf seine Hand, die mir die Luft abschnürte, doch er zuckte nicht einmal. Die Angst in mir war weg, ich war entschlossen, Linda und all die anderen Frauen zu rächen. »Ja, das tue ich. Du wirst für das, was du getan hast, zur Rechenschaft gezogen.«

Sein Blick bohrte sich in mich, und für einen Moment spürte ich Unsicherheit. Würde er mich jetzt auch töten? Sollte ich mich lieber zusammenreißen?

Aber dann erinnerte ich mich an all das Leid, das er verursacht hatte, und ich wusste, dass ich stark bleiben musste. Auch wenn das meinen Tod bedeuten sollte.

»Ich werde dich verraten. Ich erzähle alles der Polizei«, sagte ich entschlossen.

Mein Vater holte aus und schlug mir seine Faust ins Gesicht.

Meine Nase knackte, und ich schmeckte Blut im Mund. In meiner Stirn pochte es.

Er gab mir einen Tritt in den Magen, sodass ich nach hinten krachte.

Ich verlor das Gleichgewicht und klatschte auf den Boden, direkt neben Linda.

Ihre toten Augen starrten mich an, es war, als sah ich in eine dunkle Höhle. Da war kein Glänzen, kein Leben, nichts. Es bereitete mir Gänsehaut.

Ich hatte nicht kommen sehen, dass Papa plötzlich

auf mir saß und mich mehrfach mit der flachen Hand schlug. Ich spürte keinen Schmerz. Mein Blick blieb stur auf Linda gerichtet, es war, als trafen wir uns im Paradies. Ich nahm ihre kalte Hand in meine.

Das Schlafzimmer begann sich zu drehen, als wäre der Boden plötzlich über mir. Alles verschwamm vor meinen Augen, und ich blickte nur noch durch einen dichten Nebel. Mein Herz raste heftig, als würde es um mein Leben kämpfen, und ich spürte, wie sich kalter Schweiß auf meiner Stirn bildete. Meine Hand krampfte sich um Lindas.

Das wütende Geschrei meines Vaters klang immer weiter entfernt, als ob es durch Watte gedämpft wurde.

Ich bekam kaum noch Luft, es fühlte sich an, als wäre diese dünner geworden. Ich regte mich nicht, starrte auf Lindas immer mehr verschwimmenden Körper.

Wir gehen gemeinsam, waren meine letzten Gedanken.

Dann fühlten sich meine Augenlider schwer an, und alles wurde schwarz.

12

23. DEZEMBER 2022

FRUSTRIERT BETRAT Mathias das Präsidium und stampfte am Eingang den Schnee von seinen Schuhen. Stundenlang waren sie von Haus zu Haus gegangen, doch keiner der Nachbarn hatte etwas bemerkt. Laut den Bewohnern war die Familie unauffällig. Niemand hatte etwas von Streitereien mitbekommen, sie wirkten harmonisch, unternahmen viel mit ihren Kindern, waren höflich und respektvoll. Sie halfen in der Nachbarschaft und verstanden sich mit jedem in der Straße. Wirklich niemand hatte auch nur ein einziges schlechtes Wort über die Masbergers verloren.

Zu diesem Zeitpunkt gab es nur dieses merkwürdige Verhalten von Robert Masberger, dem Bruder des Ehemannes, das aber nicht ausreichte, um ihn zu verdächtigen.

»Wer kann nur so einen Hass haben, dass er an Weihnachten eine ganze beliebte Familie ausschaltet?«, fragte er Romy.

»Ich werde das Gefühl nicht los, dass das an Weihnachten liegt. Diese Botschaft zeigt eine deutliche

Message. Das Fest hat sie zerstört. Haben wir es mit einem Weihnachtshasser zu tun?«

»Warum bringt ein Weihnachtshasser wahllos Menschen um?«

»Konnten wir die Motive der Täter je verstehen? Mein damaliger Ausbilder sagte immer: ›Jeder Täter handelt nach einer gewissen Logik, auch wenn wir diese nie begreifen werden. Für uns mag es noch so krank sein, für den Täter ist es eine folgerichtige Handlung.‹«

»Das stimmt. Wir müssen nur noch rausfinden, welcher Logik er folgt. Und wir können nur hoffen, dass er nicht plant, ein komplettes Weihnachtsmassaker anzurichten.« Mathias trat ins Büro.

Norman kam auf ihn zugeeilt. »Der Direktor wartet im Besprechungszimmer. Er will, dass wir sofort beginnen. Die meisten sind da.«

»Ja, lass uns gerade noch die Jacken ausziehen«, erwiderte Mathias genervt. Der Kriminaldirektor kam nicht oft zu Besprechungen, aber Mathias hatte es fast vermutet. So ein grausames Verbrechen mitten in der Weihnachtszeit würde hohe Wellen schlagen. Sie hatten kaum eine Stunde den Tatort abgeriegelt, war es bereits in den Nachrichten verbreitet worden. Nur würde es dem Direktor nicht gefallen, dass Mathias noch nichts Brauchbares vorzuweisen hatte.

Im Besprechungsraum herrschte eine angespannte Atmosphäre. Nicht nur, weil keiner Lust auf so viel Arbeit zu Weihnachten hatte, sondern weil dieser Mord an einer ganzen Familie ziemlich grausam war. Aufgeschlitzte Kehlen bei zwei kleinen Kindern ließen nicht mal den erfahrensten Kollegen kalt.

Mathias räusperte sich. »Gut, Leute, ich weiß, es ist spät, aber lasst uns kurz über die Fakten des Falles sprechen, die wir bisher haben. In der Nacht, schätzungsweise gegen drei Uhr wurde die Familie Masberger in ihrem Eigenheim ermordet.« Er zeigte auf die Fotos des Kinder- und des Schlafzimmers. »Die Kinder und der Vater wurden direkt in den Schlafräumen hingerichtet. Nach ersten Erkenntnissen wurden sie im Schlaf überfallen. Der Mann wurde nach einer vorläufigen Rekonstruktion im Bett angegriffen, er wurde mit mehreren Messerstichen in den Oberkörper verletzt. Trotzdem schien er anschließend noch versucht zu haben, Hilfe zu holen. Als er gefunden wurde, lag er bäuchlings auf dem Boden und hat eine Blutspur hinter sich hergezogen. Weiter gehen wir davon aus, dass Frau Masberger aus dem Schlafzimmer gebracht wurde, was der Grund sein könnte, dass Herr Masberger versucht hat, Hilfe zu holen. Er hat aber noch, ehe er an das Handy kam, das Bewusstsein verloren.« Mathias schluckte und zeigte auf das Bild von Frau Masberger. »Die Ehefrau haben wir so in der Küche vorgefunden. Sie scheint das vorrangige Opfer des Verbrechens zu sein.«

»»Das Fest der Liebe hat sie zerstört««, las Norman die blutige Botschaft an der Küchenwand laut vor. »Da ist aber jemand gar nicht gut auf Weihnachten zu sprechen.«

Ein älterer Kollege meldete sich. »Das erinnert mich an einen Fall, der sich, meine ich, 2005 ereignete. Da ging es auch um Weihnachten.«

Mathias wurde hellhörig. »Erzähl.«

»Jedes Jahr kurz vor Weihnachten verschwand im Kreis Koblenz eine Frau spurlos. Man hat sie nie wieder gesehen. Die Erste im Jahr 2005. Man hatte keine Spur, nichts. Im Jahr 2007, kurz nach Weihnachten, bekamen Angehörige dieser vermissten Frauen seltsame Weihnachtskarten mit einem Gruß darauf. Ich weiß nicht mehr, was da stand, aber es ließ vermuten, dass die Frauen tot waren. Man hat trotzdem nie herausgefunden, von wem die kamen und wo die Frauen abgeblieben sind. Bis 2008.«

Mathias stand auf und notierte Stichpunkte dieses Falles an das Whiteboard. »Was war 2008?«

»Da kam es in einem abgelegenen Haus im Wald zu einer Eskalation zwischen einem Kind und seinem Vater. Es gab einen anonymen Notruf von dort. Man fand zwei Leichen und einen Überlebenden. Allerdings endet hier mein Wissen. Ich hatte in dieser Nacht meinen schweren Autounfall und lag dann drei Monate im Koma. Ich habe nichts mehr davon mitbekommen.«

»Weißt du auch nicht, ob es eine Familie war?«, fragte Romy.

»Nein, ich kann gar nichts sagen, was da dann herauskam. Nur, dass es immer zu Weihnachten war, als diese Frauen verschwanden, und der anonyme Anrufer damals gesagt hat, dass die derzeit vermisste Frau sich dort im Haus befinde. Ob sie die dann da gefunden haben, weiß ich nicht.«

Der Kriminaldirektor räusperte sich. »Kron, Sie kümmern sich darum und forschen nach?«

Was soll die Frage? »Selbstverständlich, ich werde mir die Akten zu dem Fall besorgen. Allerdings klingt es nicht nach einer Gemeinsamkeit mit unserem Fall. Frau Masberger wurde vorher nicht vermisst und in ihrem eigenen Haus ermordet.«

Mathias erzählte den Kollegen noch von der Begegnung mit dem Bruder des Ehemannes.

»Da hätte ich noch etwas zu vermelden«, sagte René Walther von der Kriminaltechnik. »Ich denke, der gute Mann hat euch belogen. Er hat ja freiwillig seine Fingerabdrücke abgegeben. Erstens hat er euch verheimlicht, dass er schon aktenkundig ist. Er ist wegen Körperverletzung und Diebstahls vorbestraft. Was euch aber noch mehr interessieren wird, ist, dass wir seine Fingerabdrücke an dem Medaillon gefunden haben, das die Ehefrau um den Hals getragen hat. Außerdem waren auch welche auf der Küchenanrichte.«

»Und die können nicht älter sein?«, fragte Norman. »Ich meine, es ist der Bruder eines der Opfer, er wird doch öfter mal im Haus gewesen sein.«

»Einmal im Jahr zu Weihnachten, hat er uns gegenüber ausgesagt«, erwiderte Mathias.

Der Kollege der KTU schüttelte den Kopf. »Ich bin sicher, dass die nach dem Tod der Familie da draufgekommen sind. Denn sie wurden von keinen weiteren Fingerabdrücken überlagert, was mit Sicherheit aber so gewesen wäre, wenn die vorher da gewesen wären. Denn in der Küche ist normalerweise jeden Tag Betrieb, und der Bereich wird häufiger angefasst. Außerdem wird dort regelmäßig geputzt, zumindest sah es so aus.«

»Wir laden den Herrn noch mal auf das Präsidium ein.«

René Walther nickte. »Dann könnt ihr ihn auch über den merkwürdigen Chatverlauf befragen.«

Mathias runzelte die Stirn.

»Das Handy, das wir im Schlafzimmer gefunden haben und von dem der Notruf ausging, gehörte der Ehefrau. Und die hatte gestern einen Streit mit Robert Masberger.« Walther erhob sich und gab Mathias einen Ausdruck des Chatverlaufes.

Mathias las vor:

»Robert: ›Selina, warum muss dieses blöde Weihnachtsfest immer bei dir stattfinden?‹

Selina: ›Weil deine Eltern es so wollen. Glaubst du, ich habe immer Lust darauf, das Haus vollzuhaben?‹

Robert: ›Dann sag es meinen Eltern doch einfach. Für mich ist das eine halbe Weltreise bis zu euch nach Koblenz.‹

Selina: ›Ich zwinge dich nicht dazu. Sag es deinen Eltern selbst.‹

Robert: ›Wenn du weihnachtsbesessene Trulla nicht immer so einen Aufriss zu Weihnachten machen würdest, wäre es nicht so, dass die immer kommen wollen. Sag doch einfach, dass ihr dieses Jahr keine Zeit habt oder allein das Fest verbringen möchtet.‹

Selina: ›Robert, nerv mich nicht. Wir lieben Weihnachten, und wenn du wegbleiben willst, kläre das selber mit deinen Eltern. Ich brauch dich hier nicht und schon gar nicht jedes Jahr mit einer anderen Frau. Was machst du mit denen danach eigentlich?‹

Robert: ›Was soll diese dämliche Frage. Ich entsorge sie. ;-)‹

Selina: ›Ich denke, du holst dir immer extra kurz vor Weihnachten eine, um sie uns zu präsentieren. Wir alle aber wissen, dass du nicht fähig bist, eine Frau zu halten.‹

Robert: ›Ich habe auch keinen Bock auf so ein Spießerleben. Wenn du Weihnachten nicht absagst, sorge ich dieses Jahr dafür, dass es zu einem Albtraum wird.‹

Selina: ›Du drohst mir? Ich zeige diesen Chat deinen Eltern. Mal sehen, was die davon halten.‹«

Mathias schaute auf. »Danach hat Selina Masberger ihren Schwager blockiert.«

»Klingt nach einem Motiv«, sagte Norman. »Offenbar hat dieser Robert Masberger ein Problem, sich gegen seine Eltern zu stellen. Sie droht, es ihren Schwiegereltern zu sagen, er dreht durch, bringt sie um. Und verhöhnt sie noch mit dem Weihnachtsröckchen.«

»Aber warum tötet er dann auch die ganze Familie? Vor allem die Kinder?«, fragte Romy.

»Wir sollten den Bruder erst einmal vorladen und seine Aussage aufnehmen. Bevor wir irgendwelche Schlussfolgerungen ziehen, müssen wir alle Hinweise sorgfältig prüfen. Bisher reichen die nicht aus, ihn festzunehmen. Ein Streit über den Chat bedeutet nicht, dass er mordet, aber ich will wissen, warum er uns angelogen hat.« Mathias trank einen Schluck Cola, weil sein Hals kratzte.

Romy sah den leitenden KTU-Kollegen an. »Habt ihr Einbruchsspuren an der Tür entdeckt? Die soll ja offen gestanden haben, als die Eltern angekommen waren.«

»An der Eingangstür selbst waren keine. Aber im Keller führt eine Tür raus in den Hintergarten. Die war aufgebrochen. Ich schätze, der Täter hat sich dort Zugang verschafft, ist nach der Tat über den Haupteingang wieder raus und hat den dabei offen gelassen.«

»Glaubt ihr, er ist so doof und bricht hinten ein, was er wahrscheinlich getan hat, da es sichtgeschützter ist, geht aber danach direkt an der Eingangstür raus?«, hakte Romy nach. »Ich kann mir das nicht vorstellen, und es ergibt überhaupt keinen Sinn.«

Mathias erhob sich. »Wir finden es raus. Ich veranlasse jetzt, Robert Masberger aus dem Hotel herzuschaffen, in dem die Familie untergebracht ist. Gleich morgen früh schnappe ich mir die Akte dieses Falles aus 2005 und schaue nach möglichen Verbindungen. Wir drehen jeden Stein um.«

Die Kollegen verließen das Besprechungszimmer.

Der Kriminaldirektor kam auf Mathias zu. »Das bedeutet, Sie schieben eine Nachtschicht ein?«

Mathias nickte. »Habe ich vor. Wir wissen beide, wie dringend es ist, diesen Täter zu schnappen, vor allem, wenn es kein persönliches Motiv war und wir es hier mit einem Serienkiller zu tun kriegen.«

»Ich verlasse mich auf Sie, Kron. Sie sind der Beste. Nach dem Fall mit dem Selbsthilfeguru vor ein paar Monaten können wir so einen Aufruhr in der Stadt nicht schon wieder gebrauchen. Und sorgen Sie gleich morgen früh dafür, dass die Presse eine ordentliche Pressemitteilung bekommt, ehe die sich ihren eigenen Quatsch zusammenspinnen. Sie kennen die Redakteure der großen Zeitschriften gut.«

»Ja, und die sind nicht unser Problem. Sie sprechen alles mit uns ab. Es sind eher die kleinen Schmierblätter, die drucken, was sie wollen.«

Der Direktor warf Mathias noch einen Blick über seine Brille zu, dann verließ er das Zimmer. Auf dem Flur blieb er noch einmal stehen. »Ich möchte über alles informiert werden.«

»Natürlich.« Mathias war irritiert. Er fragte sich, warum der Direktor so viel Anwesenheit wählte. Sonst mischte er sich weniger in einen Fall ein. Er winkte ab und ging nach draußen, um einen Streifenwagen loszuschicken, der Robert Masberger abholen sollte.

Anschließend rief er Gisela an und sagte, dass er in der Nacht nicht nach Hause käme. Seine Schwiegermutter versicherte ihm, dass es ihr nichts ausmachen würde, die Kinder zu betreuen, sie würde aber aufgrund des Schneefalls in seinem Haus übernachten, anstatt die Kinder zu sich zu bringen.

»Danke, Gisela. Du hilfst mir ungemein.«

»Sara hätte es sich so gewünscht. Du weißt, dass ich das gern mache. Ich habe ja nur noch die Kinder von ihr.«

»Morgen bin ich zum Abendessen und zur Bescherung zu Hause.«

»Ich sage es den Kindern morgen früh, wenn sie aufstehen.«

Mathias legte seufzend auf. Genau so hatte er sich das erste Weihnachten, das sie ohne Sara feierten, nicht vorgestellt, er konnte nur hoffen, dass er morgen Abend wirklich zu Hause war, damit die beiden wenigstens ein Elternteil dahaben würden.

13

24. DEZEMBER 2022

»Mama, ich kann gar nicht schlafen.«

Manuela schaute auf.

Timmy stand in dem gedämpften Licht des Flures.

Sie musste schmunzeln, wie er da so in der Tür herumtappelte, in seinem kuscheligen Bärenschlafanzug, beschämt nach unten schaute und grinste.

»Das ist aber nicht schön. Dein kleiner Körper braucht doch auch Erholung. Wir haben mitten in der Nacht.«

Bis eben hatte die Dunkelheit die Ruhe der Nacht widergespiegelt. Etwas, das Manuela in letzter Zeit sehr genoss, wenn alle bereits am Schlafen waren. Gerade in der Weihnachtszeit liebte sie es, allein im dunklen Wohnzimmer, das nur ein wenig von den Lichterketten erhellt wurde, zu sitzen und sich ihren Plan für das Fest im Kopf zurechtzulegen. Sie liebte Weihnachten, und sie wollte, dass alles perfekt für ihre Familie war.

»Aber du schläfst auch nicht.« Seine kleinen Füße trugen ihn über den flauschigen Teppich. Vor dem Sofa blieb er stehen. »Mama?«, flüsterte Timmy mit aufgeregter Stimme.

Manuela lächelte.

»Ja, was ist denn?«, raunte sie geheimnisvoll zurück.

Timmy trat näher, seine Augen leuchteten. »Morgen ist Weihnachten!«

Manuela legte *das Buch deines Lebens* von Jule Pieper beiseite, in das sie sich seit einigen Tagen verloren hatte, und klopfte sanft auf die freie Stelle neben sich auf dem Sofa. »Komm her.«

Mit einem strahlenden Lächeln kuschelte er sich an sie.

Sie nahm ihn liebevoll in die Arme und strich ihm zärtlich über das Haar. »Ich weiß, dass du aufgeregt bist, mein Schatz. Weihnachten ist etwas ganz Besonderes. Und soll ich dir was verraten? Heute ist schon Heiligabend. Denn es ist so spät in der Nacht, dass der vierundzwanzigste Dezember schon begonnen hat.«

Timmy starrte sie mit weiten Augen und offenem Mund an. »Ja! Ich kann es kaum erwarten, die Geschenke auszupacken und den Weihnachtsbaum zu sehen.«

Manuela drückte ihm einen Kuss auf die Stirn. »Ich kann deine Aufregung verstehen. Aber weißt du, du musst auch ein bisschen schlafen, damit der Weihnachtsmann die Geschenke bringen kann. Wenn du hier sitzt und wachst, dann kommt er gar nicht her.«

Timmy runzelte die Stirn und schaute zu seiner Mutter auf. »Aber ich will ihn gern sehen.«

Manuela zog die Decke näher an sich ran, um Timmy damit zu umhüllen. »Ich habe dir ja erklärt, dass das nicht geht. Ich verspreche dir, dass du morgen alles genießen wirst, aber jetzt ist es Zeit, ein bisschen zu schlafen.«

Timmy seufzte und schmiegte sich noch enger an seine Mutter. »Aber ich kann meine Augen nicht zulassen. Die gehen immer wieder auf.«

»Ich weiß, mein Liebling.« Manuela strich ihm beruhigend über den Rücken. »Ich verrate dir ein Geheimnis. Wenn du schläfst, wird die Zeit viel schneller vergehen. Du wirst aufwachen, und dann wird es schon Weihnachten sein.«

Timmy schaute sie einen Augenblick an und gähnte dann. Seine Lider fielen zu. »Okay. Erzählst du mir noch eine Geschichte?«

»Natürlich, mein Schatz. Welche Geschichte möchtest du hören?«

Timmy schloss die Augen und lächelte verschlafen. »Die von Rudolph, dem rotnasigen Rentier.«

»In Ordnung. Und wenn du eingeschlafen bist, bringe ich dich in dein Bett.« Manuela begann leise zu erzählen.

Timmys Muskeln entspannten sich, und schon wenige Minuten später hing sein Kopf schlaff nach vorn. Sein Atem wurde tiefer und ruhiger.

Einen Moment wollte sie dieses Gefühl genießen, wie sie ihren fünfjährigen Sohn sanft in den Armen wiegte. Ihre beiden zwölf- und vierzehnjährigen Mädchen wollten diese körperliche Nähe nicht mehr, was Manuela natürlich akzeptierte, aber auch ein wenig bedauerte.

Sie liebte ihre Familie so sehr und war die glücklichste Frau der Welt. Sie hätte es nicht besser treffen können.

Langsam wurden auch ihre Augen schwer, sie war hundemüde, weil sie den ganzen Tag über das Essen vorbereitet hatte. Doch sie wollte diesen unbeschreiblich schönen und innigen Moment noch nicht beenden. Sie würde nur eine kurze Weile die Lider schließen, dann Timmy ins Bett bringen und sich selbst hinlegen.

. . .

IHR HALS KNACKTE, ALS MANUELA ABRUPT AUS DEM Schlaf schreckte. Alles tat ihr weh. Timmy lag noch immer in ihren Armen, doch er röchelte merkwürdig.

Sie blickte hinunter. Sein Gesicht war bleich, gespenstisch bleich, doch nicht das lief ihr eiskalt den Rücken herunter. Überall, auf der Decke, in der sie ihn eingewickelt hatte, auf dem Sofa, an ihren Händen und ihrem Pyjama, klebte Blut. Sein Kopf war ungewöhnlich weit nach hinten gekippt.

Manuela schrie auf. »Timmy!« Sie rüttelte an ihm, doch er regte sich nicht. Nur Blut sickerte aus der Wunde am Hals. Er war so kalt, dass es ihr bange wurde. »Was ist passiert? Wach auf, mein Schatz«, schrie sie mit zittriger Stimme und presste eine Hand auf seinen Hals. »Hilfe!«, plärrte sie. »Steven, bitte komm her. Mit Timmy stimmt etwas nicht.«

Plötzlich vernahm sie ein leises Rascheln hinter sich, und dann wurde es stockdunkel. Jemand hatte die Lichterkette ausgemacht. Sie wirbelte herum, konnte aber nichts erkennen. »Wer ist da? Was haben Sie getan?« Das Blut gefror ihr in den Adern, als sie plötzlich etwas Kaltes an ihrer Kehle spürte. Sie wisperte. »Was wollen Sie?«

»Dass du nicht mehr glücklich bist«, hauchte ihr eine dunkle Männerstimme ins Ohr.

»Rede nicht mit ihr, bitte lass uns gehen.« Es war die Stimme eines weiteren Mannes, sie klang etwas unsicher und nervös. Auch dieser Mann stand hinter ihr.

»Halt den Mund. Es reicht schon, dass uns dieser Arsch im Stich gelassen hat und wir alles nur zu zweit machen müssen. Ich kann nicht noch so einen Waschlappen gebrauchen.«

»Aber die Kinder. Die haben das nicht verdient«, sagte der mit der weinerlichen Stimme.

»Hör auf, mich zu nerven«, fauchte der andere wütend.

Manuela dachte an ihre beiden Mädchen oben. Hatten die Kerle ihnen etwas angetan? Sie dachte an das grausame Bild ihres Timmys, der blutbeschmiert und kalt in ihren Armen lag. »Was haben Sie getan?«

Tränen schossen ihr in die Augen, als ihr bewusst wurde, dass das alles kein Traum war. Ihr Herz pochte wild in ihrer Brust. Die Furcht lähmte sie, deshalb rührte sie sich nicht, auch weil sie Angst hatte, dass der Gegenstand an ihrem Hals bei einer falschen Bewegung sie aufschlitzte. *Na und? Du willst das doch nicht überleben.* Sie spürte, wie ihre Kehle sich zusammenschnürte bei dem Gedanken, zu überleben und den Anblick ihres toten Sohnes nie wieder vergessen zu können.

Der Raum schien sich um sie zu drehen, und der Gestank von Blut und Angst erfüllte die Luft.

»Es tut mir leid«, sagte einer der Männer kalt. »Aber du wirst diese Nacht nicht überleben.«

Mit einem letzten Rest an Entschlossenheit stieß Manuela einen Schrei aus.

Ein Schmerz durchzog sie wie ein glühendes Feuer, als sich das Messer in ihren Hals bohrte. Ihre Gedanken wirbelten um die Worte, die der Mann zu ihr gesagt hatte. Die beiden wollten, dass sie nicht mehr glücklich war. Das würde sie nun auch nie mehr sein.

Ihre Muskeln entspannten sich, sie hatte ihren Körper nicht mehr unter Kontrolle und spürte, wie das Leben aus ihr wich. Die Dunkelheit schloss sich um sie, alles wurde still, und irgendwie hatte diese Situation etwas Friedliches.

14

24. DEZEMBER 2022

»HALLO HENRY, mein Schatz, wie schön, dass du da bist.« Anja umarmte ihren Pflegesohn herzlich. »Du bist ganz nass, zieh dich aus. Ich hole dir von Dirk etwas zum Wechseln.«

»Schon gut, es ist nur die Jacke. Die trocknet schnell.« Henry lächelte.

»Du siehst müde aus. Schläfst du genug?«

»Ich war gestern feiern, es ist spät geworden.«

Anja war so glücklich, dass Henry sich wie ein normaler Twen benahm. Mit seinen vierundzwanzig Jahren war er manchmal schon viel zu erwachsen, hatte nie über die Stränge geschlagen und war lieber zu Hause als mit Freunden unterwegs. Seit er ausgezogen war, hatte er irgendwie mehr am Leben teilgenommen, kam aber trotzdem regelmäßig vorbei. Anjas andere Pflegekinder taten das selten. Es lag wahrscheinlich daran, dass Henry eine besondere Bindung zu Lili hatte. Als sie zu ihnen gekommen war, hatte er sofort die Rolle des großen Bruders übernommen. Er war Lilis Beschützer. Einmal hatte er Anja erzählt, dass es immer sein Traum gewesen sei, eine kleine Schwester zu haben, auf die er aufpassen würde. Wahrscheinlich waren es die schlimmen Misshandlungen, die beide in ihrem leiblichen Elternhaus hatten erfahren müssen, die sie zusammengeschweißt hatten.

»Hast du getrunken?«, fragte sie.

»Nein, ich war der Fahrer. Aber ein Freund war in Feierlaune, und wir haben ihn kaum nach Hause bekommen.«

»Hauptsache, du hattest auch Spaß.«

Henry zuckte mit den Schultern. »Du weißt, ich bin ja lieber zu Hause.«

Anja nickte. »Du kannst deine Freunde auch mal mit hierherbringen.«

»Ja, vielleicht.« Henry zog die nasse Jacke aus, hängte sie über einen Bügel und diesen an die hohe Heizung im Flur. »Wie geht es Lili?«

»So weit ist sie okay, ich habe nachher einen Termin bei Dr. Schrader. Sie wirkt ein wenig verwirrt in letzter Zeit.«

»Wie meinst du das?«

»Ich weiß nicht, wie ich das erklären soll. Ich befürchte, dass sie irgendwas Grausames aufgeschnappt hat und damit gerade kämpft. Wie sie so ist, spielt sie das mit ihren Puppen nach.«

Henry tippte sich an die Stirn. »Ach ja, ich habe ihr drei neue Puppen zu Weihnachten gekauft. Ich hoffe, das ist dann okay, wenn sie damit so komische Sachen macht?«

»Natürlich, das wird sie freuen. Dr. Schrader wird bestimmt herausfinden, was ihr so zusetzt. Ich bin froh, dass du den Heiligen Abend mit uns verbringst.« Anja drückte ihn noch einmal. »Dann gehen wir mal zu Lili, sie freut sich schon auf dich.«

Anja und Henry betraten leise Lilis Zimmer.

Dirk saß im Schneidersitz auf dem Teppich neben Lili und wirbelte herum, als er die beiden bemerkte. Seine Augen weiteten sich, als wären sie Außerirdische. Er telefonierte und hob die Hand. »Ich muss auflegen. Melde mich später noch einmal.«

Anja war über den abrupten Abbruch des Telefonats erstaunt. »Du hättest nicht auflegen müssen.«

Dirk räusperte sich und rieb sich nervös die Hände. »Das war nur ein … geschäftliches Gespräch. Nichts Wichtiges. Das kann bis nach Weihnachten warten.«

Er schaute Henry an und rang sich ein Lächeln ab.

»Hallo Dirk«, begrüßte Henry ihn freundlich.

Dirk erhob sich und klopfte ihm auf die Schulter. »Schön, dass du da bist.«

Lili spielte mit zwei Pferden und ihrem Bauernhof. Sie sah auf, und ein Lächeln huschte über ihr Gesicht. Ihr das zu zaubern schaffte nur Henry. Sie sprang auf und rannte in seine Arme.

»Frohe Weihnachten, meine kleine Schwester«, sagte Henry und hob sie hoch. Er wirbelte sie herum.

Anja aber konnte den Anblick nicht richtig genießen, denn sie konnte die Augen nicht von Dirk nehmen, der sich fahrig durch die Haare strich. Ständig schaute er auf das Handy. Ihre Laune verdüsterte sich leicht. Sie war sich nicht sicher, warum Dirk so nervös wirkte, aber sie konnte spüren, dass etwas nicht stimmte. »Du bist aufgeregt, Dirk. Ist alles in Ordnung?«

Er schluckte nervös und versuchte, sein Lächeln aufrechtzuerhalten, was aber total gequält aussah. »Ja, ja, alles ist in Ordnung. Ich habe nur ein paar Ideen für ein neues Projekt, das ich besprechen wollte. Du kennst mich, ich bin da immer ungehalten, aber an Weihnachten sollte ich lieber mit den Gedanken hier zu Hause sein. Entschuldige.«

»Bist du deshalb heute Nacht wieder spazieren gegangen?«, fragte Anja, und in ihrer Stimme schwang ein vorwurfsvoller Ton mit.

Dirk seufzte. »Ja, es lässt mir dann keine Ruhe, und beim Spazieren kann ich besser abschalten.«

Henry nickte verständnisvoll. »Das klingt interessant. Was für ein Projekt ist es?«

Dirk hielt kurz inne, als suchte er nach Worten. »Jetzt lasst uns das vergessen. Es ist unwichtig. Wie geht es dir?«

Henry kratzte sich am Kopf. »Mir geht es gut. Ich bin ganz glücklich mit meiner Arbeit. Endlich kann ich auf eigenen Beinen stehen.«

»Das klingt hervorragend. Und was macht deine Seele? Hattest du noch mal Probleme?«

»Nein.« Henry schüttelte den Kopf. »Meine Vergangenheit ist wie ausgelöscht, und darüber bin ich sehr froh. Ich kann mich an nichts erinnern, nur wie glücklich ich hier bei euch erwachsen werden konnte.«

Anja hörte das gern, doch Dirk runzelte die Stirn.

»Und gehst du deshalb nicht mehr zu Dr. Schrader?«, fragte er.

Henry schaute verwirrt. »Warum sollte ich? Es geht mir gut. Er konnte mir ja mit meinen Gedächtnislücken jahrelang nicht helfen, aber ich möchte das gar nicht mehr. Manchmal ist es besser, wenn man die Vergangenheit ruhen lässt.«

Anja warf Dirk einen wütenden Blick zu, weil er Henry mit der Therapiesache so überfallen hatte. Eigentlich hatte sie ihm im Vertrauen gesagt, dass Henry nicht mehr zum Psychologen ging, und wollte selbst mit dem Jungen darüber reden. »Alles gut, Henry, Dr. Schrader hat nur mal nach dir gefragt, du bist erwachsen und entscheidest selbst, ob du daran noch weiter arbeiten möchtest.«

Dirks Handy piepste wieder. Er schaute darauf und steckte es schnell wieder weg. »Ich muss noch mal kurz los. Ich habe etwas vergessen.«

Anja spürte, dass er etwas verheimlichte. »Jetzt? Ich fahre nachher mit Lili zu Dr. Schrader, dann wäre Henry ganz allein. Was ist denn nur los mit dir?«

Dirk zögerte einen Moment, bevor er seufzte. »Es tut mir leid, ich bin gleich zurück. Es dauert nicht lang.«

Anja und Henry tauschten einen Blick aus. »Es ist okay für mich. Geht ihr das doch draußen besprechen, ich spiele derweil mit Lili, bis ihr losmüsst.«

Er war so vernünftig.

Anja nickte und schob Dirk aus dem Zimmer. »Was soll dein komisches Verhalten?«, fuhr sie ihn an, sobald sie den Raum verlassen und die Tür geschlossen hatten. »Seit Tagen benimmst du dich auffällig. Rede mit mir.«

»Es ist alles okay. Ich habe nur viel um die Ohren. Ich gehe das schnell erledigen, und dann feiern wir alle zusammen Weihnachten.« Für Dirk schien das Thema damit beendet zu sein. Er verließ überstürzt das Haus und hatte sich noch nicht einmal eine Jacke angezogen.

Anja war wütend, so ein Verhältnis hatten sie nie gehabt. Er hatte sich immer für alle interessiert, im Leben wäre er an Weihnachten nicht einfach abgehauen. Hatte er eine Affäre? War er deshalb schon seit Monaten immer distanzierter geworden?

In diesem Moment sehnte sich Anja nach ein wenig Ruhe. Sie schaute auf die Uhr. Ihr blieben noch einein-halb Stunden, ehe sie losfahren musste. Eine halbe Stunde davon würde sie sich ins Schlafzimmer zurück-ziehen. Sie wusste, dass Henry und Lili sowieso gern Zeit zu zweit verbrachten. Sie ging noch einmal zu den beiden ins Zimmer, um Henry kurz Bescheid zu sagen.

Der malte gerade etwas in seinem Skizzenbuch herum, was er immer wieder mal tat. Er hatte ihr einmal erklärt, dass er so seine Gedanken sortieren oder sich beruhigen konnte. Wahrscheinlich war Dirks überfallartige Frage doch zu viel für Henry gewesen, und nun malte er sich kurz den Frust von der Seele.

Lili saß daneben und schaute gespannt zu. Auch das tat sie sehr oft, denn sie malte selbst gern.

Auf ihre Anrede hin reagierte weder Lili noch Henry, deshalb ließ sie die beiden einfach in Ruhe. Er würde Anja schon finden, wenn er sie brauchte. Erschöpft schloss sie die Tür und ging ins Schlafzimmer, um sich für einen Augenblick auszuruhen.

15

25. DEZEMBER 2008

Es war stockdunkel, als ich zu mir kam. Mein Herz raste wie verrückt. Ich versuchte verzweifelt, mich zu orientieren, die Kontrolle über meinen eigenen Körper zurückzugewinnen, weil ich diesen überhaupt nicht spüren konnte.

Wo bin ich?

Mein Bewusstsein fühlte sich komisch an, so, als ob ich zwischen Realität und einem Albtraum gefangen wäre. Ich war müde und trotzdem wach. Oder schlief ich nur und träumte?

Ganz allmählich vernahm ich ein dumpfes Pochen in meinem Kopf. Kurz darauf spürte ich auch mich wieder. Ein Kribbeln durchzog meine Beine, und ich konnte das Schlagen meines Herzens hören. Die Schwere in mir ließ nach.

Einen Augenblick blieb ich noch ruhig liegen. Ich hatte das Gefühl, dass mein Gesicht um das Dreifache angeschwollen war, so spannte es. Trotzdem versuchte ich mich zu konzentrieren. Ich erinnerte mich daran, was geschehen war. Dass Papa Linda angegriffen hatte und ich wütend geworden war. Und dann hatte er auf mich eingeschlagen.

Ich atmete tief durch und richtete mich langsam auf. Mein Kopf lastete schwer auf mir. Ein Gefühl der Erschöpfung durchzog meinen Körper, und am liebsten hätte ich mich einfach wieder hingelegt und wäre gar nicht mehr aufgewacht.

Als ich stand, musste ich warten, bis die erste Schwindelattacke vorüberging. Dann schleppte ich mich zur Tür. Meine Flanken schmerzten bestialisch, und jeder Schritt verschlimmerte es. Es war, als bohrte sich etwas in meine Lunge und in meinen Magen. Ich lauschte.

Draußen war nichts zu hören.

Mein Atem ging schwer, als ich mich mühsam ins Wohnzimmer schleppte. Auf dem Weg warf ich einen Blick ins Schlafzimmer.

Das Licht brannte, und Linda lag noch immer auf dem Boden, doch Papa hatte das Bettlaken über sie gelegt. Nur die Hand mit den rot lackierten Fingernägeln schaute heraus.

Mir zog sich alles zusammen, wenn ich an ihre leeren Augen dachte. Ich wusste noch, wie ich neben ihr gelegen und mit ihr gemeinsam hatte gehen wollen, nicht aber, wie ich in mein Zimmer gekommen war.

Dieses Mal war Papa zu weit gegangen, ich würde ihn verraten.

Als ich die Tür zum Wohnzimmer öffnete, erstarrte ich. Drei Männer saßen dort auf dem Sofa. Ihre Blicke wandten sich sofort mir zu. Ihre Gesichter wirkten ernst, fast besorgt, aber dennoch lag etwas Eigenartiges in ihren Augen.

»Hey, du bist wach«, sagte einer von ihnen, sein Ton war ruhig und irgendwie tröstlich. »Komm, setz dich hin.«

Ich erkannte die Stimme, sie gehörte einem der drei Männer, die schon einmal im Haus gewesen waren und mit Papa gestritten hatten.

Ich ließ mich auf einen Sessel sinken, meine Atmung ging mal schnell und mal langsamer.

»Wer seid ihr?«, flüsterte ich. Mein Blick wanderte zwischen den Fremden hin und her.

Der Mann, der gesprochen hatte, tauschte einen Blick mit den anderen beiden, bevor er sich mir zuwandte. »Wir sind hier, um dir zu helfen. Wir wissen von dem Streit mit deinem Vater, und wir verstehen, dass es zu einer schrecklichen Tragödie gekommen ist.«

Mein Herz raste, als er diese Worte aussprach. Die Erinnerung an den heftigen Streit und die schrecklichen Ereignisse danach kamen mir wieder in den Sinn. Aber wovon genau redete der Mann? »Wo ist Papa?«

»Er ist tot«, sagte ein anderer Mann.

Alle drei sahen mich aus mitleidigen Augen an.

Ich wiederholte die Worte in meinen Gedanken. Wie tot?

»Aber das kann nicht sein, er …« Ich wollte sagen, er hätte doch gerade erst Linda getötet und dann fast mich, aber ich bekam es nicht über die Lippen.

»Wir wollen dir helfen«, fuhr der Mann fort, seine Stimme war ruhig und überzeugend. »Wir wissen, dass du in Schwierigkeiten steckst, und wir haben auch noch keine Polizei gerufen, aber du musst sagen, was hier passiert ist.«

Meine Verwirrung wuchs. »Was wollt ihr von mir? Ich habe nichts getan.«

Ich spürte, wie sich ein Knoten in meiner Brust bildete. Der Ernst in den Augen der Männer war beunruhigend. Die Wahrheit war, dass mir die Erinnerung fehlte, seit ich neben Linda gelegen hatte. Was also sollte ich verbrochen haben?

Der Mann legte beschwichtigend eine Hand auf meine Schulter. »Wir sind Freunde deines Vaters, und er hat uns mitten in der Nacht angerufen. Er war sehr aufgelöst und hat geschrien, dass du durchgedreht bist und ihn angreifst.«

Ich rang um Worte und schüttelte den Kopf. Tränen verschleierten mir die Sicht. »Das stimmt so nicht. Es war andersrum.«

»Als wir hier angekommen sind, haben wir deinen Vater und eine Frau tot vorgefunden, und dich halb tot. Erzähl uns, was passiert ist.«

Ich starrte den Mann an, den ich damals beobachtet hatte, als er Mara ins Auto getragen hatte. »Sie wissen es doch. Sie haben ihm geholfen. Papa hat sie umgebracht.«

Verdutzt starrte er mich an. Ich hatte Angst, dass er mich mit seinen Blicken verschlingen würde.

»Ihr alle wart hier im Haus und habt euch mit Papa gestritten. Ich habe alles genau gehört.«

Ein Mann erhob sich und hockte sich vor mich. Er legte mir seine Hände auf die Oberschenkel und sah mir ganz tief in die Augen. »Hab keine Angst. Wir wissen, was dein Vater mit den Frauen getan hat«, sagte er mit ganz sanfter Stimme. »Du musst deshalb durch die Hölle gegangen sein. Aber wir werden dir helfen. Deswegen haben wir auch noch keine Polizei gerufen. Sag uns, was passiert ist.«

Ich schluchzte. »Ich kann mich nicht mehr erinnern. Papa hat Linda wehgetan, dann war sie tot. Und ich habe ihn beschimpft. Er ist völlig ausgerastet und hat auf mich eingeschlagen. Und dann war alles dunkel. Ich weiß nicht, was danach passiert ist. Ich bin erst gerade wieder aufgewacht.«

Der Mann vor mir sah mich betroffen an. »Das habe ich mir fast gedacht. Man nennt das Verdrängen. Wir erkennen ja, wie du und die Frau aussehen. Wahrscheinlich hast du dich nur gewehrt. Leider ist er dadurch unglücklich gefallen und hat sich den Kopf aufgeschlagen. Wir kamen zu spät.«

»Ich habe das nicht getan.« Das konnte nicht wahr sein. »Wie sollte ich Papa denn wegstoßen, er war viel stärker.«

»Wir haben es ja nicht gesehen. Als dein Vater uns angerufen hat, haben wir dich schreien gehört, du hast ihn böse beschimpft und gesagt, dass du ihn töten wirst.«

»Das hätte ich mir nie getraut zu sagen.«

»Ich vermute, dass du es gar nicht mehr bewusst mitbekommen hast. Dein Überlebensinstinkt hat sich eingeschaltet, und du hast gekämpft. In so einer Situation bekommt man dann nicht mit, was man tut, aber man entwickelt ungeahnte Kräfte, weil man sich beschützen möchte. Wenn dann alles vorbei ist, kann man sich an nichts mehr erinnern.«

»Aber ich wollte Papa nichts tun, ich wollte nur, dass er aufhört.«

»Ich weiß, es war grausam, was dein Vater getan hat. Auch uns hat er große Angst damit eingejagt. Aber nun bist du in Sicherheit.«

»Komme ich jetzt ins Gefängnis?«

»Nein, nein«, sagte der Mann, der mir am liebsten war. Er war nett.

Der andere hatte Papa geholfen, die Frauen wegzubringen, deshalb fand ich, dass er auch böse war, und der dritte sagte fast gar nichts. Er war sehr unruhig, strich sich immer über das Gesicht und hatte rote Augen.

»Ich rufe jetzt die Polizei und sage, dass du angegriffen wurdest und dass du dich gewehrt hast. Du musst das dann nur bestätigen, dann passiert dir nix.«

Ich riss die Augen auf. »Aber dann verrate ich mich.«

»Kennst du den Begriff *Notwehr*?«

Ich schüttelte den Kopf.

»Das bedeutet, dass du ihn verletzt hast, weil du in Not warst. Hättest du dich nicht gewehrt, wärst du auch tot. Dann wirst du auch nicht bestraft. Wenn du aber erst lügst und sagst, du warst es nicht, und dann kommt die Wahrheit raus, dann glauben die dir nicht mehr.«

»Aber wie soll die Wahrheit herauskommen?«

»Glaub mir, Polizisten haben viele Möglichkeiten, früher oder später kommt alles ans Licht.«

Ich weinte erneut. »Aber was passiert dann mit mir?«

»Sie werden dir helfen. Und wir dir auch. Wir sind für dich da. Das versprechen wir.«

Die anderen beiden Männer nickten.

Schließlich stimmte ich zu. Mir blieb sowieso keine andere Wahl, ohne Papa war ich ganz allein. »Wo ist Papa jetzt?«

»Er liegt in der Küche.«

»Ich will ihn noch mal sehen.«

»Bist du dir sicher?«, sagte der Mann. »Es ist kein schönes Bild.«

»Ich möchte sehen, was ich getan hab.«

»In Ordnung.« Der Mann nahm mich an die Hand und brachte mich in die Küche.

Das schwache Licht der Seitenlampe erhellte den Raum nur wenig.

Mein Herz schlug wild gegen meine Brust, und ein Schaudern lief mir über den Rücken. Ich wusste nicht, was mich erwarten würde, aber ich konnte mir nicht vorstellen, dass der Anblick schlimmer sein sollte als der

der Frauen. Ich lief um den großen Esstisch, hinter den Schrank.

Und dann sah ich ihn. Papa lag auf dem Boden, in einer komischen Pose. Sein Blick wirkte irgendwie friedlich, als schliefe er einfach. Ich hatte sogar das Gefühl, dass er lächelte. Aber die Blutlache um ihn herum verursachte mir Übelkeit.

Ich spürte, wie der Boden unter meinen Füßen schwankte. Das Blut, die Stille, die gespenstische Atmosphäre – es war alles so irreal, dass ich kaum atmen konnte.

»Schau es dir nicht weiter an, Junge«, sagte einer der Männer leise und legte eine Hand auf meine Schulter.

Doch es war zu spät. Der Anblick hatte sich bereits in meine Gedanken gebrannt, und ich würde ihn nie wieder vergessen. Genauso wie den der Frauen. Meine ganzen Erinnerungen bestanden nur aus toten, grausam aussehenden Menschen.

Es war meine Schuld, dass Papa so dalag. Der Gedanke, dass ich zu weit gegangen war, dass meine Wut meinen Vater getötet hatte, traf mich wie ein Schlag in die Magengrube. Erneut kamen mir die Tränen, als ich in die leblosen Augen meines Vaters starrte. Ich konnte nicht fassen, dass er tot war, dass ich ihn nie wiedersehen würde. Die Worte, die ich ihm gesagt hatte, hallten in meinen Ohren wider und füllten mich mit unendlicher Trauer. »Ich habe ihn ›Monster‹ genannt.«

»Das war er auch«, sagte der nette Mann hinter mir.

»Aber das waren die letzten Worte, die ich ihm gesagt hab. Ich habe ihn auch lieb gehabt.« Ich hockte mich neben Papa und nahm seine kalte Hand in meine. Dann streichelte ich ihm über die Stirn. »Es tut mir so leid.«

Die Männer sprachen leise miteinander, aber ihre Worte erreichten mich nur gedämpft. Ich fühlte mich, als würde ich in einem Albtraum gefangen sein. Die Mischung aus Schuldgefühlen, Verzweiflung und Schock war kaum zu ertragen. Auch wenn er so böse gewesen war, er war immer noch mein Papa.

Die Schuldgefühle erstickten mich, und ich wünschte mir, ich könnte die Zeit zurückdrehen, die Worte ungesagt machen.

Der Mann zog mich weg und führte mich ins Wohnzimmer. »Die Polizei ist gleich da. Hab keine Angst, alles wird wieder gut. Du musst nur alles genau so sagen, wie wir es dir erklärt haben, sonst wird das nicht gut ausgehen. Und sag ihnen alles über die Frauen, okay? Damit die Polizei ihre Leichen findet.«

»Ihr helft mir doch?«

»Wir gehen jetzt. Wenn wir hierbleiben, dann glauben die, dass wir was damit zu tun haben. Wenn wir dann auch zur Polizei müssen, können wir dir nicht helfen. Aber ich habe der Polizei am Telefon schon alles erklärt.«

»Bitte gehen Sie nicht weg!«, flehte ich den Mann an. »Ich habe solche Angst.«

»Das brauchst du nicht. Das war nur ein schlimmer Unfall. Glaube mir, solange du das sagst, was wir abgemacht haben, wird dir nichts passieren.«

Ich wischte mir die Rotze aus dem Gesicht und schluckte. Ich konnte gar nicht beschreiben, wie viel Angst ich hatte. Aber ich war müde und wollte, dass es einfach nur aufhörte.

Es hatte nicht mehr lang gedauert, bis die Polizisten gekommen waren. Mein Herz hämmerte in meiner Brust, und die Ereignisse der letzten Stunden wirbelten wie ein Albtraum durch meinen Kopf.

Nun stand ich mit gehobenen Händen in meinem Wohnzimmer und fühlte mich wie ein echter Verbrecher. *Mörder, du bist ein Mörder.*

»Hast du eine Waffe an dir?«, fragte einer der Polizisten in einem ruhigen Ton und ließ mich nicht aus den Augen.

Ich schüttelte den Kopf.

»Dann erzähl uns, was hier passiert ist.«

Meine Kehle war ganz trocken. Meine Hände zitterten. »Es war Notwehr«, stieß ich mit brüchiger Stimme hervor. »Mein Vater hat vier Frauen getötet. Und wollte mich auch totprügeln.«

Mein Körper bebte.

»Beruhige dich«, sagte die Polizistin und stellte sich neben mich.

»Ich wollte das nicht. Ehrlich.«

»Das glauben wir dir, aber bitte erzähl uns alles in Ruhe. Wo liegt dein Papa?«

»In der Küche. Und im Schlafzimmer liegt Linda.«

»Wer ist Linda?«, fragte der Polizist.

»Die Frau, die Papa entführt hat. Er hat immer zu Weihnachten eine Frau entführt, die meine Mutter sein sollte. Und wenn sie Ärger gemacht haben, hat er sie schlimm verprügelt und verletzt, bis sie tot waren.«

Die Polizisten wechselten Blicke, dann notierte der Mann etwas.

Die Polizistin ging kurz weg und sagte etwas in ihr Funkgerät.

»Zeigst du mir, wo die beiden liegen?«

Ich nickte und führte den Mann in die Küche.

Er tastete an Papas Hals und drehte sich dann zu mir. »Und die Frau?«

Ich zeigte nach oben. »Im Schlafzimmer.«

Auch bei ihr fasste er an den Hals und ging anschließend wieder mit mir hinunter. Er setzte mich auf das Sofa.

Die Polizistin setzte sich neben mich. »Du bist auch verletzt. War das dein Vater?«

»Ja.« Ich erzählte ihr von dem Weihnachtsabend und wie der Streit eskaliert war und er mich verprügelt hatte. »Ich weiß gar nicht mehr, was ich Papa angetan hab. Ich denke, ich habe ihn geschubst, und er ist hingefallen.«

»Uns hat ein Mann angerufen. Wer ist das gewesen?«

Ich biss auf meine Unterlippe, weil ich gar nicht wusste, was ich sagen sollte. »Ich weiß es nicht. Ich kann mich nicht mehr erinnern.«

»Okay, schon gut. Wo ist denn deine Mama?«

Ich schniefte. »Tot. Sie ist vor ein paar Jahren an Heiligabend gestorben.«

Die Frau legte ihre Hand auf meinen Rücken. »Das tut mir sehr leid. Du hast in letzter Zeit Furchtbares durchgemacht. Wir werden dir helfen.«

Mein Kinn zitterte. »Muss ich jetzt ins Gefängnis?«

»Nein, mein Junge. Du hast nichts Schlimmes getan. Es war sehr mutig, dass du dich gewehrt hast. Erst einmal bringen wir dich in ein Krankenhaus. Ein Arzt muss sich unbedingt deine Verletzungen ansehen. Deine Nase scheint gebrochen zu sein.«

»Ich bekomm auch schlecht Luft.«

»Hast du denn irgendwen, den wir für dich anrufen können? Omas oder Opas?«

»Nein, ich kenne keinen davon.«

Die Frau wirkte betroffen.

Der Polizist, der kurz zuvor draußen gewesen war, kam ins Wohnzimmer. Er hockte sich vor mich. »Kannst du dich erinnern, wie die Frauen geheißen haben, die dein Papa entführt hat?«

»Ilona, Mara, Patricia und das im Schlafzimmer ist Linda. Ich habe sie alle gemocht.«

Der Polizist warf der Polizistin einen irgendwie geheimnisvollen Blick zu. Dann sah er mich wieder an. »Kamen die Weihnachtskarten von hier.«

»Die habe ich geschrieben. Ich wollte, dass die Angehörigen sich nicht mehr quälen mussten, weil sie die bestimmt ganz doll vermisst haben. Papa war deshalb sehr sauer auf mich.«

Ich hörte, wie die Polizistin neben mir schwer schluckte. »Du bist ein toller Junge.«

»Wir bringen dich jetzt erst einmal in die Klinik. Du musst auch dringend untersucht werden. Das Ganze musst du erst einmal verdauen.«

Ich fühlte mich, als würde der Boden unter mir weggezogen. Die Männer hatten behauptet, mir helfen zu wollen, aber jetzt wollten die mich in ein Krankenhaus bringen. »Ich will da nicht hin.«

»Das ist nur vorübergehend«, sagte der Polizist. »Es wird dir helfen, dich zu erholen und deine Geschichte zu klären. Dann werden sie dir bestimmt weiterhelfen können.«

Die Frau zog mich hoch und führte mich aus dem Haus.

Die Lichter des Streifenwagens blitzten rot und blau durch die Nacht. Als ich ins Auto stieg, spürte ich, wie meine Welt in Stücke brach. Ich begriff zum ersten Mal, dass ich ab sofort ganz allein war.

16

24. DEZEMBER 2022

DER BLEICHE MORGENHIMMEL brach langsam durch die Fenster des Büros. Mathias saß an seinem Schreibtisch. Seine Augen waren schwer und die Gedanken träge. Er hatte nach der Befragung von Robert Masberger die ganze Nacht in dem Fall von 2005 gelesen.

Die Uhr an der Wand tickte monoton vor sich hin, als ob sie Mathias daran erinnern wollte, dass sie den Täter finden mussten. Irgendwie machte ihn das nervös.

Sein Körper fühlte sich an, als hätte er tausende Kilometer zurückgelegt, jeder einzelne Knochen und jeder Muskel schmerzte ihn. Und sein Geist war von einer müden Leere erfüllt. Er brauchte dringend Schlaf, doch den wollte er sich nicht erlauben.

Er spielte mit der Kaffeetasse. Auf seiner Zunge hing ein bitterer Geschmack von dem vielen Kaffee, sodass es ihn schon anekelte. Er rieb sich die Schläfen und versuchte sich zu konzentrieren. Die Notizen vor ihm verschwammen zu einem undurchschaubaren Wirrwarr aus Buchstaben und Zahlen. *Ich brauche eine Pause.*

Er ließ den Blick aus dem Fenster schweifen. Seiner Kehle entwich ein tiefer Seufzer, der die Schwere auf seiner Brust jedoch nicht erträglicher machte. Er fand einfach überhaupt keinen Faden, an dem er sich entlanghangeln konnte, und das zermürbte ihn.

Die Stadt erwachte allmählich zum Leben, Menschen eilten noch schnell in die Geschäfte, um die letzten Weihnachtseinkäufe zu erledigen, Autos fuhren hektisch und hupend die Straßen entlang. Für sie alle begann an diesem Tag das Fest der Liebe, das für Familie Masberger das Todesurteil geworden war. Es stellte sich nur die Frage: Warum?

Mathias fuhr zusammen, als sich die Tür zum Büro öffnete. Romy trat ein, die sich für drei Stunden in den Aufenthaltsraum gelegt hatte. Sie warf ihm einen mitleidigen Blick zu. »Hast du dich nicht mal ausgeruht?«

Mathias nickte müde. »Ich habe ein wenig auf dem Stuhl gedöst. Aber ich wollte den Fall von 2005 bis 2008 unbedingt durchhaben bis heute Morgen. Auch wenn es mich nicht weitergebracht hat. Ich kann da wirklich nicht eine winzige Kleinigkeit erkennen, die für unseren Fall relevant sein könnte. Wahrscheinlich war es unnötig, das durchzuarbeiten.«

»Ich habe diesen Robert Masberger noch nicht ausgeschlossen«, erwiderte Romy. »Es reicht zwar nicht, ihn festzunehmen, aber es passt einfach alles zusammen. Er hatte etwas dagegen, dass Selina Masberger so einen Trubel um Weihnachten macht. Der Streit ist eskaliert, sie droht ihm, und er wollte das verhindern. Vielleicht ist es dann im Haus komplett ausgeartet.«

»Wir haben seine Aussage gehört, sie klang plausibel.«

»Was hat er denn gesagt?«, fragte Norman, der plötzlich unbemerkt in der Tür stand. Er zog seine Jacke aus und setzte sich auf Mathias' Schreibtisch.

»Guten Morgen, du Geist. Könntest du dich das

nächste Mal bitte nicht so anschleichen, ich hatte fast einen Herzinfarkt.« Mathias griff sich an die Brust.

»Sorry, aber ich sagte ›guten Morgen‹, ihr habt mich nur nicht wahrgenommen.« Norman legte eine Tüte auf den Tisch.

Sofort verteilte sich der Duft von Frischgebackenem im Zimmer.

»Butterhörnchen und Rosinenbrötchen. Ich dachte, ihr könnt es vertragen.«

Romy griff sofort nach der Tüte und holte sich ein Rosinenbrötchen heraus. Sie biss genüsslich hinein und verdrehte die Augen, als hätte sie wochenlang nichts zu essen bekommen.

»Du bist großartig«, sagte sie mit vollgestopftem Mund.

Mathias rumorte der Magen, deshalb war ihm noch nicht nach Frühstück zumute. »Also, zu Robert Masberger. Er hat zugegeben, dass er im Haus gewesen ist. Er war früher angereist, um noch einmal mit seiner Schwägerin zu reden. In der Hoffnung, dass dieser Streit beziehungsweise Chat nicht an seine Eltern getragen wird. Als er ankam, stand die Tür offen, und er fand seine Schwägerin so vor wie wir auch.«

»Und wie hat er seine Fingerabdrücke an dem Medaillon der Frau erklärt?«, fragte Norman.

»Er sagte, dass er ihren Puls kontrolliert hat. Vielleicht ist er dann drangekommen. Auch für den Handabdruck auf der Küchenanrichte hatte er eine Erklärung. Ihm wurde bei dem Anblick seiner Schwägerin schlecht, er hat sich abgestützt, um sich wieder zu fangen, und ist dann abgehauen.«

»Er war nicht oben in den Schlafräumen?«

»So sagt er es zumindest.« Mathias wusste nicht,

warum, aber irgendwie hatte er im Gefühl, dass Robert Masberger nicht der Mörder war.

»Er ist also abgehauen und hat wieder die Tür offen stehen lassen?« Norman runzelte die Stirn.

»Er wollte, dass alles so war wie vorher. Damit die Polizei es so vorfindet«, antwortete Romy kauend.

»Stellt sich mir nur noch die Frage, warum er gelogen hat und sagte, er sei nicht im Haus gewesen. Und warum wollte er stiften gehen, als Mathias auf ihn zugelaufen war?«

Mathias nickte. »Seine Ausrede war, dass er Panik bekommen hat. Ich vermute, es steckt etwas anderes dahinter. Wir überprüfen die Route von Berlin nach Koblenz, die er uns angegeben hat. Vielleicht hat ihn eine Straßenüberwachungskamera eingefangen. Dann wissen wir, ob er in der Nacht wirklich unterwegs war.«

Norman seufzte. »Ich frage mich auch, wenn er seine Schwägerin getötet hätte, warum dann auch seine Nichten und seinen Bruder.«

»Mein Bauchgefühl sagt mir, dass da etwas anderes dahintersteckt. Robert Masberger ist kein Engel, vorbestraft, aber ich glaube ihm, dass er es nicht war. Trotzdem suchen wir weiter nach Beweisen.«

»Bist du denn mit dem Fall weiter?« Norman zeigte auf den Stapel, der auf Mathias' Schreibtisch lagerte.

»Es war grausam. Aber irgendwie finde ich keine Verbindung zu unserem jetzigen Fall. Damals waren es Frauen, die entführt wurden und dann ermordet. Der Täter ein Vater, der von seinem Sohn während eines Streites geschubst wurde und ungünstig fiel. Dabei starb er. Die einzige Übereinstimmung ist, der Vater und unser jetziger Täter bevorzugen Weihnachten als Tattag.«

Norman erhob sich. »Gut, suchen wir weiter. Was soll

ich tun? Am liebsten würde ich raus und da etwas bewirken.«

»Du sollst langsam machen. Anordnung von oben«, antwortete Mathias mit erhobenem Zeigefinger. »Nimm dir bitte die Bekannten, Freunde und Verwandten beider Ehepartner vor. Wir haben noch nicht alle gesprochen. Die laden wir vor. Und krame auch tiefer im Leben von Robert Masberger. Vielleicht findet sich doch noch ein Hinweis.«

»Wird erledigt.« Norman lief zu seinem Schreibtisch.

»Geh dich frischmachen. Ich koche schon mal Kaffee für die Morgenbesprechung.« Romy lief in den Aufenthaltsraum.

»Für mich bitte keinen Kaffee mehr. Sonst übergebe ich mich.« Mathias erhob sich langsam und streckte sich. Dann lief er in das kleine Badezimmer, spritzte sich kaltes Wasser ins Gesicht und putzte sich die Zähne. Aus seinem Spind holte er sich ein frisches T-Shirt und legte Deo auf. Eigentlich wollte er sich noch eine halbe Stunde auf das Sofa legen, doch dann rief Romy nach ihm. Und die Art, wie sie es getan hatte, bedeutete nichts Gutes.

Er eilte zurück ins Büro. Romy stand bereits an der Tür und hielt seine Jacke hoch. »Wir haben eine weitere tote Familie.«

17

24. DEZEMBER 2022

»Ist es wirklich in Ordnung, dass du einen Moment allein hier wartest?«, fragte Anja Henry. »Ich hoffe, dass Dirk bald wieder da ist. Was auch immer ihn heute treibt. Aber der Termin ist für Lili echt wichtig.«

»Alles gut, ich schau ein wenig Fernsehen, ich bin eh müde. Aber erzähl doch kurz, was glaubst du denn, hat Lili Schlimmes aufgefasst? Wir haben vorhin gar nicht fertiggesprochen.«

Anja dachte an den letzten Termin mit Dr. Schrader. An die Puppen, die nachgespielte Szene – und dann die Nachrichten von dem bestialischen Mord an der Familie. Ein eiskalter Schauer lief ihr über den Rücken. »Vielleicht übertreibe ich ja«, sagte sie zögernd, »ich mache mir wirklich Sorgen um Lili. Sie hat gestern mit ihren Puppen einen Mord nachgespielt, der dem gleicht, der gestern in den Nachrichten kam. Hast du davon gehört?«

Henry senkte den Kopf. »Ja, diese Familie. Schlimm so was, und das an Weihnachten. Meinst du, Lili hat das gesehen? Ihr lasst sie doch gar nicht unbeaufsichtigt Fernsehen schauen.«

»Das ist ja das Merkwürdige daran. Die Nachrichten

kamen erst, nachdem sie das gespielt hat. Wir waren gerade von Dr. Schrader zurück.«

»Was genau hat sie gespielt?«, wollte Henry wissen.

Anja erzählte ihm von der Therapiesitzung. »Das ist so komisch.«

Henry sah sie besorgt an. »Du darfst nicht vergessen, dass Lili nur ein Kind ist. Ihre Fantasie kann manchmal sehr lebhaft sein, aber das bedeutet nicht, dass es mit diesem Mord zu tun hat.«

Anja seufzte und griff nach Henrys Hand. »Ich weiß, aber ich kann diese Verbindung einfach nicht ignorieren. Und die Tatsache, dass sie so ruhig bleibt, wenn sie das spielt, macht mich noch nervöser. Deshalb gehen wir jetzt noch einmal zu Dr. Schrader. Ich bin froh, dass er sich heute trotzdem Zeit nimmt.«

Henry drückte sanft ihre Hand. »Das ist wahrscheinlich das Beste. Er ist Experte auf diesem Gebiet. Und danach feiern wir ein schönes Fest zusammen.«

Sein Lächeln war so bezaubernd, dass Anja dahinschmolz.

Sie nickte. »Aus deinem Mund klingt das immer so schön, ich weiß, dass du Weihnachten nicht sonderlich magst und den Weihnachtsstress besonders nicht. Aber wir sind froh, dass du trotzdem gekommen bist.«

»Ja, das ist mir wichtig. Ich habe euch viel zu verdanken. Und ich liebe Lili, als wäre sie meine leibliche Schwester. Ich würde sie nie im Stich lassen.«

Ein flüchtiger Blick auf die Uhr alarmierte Anja. »Ich muss los. Wir brauchen wegen des Schnees bestimmt ewig in die Stadt. Mach es dir bequem.« Anja drückte Henry. »Los, Lili, machen wir uns auf den Weg. Wenn wir wiederkommen, wartet ein schöner Tag auf uns.«

Die Sonne schien, als Anja und Lili nach draußen traten. Dadurch glitzerte der Schnee noch deutlicher.

Anja öffnete Lili die Hintertür, wartete, bis sie sich angeschnallt hatte, und stieg dann am Steuer ein. Noch einmal ging ihr der vorige Tag durch den Kopf, und sie grübelte, wo Lili etwas von diesem Mord hätte aufschnappen können. Doch ihr wollte nichts einfallen. Sie sah in den Rückspiegel.

Lili saß ruhig auf dem Rücksitz, ihre Hände waren im Schoß gefaltet. Sie blickte aus dem Fenster.

»Geht es dir gut, Lili?«

Ihre Pflegetochter nickte langsam, doch ihre Miene war ernst. Sie starrte auf ihre Puppe hinunter.

Anja spürte, wie sich ein Kloß in ihrem Hals bildete. »Will deine Puppe etwas sagen?«

Lili seufzte leise und sah wieder aus dem Fenster.

»Ich habe Angst«, erwiderte Lili in einem hohen Ton, der die Puppe imitieren sollte.

Anja rang sich ein Lächeln ab, obwohl sie innerlich aufgewühlt war. »Was macht dir denn so Sorgen?«

Doch die Puppe gab ihr keine Antwort mehr. Und das wiederum bereitete ihr noch viel größeren Kummer. Hatte Lili selbst vor irgendetwas Angst oder sprach nur die Puppe im Spiel?

Anja parkte vor dem Ärztehaus, obwohl sie das eigentlich nicht durfte. Doch an diesem Tag würde keiner der anderen Ärzte da sein. Sie stellte den Motor ab und drehte sich zu Lili. »Bist du bereit, Liebes?«

Lili nickte langsam und lächelte leicht.

»Alles wird gut, Schatz. Wir sind hier, damit Dr. Schrader dir helfen kann und du keine Angst mehr haben musst.«

Gemeinsam stiegen sie aus dem Auto und betraten Hand in Hand das Gebäude, in dem Dr. Schraders Praxis lag.

Im Treppenhaus vernahm Anja Stimmen. Dr.

Schrader verabschiedete sich gerade von jemandem. Als sie die Stimme seines Gegenübers hörte, riss sie die Augen auf. Es war unverkennbar die ihres Mannes.

Schnell zog sie Lili wieder aus der Tür und eilte mit ihr um das Nebengebäude. Dort konnte sie durch die Schaufensterscheiben eines Ladens, der über eine Ecke ging, den Eingang zur Praxis beobachten.

Dirk und Dr. Schrader traten ins Freie und sahen sich um. Was in Anjas Augen irgendwie verdächtig wirkte.

Sie fragte sich, was Dirk bei Dr. Schrader wollte. Er war nie zu den Therapiestunden all ihrer Pflegekinder mitgegangen. Zwar hatte er ihn Anja für die Kinder empfohlen, aber selbst war er nie dort gewesen.

Die beiden Männer schienen in ein intensives Gespräch vertieft zu sein. Auch wenn Anja sie aus einigen Metern Entfernung beobachtete, ließen die wilden Gesten und die erregte Mimik ihres Mannes keinen Zweifel daran, dass es eine hitzige Diskussion war. Dr. Schrader stand mit dem Rücken zu ihr, wirkte aber von der Körpersprache her etwas ruhiger.

Dirk warf seine Hände in die Luft und redete auf den Psychologen ein.

Dieser nickte gelegentlich und ergriff nur ab und zu das Wort.

Anjas Sorgen wuchsen. Hatte dieses Gespräch etwas mit Lili zu tun?

Es vergingen Minuten, bis Dirk kopfschüttelnd seine Arme fallen ließ.

Dr. Schrader legte seine Hand auf Dirks Schulter, sagte noch etwas und sah ihm dabei tief in die Augen.

Doch Dirk schien wütend zu sein und drehte sich um. Er stampfte durch den Schnee zu seinem Wagen. Das Knallen der Autotür hallte bis zu ihr nach.

»Komm, Lili, wir gehen jetzt zu Dr. Schrader.« Anja

nahm ihre Tochter an die Hand und lief mit einem mulmigen Gefühl in die Praxis.

Der Psychologe begrüßte beide freundlich, ihm war von dem Streit kurz zuvor überhaupt nichts anzumerken.

Anja überlegte, ihn darauf anzusprechen, traute sich aber nicht. War es, weil sie die Wahrheit gar nicht hören wollte?

»Wie kann ich Ihnen helfen, Frau Ludolf, was genau besorgt Sie so?«

Anja räusperte sich, um sich von dem Gespräch der beiden zu befreien und ihre Konzentration auf Lili zu lenken. Sie teilte ihm ihre Bedenken wegen des Mordes an der Familie mit. Dabei sah sie zu ihrer Pflegetochter, die sich direkt an das Puppenhaus gesetzt hatte.

Die kleine Puppe in Lilis Hand, die sie oft als ›die Mutter‹ bezeichnete und einen Tag zuvor mit roter Farbe bemalt hatte, wirkte auf Anja irgendwie unheimlich.

»Ich weiß, dass das komisch klingt, aber das ist doch auffällig, dass Lili Ihnen diesen Mord vorspielt, mit einer toten Familie, und kurz darauf stirbt eine Familie in Koblenz.«

Dr. Schrader sah sie aufmerksam an. »Ich verstehe Ihre Bedenken, Frau Ludolf. Aber wir müssen uns vor Augen führen, dass Kinder in ihrer Fantasie oft Dinge verarbeiten, die sie nicht ganz begreifen können. Es könnte sein, dass Lilis Puppenspiel eine Art Ventil für ihre Emotionen ist. Ich vermute sogar, dass es rein gar nichts mit diesem Mord zu tun hat. Wie sollte es auch? Wie sollte sie davon wissen?«

Anja fühlte sich frustriert, denn genau diese Frage war es, die sie die ganze Zeit umtrieb. »Aber sehen Sie nicht, wie ähnlich es ist? Eine Mutter, ein Vater und zwei Kinder. Und dann geht mir das Weihnachten nicht aus dem Kopf. Wir haben gerade Weihnachten, und Lili hat bei ihrem Spiel gestern auch von Weihnachten gesprochen.«

Dr. Schrader lehnte sich etwas vor und legte beruhigend eine Hand auf ihre, weil sie die ganze Zeit daran herumkniff. »Bitte ziehen Sie da keine Schlüsse. Wir wissen doch gar nicht, warum diese Familie gestorben ist. Vielleicht war das ein Familienzoff und der Zeitpunkt dabei völlig irrelevant. Ich werde selbstverständlich alles tun, um herauszufinden, was Lili quält, und sicherstellen, dass sie die Unterstützung bekommt, die sie braucht. Ich versuche, über ein Puppenspiel in Erfahrung zu bringen, was in ihrem kleinen Kopf vorgeht.«

Anja drehte sich zu Lili und beobachtete, wie sie auf dem Boden saß und leise mit den Puppen spielte. So wie sie es zu Hause auch ständig tat. Sie erstarrte, als sie sah, wie ›die Mutter‹ in Lilis Puppenhaus auf dem Sofa lag. Wieder hatte ihre Pflegetochter rote Farbe an den Hals der Puppe gemalt. Dieses Mal hatte sie ein Kind im Arm, das ebenfalls mit roter Farbe am Hals bekritzelt war.

Ihr Atem stockte.

»Sie tut es schon wieder«, stieß Anja hervor.

Der Psychologe folgte ihrem Blick und sah, wie Lili eine Szene mit den Puppen spielte. Sein Blick wurde ernst, und er richtete seine Aufmerksamkeit auf das Mädchen. »Lili, wie ich sehe, bist du wieder bei einer Familie? Ist das dieselbe wie gestern, als du bei mir warst?«

Lili sah auf und schüttelte den Kopf, sodass ihre feinen braunen Härchen hin und her wirbelten. Sie nahm wieder die männliche Puppe in die Hand, die sie vor ›die Mutter‹ stellte. »Es ist noch ein kleines Kind gewesen. Warum musstest du ihm die Kehle aufschlitzen? Es kann doch nichts dafür.«

»Hör mit dem Gejammere auf.« Sie sprach mit der

tiefen Stimmlage. »Ihr zwei regt mich auf. Alles muss ich alleine machen.«

»Ich bin aber wenigstens da«, sagte sie mit höherer Stimme.

Dr. Schrader schaute auf die Puppe, dann zu Lili. »Wie viele seid ihr?«

»Drei«, antwortete Lili mit der tiefen Stimme.

Anja runzelte die Stirn. Sie spielte also ein Gespräch unter drei Männern nach, deshalb verstellte sie ihre Stimmen.

»Könnt ihr mir verraten, wer ihr seid?«, fragte Dr. Schrader.

Darauf bekam er keine Antwort.

Lili spielte weiter. »Wir hätten das nicht tun dürfen. Drei Kinder und die Eltern. Warum mussten wir alle töten?«

Anjas Herz schlug rasend. Die Worte ihrer Tochter bestätigten ihre schlimmsten Ängste. Warum blieb der Psychologe so ruhig angesichts dessen, was gerade geschehen war? Das konnte sich doch ein siebenjähriges Mädchen nicht ausdenken, sie konnte sonst noch nicht mal klare Sätze formulieren, weil ihre geistige Entwicklung verzögert war. Anja konnte ein Schluchzen nicht unterdrücken. »Das ist mir so unheimlich.«

Dr. Schrader richtete seinen Blick auf Anja. »Wir müssen Ruhe bewahren. Ich werde mich genauer mit Lili unterhalten und versuchen, mehr über ihre Gedanken und Gefühle zu erfahren. Bitte verhalten Sie sich dabei still oder gehen Sie an die frische Luft.«

Anja nickte, ihre Sorge hatte sie fast erdrückt. »Entschuldigung, ich bleibe jetzt leise.«

Der Psychologe legte sein Augenmerk wieder auf die Puppen.

»Wer seid ihr?«, fragte er noch einmal.

Doch auch dieses Mal bekam er keine Antwort.

»Sie hat Weihnachten so sehr geliebt. Sie war glücklich«, sagte sie stattdessen. »Eben«, antwortete sie in tiefer Stimme.

Anja lief es eiskalt den Rücken herunter. Sie verstand nicht, wovon Lili da redete, aber es machte ihr große Angst.

18

26. DEZEMBER 2008

Die Flure der psychiatrischen Einrichtung wirkten steril und fremd, als ich langsam durch sie hindurchging. Neben mir lief die Polizistin, die mich von zu Hause weggeholt hatte. Sie hielt meinen Arm, und ich fühlte mich wie ein Schwerverbrecher.

Die ganze Zeit, während ich in der Klinik behandelt worden war, hatte ich versucht mir ins Gedächtnis zu rufen, was ich Papa angetan hatte. Wie es zu diesem blöden Unfall gekommen war, aber meine Erinnerungen reichten nur bis zu jenem Augenblick, als ich neben Linda gelegen und mir gewünscht hatte, mit ihr zusammen ins Paradies zu gehen. Irgendwann war ich eingeschlafen, und als ich wieder aufgewacht war, war es hell gewesen, und diese Polizisten und eine Frau vom Jugendamt hatten mich abgeholt und hergebracht.

Die Stimmen der Erwachsenen um mich herum verschwammen zu einem undeutlichen Gemurmel. Ich spürte die Blicke der anderen Kinder auf mir, die genau beobachteten, wie mich die beiden Polizisten, ein Psychologe und die Frau vom Jugendamt irgendwohin begleiteten. Die Männer hatten gesagt, ich käme nicht ins Gefängnis, aber warum fühlte es sich so an?

Tief in mir hoffte ich, dass die drei Männer ihr Versprechen halten würden. Dass sie mir helfen würden, so wie sie es gesagt hatten. Ich versuchte, meine Unsicherheit und meine Angst zu verbergen, und erinnerte mich immer wieder daran, was sie mir gesagt hatten: Sie würden dafür sorgen, dass ich nicht ins Gefängnis kam. Es war nur Notwehr, ich durfte nur nicht lügen.

Der Mann in einem weißen Kittel, dessen Haar schon grau war, führte mich in ein Zimmer. Er hatte sich zuvor als Psychologe vorgestellt, der sich in nächster Zeit um mich kümmern wollte.

Ich setzte mich auf einen Stuhl vor dem Schreibtisch und sah mich um. An der Wand hingen mehrere Bilder, offenbar von Kindern gemalt. Ansonsten war der Raum langweilig in Weiß gestrichen. Es roch nach Schweiß, und ich hatte das Gefühl, auch etwas nach dem Qualm einer Zigarette.

Die beiden Polizisten und die Frau vom Jugendamt nahmen um einen Tisch herum Platz, der in der Ecke stand.

Ich spürte die Anspannung in der Luft, und ich wusste, dass sie mich alle wieder ausfragen würden. Dabei war ich müde, wollte den schrecklichen Heiligen Abend endlich vergessen, und vor allem wollte ich einfach nur weinen.

»Ich weiß, dass du sehr müde bist«, sagte der Psychologe sanft, »aber wir müssen dir noch ein paar Fragen stellen. Es ist wirklich schrecklich, was dir widerfahren ist. Hier in der Einrichtung wirst du erst einmal zur Ruhe kommen. Wie geht es dir jetzt gerade?«

Ich zuckte mit den Schultern und sah auf den Tisch,

immer noch versucht, meine Tränen herunterzuschlucken. »Geht so. Ich habe Angst.«

»Das verstehen wir, es ist für dich sicher sehr verwirrend, wenn so viele Leute hier sind. Aber leider sind das die Vorschriften. Ich versichere dir aber, dass du nicht hier bist, weil du Schuld am Tod deines Papas hast. Ich möchte dir helfen, all das Schreckliche zu verarbeiten.«

Ich nickte. *Es wäre so schön, wenn ich das alles vergessen könnte, aber ich würde es niemals können.*

»Kannst du dich jetzt an irgendetwas erinnern, wie dein Vater verletzt wurde?«

Ich zwang mich, nachdenklich zu wirken. »Ich erinnere mich nur, dass ich mich gestritten habe … aber ich glaube, ich habe ihn geschubst. Er hat mir wehgetan, ich wollte mich doch nur wehren.«

»Das hast du richtig gemacht. Er hat dich sehr verletzt.«

Ich biss mir auf die Wangeninnentasche. »Ich wollte ihn aber nicht umbringen.«

»Das glauben wir dir auch«, erwiderte der Psychologe. »Die Polizei hat noch andere Fragen, die ich für sie stellen werde, okay?«

»Okay«, sagte ich zögerlich.

»Jemand hat den Notruf gewählt, nachdem das passiert ist. Kannst du uns erzählen, wer das gewesen ist?«

Schnell schüttelte ich den Kopf. Nun musste ich aufpassen, dass ich nicht verraten würde, dass die drei Männer da gewesen waren.

»Du hast also niemanden gesehen, der im Haus gewesen ist?«

»Nein, da waren nur Papa, Linda und ich. Sonst niemand.« Ich spürte die Last der Lüge auf meinen Schultern und sah meine Mama vor mir, die mich böse anfunkelte, weil ich geschwindelt hatte. Doch ich musste durchhalten, denn nur so würde ich freikommen, weil ich Papa nur aus Notwehr verletzt hatte. Wenn die Polizei von den Männern erfuhr, würden die Ermittlungen länger dauern, und ich müsste an diesem grauenhaften Ort bleiben.

»Weißt du denn, ob du bewusstlos warst?«, fuhr der Psychologe fort.

Ich runzelte die Stirn.

»Dein Papa hat dich sehr verprügelt und leider immer wieder ins Gesicht geschlagen. Weißt du, ob du dabei eingeschlafen bist? Manchmal macht der Körper das, wenn er sehr starke Schmerzen hat.«

»Das weiß ich nicht. Ich kann mich nicht mehr erinnern.«

Der Psychologe nickte einem der Polizisten zu. Dann sah er wieder mich an. »Okay, nur noch ein paar Fragen, dann hören wir auf. Hast du mit deinem Papa allein in dem Haus gelebt?«

»Am Anfang auch noch mit Mama, sie ist aber gestorben, da war ich erst sechs Jahre. Genau an Heiligabend.« Mein Magen krampfte sofort zusammen, als ich daran dachte. Papa hatte geschrien, aber nicht so richtig, weil er traurig gewesen war, es hatte eher geklungen, als wäre er sauer gewesen. Mama hatte am Boden gelegen, und er hatte sie geschüttelt und gemeint, dass er mit der Brut nicht allein bliebe und sie nicht zu ihm gehörte. Ich hatte bis heute nicht verstanden, was er damit gemeint hatte.

»Alles in Ordnung?« Der Psychologe riss mich aus der Erinnerung.

Ich schluckte. »Ja. Ich bin nur immer noch sehr traurig.«

»Möchtest du vielleicht eine Pause machen?«

Die Frau vom Jugendamt räusperte sich. »Wir werden sicherstellen, dass du die Hilfe bekommst, die du brauchst. Aber wir müssen die Wahrheit herausfinden, deshalb wäre es super, wenn du noch ein bisschen durchhältst.«

Ich beobachtete, wie der Psychologe der Frau einen bösen Blick zuwarf.

»Aber du entscheidest, wie lange du brauchst, okay?«, sagte er dann in meine Richtung.

»Ich kann noch«, entgegnete ich, weil ich hoffte, dass ich danach nie wieder Fragen beantworten musste.

»Das ist stark von dir. Du hattest der Polizei schon im Haus gesagt, dass dein Papa Frauen zu euch geholt hat. Kannst du dich erinnern, wann es das erste Mal war?«

Ich nickte. »Ein Jahr nach Mamas Tod. Zu Weihnachten. Ilona hieß sie. Danach kamen Mara, Patricia und Linda. Papa wollte, dass sie meine neue Mama sind. Aber sie haben immer so viele Fehler gemacht.«

»Was für Fehler?«

»Eigentlich keine schlimmen, zum Beispiel das Essen zu spät serviert oder so. Papa hat sie dann getötet.«

Kurz herrschte eine gespenstische Stille im Raum. Alle Erwachsenen sahen mich an.

Ich fühlte mich unwohl und kniff mir nervös in die Hand.

Der Psychologe lehnte sich etwas nach vorn. »Musstest du das mit ansehen?«

Meine Unterlippe zitterte, doch ich versuchte, noch immer nicht loszuheulen. Ich war ein Junge, und Jungen durften nicht weinen. Papa hatte es mir verboten. Er sagte, das sei schwach, aber ich war stark. »Ich habe es nur gehört. Das waren furchtbare Schreie. Aber Patricia und Linda habe ich danach gesehen. Ich habe mich zu Patricia hingeschlichen und ihre kalte Hand gehalten.

Und bei Linda bin ich sehr sehr wütend geworden. Dadurch …«

Ich verkniff mir die Worte.

»Schon gut. Das muss sehr verstörend für dich gewesen sein. Ich finde dich sehr tapfer.« Der Psychologe setzte sich wieder gerade hin. »Und hast du dann diese Weihnachtskarten geschrieben?«

»Ja, ich habe mir das Gedicht selbst ausgedacht, ich wollte, dass die Familien wissen, dass sie nie mehr nach Hause kommen.«

»Verrätst du mir, wie du an die Adressen gekommen bist? Hast du die Frauen vorher gekannt? Waren sie schon mal zuvor bei euch?«

»Nein. Wenn Papa sie mitgebracht hatte, hatte er ihre Taschen versteckt. Ich habe sie mir heimlich geholt, und in ihren Ausweisen stand die Adresse. Ich habe das in der Schule gelernt, wie man Briefe oder Karten schreibt.«

»Du bist ein sehr schlauer Junge«, erwiderte der Psychologe und lächelte mich an. »Wo sind denn diese Ausweise jetzt?«

Ich senkte den Blick und schaute beschämt zu dem Polizisten.

Die Polizistin nickte mir zu. »Du kannst es ruhig sagen, dir wird nichts passieren. Wir brauchen nur diese Dokumente ganz dringend. Du würdest uns da sehr unterstützen.«

»Ich habe sie unter meiner Matratze versteckt. Papa war sehr sauer auf mich, als die Nachrichten davon berichtet haben. Dann konnte ich die Taschen nicht mehr finden.« Ich fühlte mich immer unwohler in dem Raum. »Wann kann ich denn wieder nach Hause?«

Das Lächeln des Psychologen erstarb.

Und mich überfiel ein mulmiges Gefühl. Mein Herz

schlug schneller, und ich spürte, wie sich eine Kälte in meiner Brust ausbreitete.

»Du hast gerade eine sehr schlimme Erfahrung durchgemacht, und es wird Zeit brauchen, um das alles zu verarbeiten. Du hast Dinge erlebt, die ein Kind mit zehn Jahren noch nicht sehen sollte. Hier in der Klinik werden wir dich erst einmal wieder heilen.«

Ich nickte stumm, unfähig, die Worte auszusprechen, die in meinem Inneren tobten. Ich wollte nicht hierbleiben. Wo waren die Männer? Sie wollten mir helfen.

»Du sollst wissen, dass das keine Bestrafung ist, verstehst du das? Du sollst nur gesund werden.«

»Aber ich bin nicht krank.« Es hatte sich doch eine Träne aus meinem Auge gelöst.

»Deine Seele muss das Erlebte erst einmal verstehen, es ist wichtig, dass ich dich ein wenig beobachten kann. Du wirst hier sicher schnell Freunde finden. Es gibt einige Kinder in deinem Alter hier.«

»Und wie lange soll ich bleiben?«

»Das werden wir sehen. Nach deinem Aufenthalt werden wir schauen, ob du in eine Pflegefamilie oder in ein Heim gehen kannst. Es sei denn, das Jugendamt findet doch noch jemanden aus deiner Familie. Nach Hause kannst du leider nicht mehr, denn du kannst mit zehn Jahren ja noch nicht alleine wohnen.«

Tränen brannten in meinen Augen, aber ich kämpfte weiter tapfer dagegen an. Es fühlte sich an, als würde der Boden unter mir weggezogen, als würde alles, was ich gekannt hatte, plötzlich verschwinden. Nur weil ich Papa getötet hatte, woran ich mich nicht einmal erinnern konnte.

»Wieso kann ich nicht nach Hause zurück?«, flüsterte ich mit brüchiger Stimme. »Meine Eltern sind … sie sind weg, aber ich kann doch trotzdem zu Hause sein. Ich schaffe das schon alleine.«

Der Psychologe seufzte und legte eine Hand auf meine Schulter. »Ich verstehe, dass das schwer ist, aber im Moment ist es wichtig, dass du an einem Ort bist, an dem du Unterstützung hast. Wir werden dafür sorgen, dass du in eine sichere Umgebung kommst.«

Ich senkte den Blick, und mir gelang es nicht mehr, meine Tränen länger zurückzuhalten. Die Ungewissheit über meine Zukunft war beängstigend, und der Gedanke daran, in eine fremde Umgebung zu kommen, löste Panik in mir aus. Wo waren die Männer? Sie hatten es mir doch versprochen.

»Du bist nicht allein«, sagte der Psychologe ruhig. »Es wird Menschen geben, die sich um dich kümmern, die dir helfen werden, durch diese schwierige Zeit zu kommen. Das verspreche ich dir.«

Ich nickte, meine Tränen kullerten nun ungehindert meine Wangen hinab. Ich fühlte mich verloren, hilflos und unendlich traurig. Alles, was ich kannte, fiel auseinander, und ich hatte keine Kontrolle mehr über mein Leben. Mir wurde schwarz vor Augen, und plötzlich hallte ein unbändiger und schmerzerfüllter Schrei durch den Raum. Er war aus meiner Seele gekommen.

19

24 DEZEMBER 2022

Die Straßen waren von einer dichten Schneedecke überzogen. Das sanfte Licht der Straßenlaternen spiegelte sich in dem sauberen Weiß wider. Kahle Bäume säumten die Straße, und ihre Äste trugen eine zarte Last aus Schnee. Es sah alles so friedvoll aus, nur war es das ganz und gar nicht.

Mathias und Romy schwiegen während der Fahrt nach Koblenz-Güls.

Die einzigen Geräusche waren das leise Knirschen der Reifen auf dem Schnee und der brummende Motor, was auf Mathias fast etwas einschläfernd wirkte.

Er blickte aus dem Fenster und betrachtete die weiße Schönheit, die sich vor ihm erstreckte. Wie gern wäre er jetzt mit Julian und Mia im Garten. Er stellte sich ihre glücklichen Gesichter vor und die vor Freude glühenden Wangen bei einer Schneeballschlacht. Stattdessen aber war er auf dem Weg zu einem Tatort, an dem fünf Menschen ermordet worden waren. An Heiligabend.

»Ich liebe diese Winterlandschaft«, sagte Romy. »Es wirkt so ruhig, fast surreal.«

Mathias nickte zustimmend. »Als ob die Welt für

einen Moment stillsteht. Wenn da nicht der grausame Grund wäre, weshalb wir hier langfahren müssen, wäre es wunderschön.«

Romy bog in die Ausoniusstraße und parkte das Auto hinter der Absperrung.

Dahinter hatte sich schon gefühlt der ganze Stadtteil versammelt.

Mathias seufzte und stieg aus. Ein eisiger Winterwind peitschte ihm ins Gesicht. Sein Atem bildete kleine weiße Wolken in der kalten Luft. Er zog den Kragen seiner Jacke hoch. Mit drei prüfenden Blicken erfasste er die Szenerie und fand einen Weg, der direkt zum Haus führte, ohne dass die Reporter auf ihn aufmerksam werden würden.

Romy trat an seine Seite und warf einen Blick auf das Einfamilienhaus, das am Anfang der Straße stand. »Hoffentlich hat hier einer der Nachbarn irgendetwas Seltsames beobachtet. Die Häuser stehen ja alle ziemlich nah beieinander.«

»Ich denke eher nicht, dann hätte es bestimmt schon einen Notruf gegeben. Wenn es wieder mitten in der Nacht war, haben alle geschlafen.«

»Fragen wir René, ob er uns schon etwas mehr sagen kann.«

Mathias und Romy erreichten den hölzernen Vorbau des Hauses. Sie betraten das Gebäude, in dem es bereits von Kollegen der Spurensicherung wimmelte. Trotzdem wirkte der Eingangsbereich irgendwie gespenstisch und verlassen.

René Walther trat gerade kopfschüttelnd aus einem Zimmer.

Mathias' Herz zog sich schmerzhaft zusammen, als er den geschockten Gesichtsausdruck des leitenden KTU-Beamten sah. »Übel?«

»Sie hat ihr Kind noch in den Armen liegen«, sagte
der sonst so taffe Ermittler. »Wie kann man zu so etwas
fähig sein? Zieht euch an und schaut es euch selbst an.«

Einige Minuten später betrat Mathias das
Wohnzimmer.

Eine Frau lag leblos auf dem Sofa, in demselben
Weihnachtsrock gekleidet wie Frau Masberger. Sie war
mit Blut beschmiert. In ihrem Arm lag der Leichnam des
kleinen Jungen, es sah aus, als hielte sie ihn fest, um ihn
zu trösten.

Mathias schluckte schwer, weil sein Gehirn sofort
Bilder malte, was sich hier abgespielt haben musste. Eine
eisige Kälte setzte sich in ihm fest, und er hatte
Probleme, seine Emotionen unter Kontrolle zu halten.

»Gütiger«, hauchte Romy fassungslos, die neben ihn
getreten war. »Das Kind ist gerade mal vier oder so.«

Mathias sah Tränen in ihren Augen.

»Beiden wurde die Kehle aufgeschlitzt«, sagte René
Walther. Dann zeigte er auf die hellgelb gestrichene
Wand. »Und mit dem Blut hat der kranke Spinner uns
eine weitere Botschaft hinterlassen.«

Auch an der Wand stand geschrieben: ›Das Fest der
Liebe hat sie zerstört.‹

»Damit können wir Robert Masberger wahrscheinlich
als Täter ausschließen«, mutmaßte Mathias.

»Es sei denn, wir finden eine Verbindung zu den
beiden Opferfamilien, die wieder zu ihm führt«, erwiderte Romy. Dann schaute sie sich einmal um. »Die
Häuser stehen alle mitten in einem Wohngebiet, wo die
Gefahr groß ist, erwischt zu werden. Nicht mal im
Geringsten abgelegen. Geht ein Täter so ein Risiko
ein?«

»Du glaubst also, dass es keine zufällig gewählten
Opfer sind?«, hakte Mathias nach.

Romy nickte und sah zu René Walther. »Habt ihr hier den Eindruck, dass etwas gestohlen wurde?«

»Nein, Wertgegenstände hat es hier ganz offensichtlich viele gegeben, aber es fehlt nichts, und es sieht auch nicht so aus, als wurde etwas durchwühlt.«

»Bei einem Raubüberfall hätte der Täter womöglich auch eher das letzte Haus in der Straße genommen, das am abgelegensten liegt. Wir können bei den Morden einen Raub definitiv ausschließen.«

»Bin ich auch der Meinung, aber ausschließen tun wir trotzdem nichts. Es könnte ja auch sein, dass der Täter etwas ganz Bestimmtes sucht.« Mathias las noch einmal die blutige Botschaft. »Das sieht jedoch eher aus, als hätten der oder die Täter eine andere Mission. Das hat irgendetwas mit dem Weihnachtsfest zu tun. Aber nicht wie wir glaubten, dass Robert Masberger wegen eines Streits durchgedreht ist. Ich denke, dass dieser Streit mit seiner Schwägerin vor dem Mord tatsächlich nur Zufall war.« Er drehte sich zu René Walther. »Wo liegen die anderen Opfer?«

»Ich zeig es euch. Sie sind oben.«

Mathias und Romy folgten dem Kollegen weiter durchs Haus.

Mathias lief mit Gänsehaut die Treppe nach oben. Das Haus war voller Beamter, trotzdem herrschte eine gespenstische Stille. Wahrscheinlich getragen von dem Schock aller.

Im ersten Stock betraten sie die Zimmer der beiden Töchter. Puppen lagen verstreut auf dem Boden, sie waren stumme Zeugen der Tragödie.

Mathias wollte sich nicht vorstellen, welch schrecklicher Albtraum sich dort abgespielt haben musste. Und er hoffte, dass die beiden Mädchen nichts von diesem Grauen miterlebt hatten.

Beide lagen ebenfalls mit aufgeschlitzten Kehlen in ihren Betten.

»Sie waren mit den Decken bis über den Kopf zugedeckt. Auch der Junge unten war abgedeckt«, sagte René Walther.

Mathias runzelte die Stirn. »War das bei den Mädchen in Masbergers Haus auch so?«

»Wir haben sie nicht so vorgefunden. Aber nach unserer Rekonstruktion war Frau Masberger wahrscheinlich nach dem Mord an ihrer Familie noch mal in den Zimmern. Wir haben zwar noch nicht die endgültigen Ergebnisse, aber das LKA meinte, dass die Frau Blut der Kinder an ihrer Kleidung und an ihren Händen hatte. So wie es aussieht, hat sie sie noch umarmt, ehe sie selbst ermordet wurde. Sie könnte die Decken weggerissen haben.«

»Das würde dann bedeuten, dass Frau Reuter nicht mehr hier oben war«, sagte Mathias.

»Vermutlich. Gehen wir zum Ehemann. Er hat offensichtlich im Schlafzimmer gelegen und wurde überrascht. Keine Abwehrverletzungen.«

Die Tür zum Schlafzimmer, das an das Kinderzimmer angrenzte, stand leicht offen.

Mathias trat ein. Der Anblick, der sich ihm bot, traf ihn wie ein Schlag ins Gesicht. Der Vater war ebenfalls wie Herr Masberger mit mehreren Messerstichen hingerichtet worden. »Die Väter werden brutal zugerichtet, während Frau und Kinder eher mit kurzem Prozess ermordet werden.«

»Derselbe Vorgang bei beiden. Das heißt, wir haben es mit jemandem zu tun, der etwas Bestimmtes ausdrücken möchte. Auf den männlichen Part scheint die Wut groß zu sein.« Romy zeigte auf den Vater der drei ermordeten Kinder. »Da wurde zigmal eingestochen, was von hoher Wut und Eskalation zeugt. Die Frauen werden in einem Weihnachtsrock gekleidet. ›Das Fest der Liebe hat sie zerstört.‹« Sie kaute auf ihrer Unterlippe, was sie immer tat, wenn sie nachdachte.

Mathias blieb einen Augenblick stumm, um sie nicht zu stören.

»Vielleicht hat es etwas mit dem Paar an sich zu tun? Das Fest der Liebe. Wir sollten uns die Beziehungen genauer ansehen. Lagen sie in einer Trennung oder Scheidung?«

»Das hieße, dass der Täter die Paare gut kennt, sonst wüsste er sicher nichts von den Eheproblemen.« Mathias fuhr sich mit der Hand durch sein Gesicht. Seine Müdigkeit machte es nicht einfach, sich zu konzentrieren. »Hoffen wir, dass Norman weitergekommen ist mit den Befragungen der Bekannten und Verwandten der Familie Masberger. Ich rufe ihn an und bitte, dass er nach Verbindungen zwischen den beiden Familien sucht.« Er atmete tief durch und verließ das Schlafzimmer. Sein Verstand war mit vielen Fragen gefüllt, die es zu beantworten galt. »Wer hat den Notruf gewählt?«

»Der Vater der Mutter. Er sollte heute zum Frühstück vorbeikommen«, antwortete René Walther. »Er wohnt im Nachbarhaus. Dort ist er auch und wird vom Notfallinterventionsteam betreut.«

»Alles klar, wir befragen ihn kurz und fahren dann ins Präsidium. Ihr meldet euch, sobald ihr was habt?«

»Natürlich. Der Rechtsmediziner ist ja eh noch in Koblenz. Er wollte heute Mittag die ersten Ergebnisse durchgeben.«

»Danke. Bis später.« Mathias hastete die Treppen hinunter, zog den Overall aus und trat in die kalte Dezemberluft. Er atmete tief ein, denn im Haus hatte er das Gefühl gehabt, zu ersticken.

160

Als Romy auch raus war, liefen sie zu dem Haus nebenan, in dem der Vater der ermordeten Frau lebte.

Mathias klopfte an.

Ein Kollege der Notfallseelsorge öffnete die Tür und begleitete die beiden in die Küche, wo ein älterer Herr am Tisch saß.

Sein Blick war leer, seine Augen rot vor Tränen.

Mathias trat auf den Mann zu. »Guten Tag, Herr Wollstedt, mein Name ist Kron von der Kripo Koblenz. Das ist meine Kollegin Blauen. Unser aufrichtiges Beileid für diese grausame Geschichte.« Er wusste, dass dieser Moment für den Mann unendlich schwer war. »Ich verstehe, dass das für Sie sehr schmerzhaft sein muss. Ich werde alles tun, um herauszufinden, was passiert ist und wer das getan hat.«

Der ältere Mann schluckte schwer und rang nach Worten. »Ich kann es nicht fassen. Sie ... meine Familie ... alle ... sie sind tot.«

Die Wut in seiner Stimme war deutlich herauszuhören, und sein Körper bebte, wahrscheinlich vor unterdrücktem Zorn.

»Wir wissen, dass es jetzt gerade wirklich unpassend erscheint, aber sind Sie in der Lage, ein paar Fragen zu beantworten?«

Der Mann holte tief Luft. »Meine Tochter, ihr Mann, und die Kinder ... Sie waren so eine glückliche Familie. Und jetzt ... jetzt sind sie alle tot.« Seine Stimme brach, und er wischte sich mit dem Handrücken über die Augen. »Fragen Sie, was Sie wissen müssen, um das Schwein zu bekommen, der das getan hat.« Der Mann sah Mathias an, seine Augen funkelten vor Hass. »Ich will, dass diese Monster zur Rechenschaft gezogen werden. Sie haben nicht nur meine Familie genommen, sondern auch unsere Hoffnung, unsere Zukunft.«

Mathias nickte verständnisvoll. »Wir werden jeden Hinweis und jede Spur verfolgen, um Gerechtigkeit für Ihre Familie zu bekommen. Ich verspreche Ihnen, dass wir alles tun werden, um Licht ins Dunkel zu bringen.«

Der ältere Mann atmete tief durch und schloss für einen Moment die Augen, als ob er sich sammeln müsste. »Entschuldigen Sie bitte meinen Ausbruch. Ich bin nur so wütend.«

»Schon in Ordnung, das verstehen wir. Können Sie sich erinnern, wann genau Sie rüber zu Ihrer Tochter gegangen sind?«

»Das war gegen halb neun. Ich war etwas früh, eigentlich sollte ich erst um neun kommen, aber ich dachte, ich könnte noch etwas helfen.«

»Haben Sie einen Schlüssel zu dem Haus?«

»Ja, aber den brauchte ich nicht. Die Tür war angelehnt. Erst habe ich mir nichts dabei gedacht, weil Manuela öfter die Tür anlehnt, wenn sie mich erwartet. Mich hatte nur gewundert, dass die Rollläden noch unten waren. Und als ich eingetreten war, wusste ich sofort, dass etwas nicht stimmte. Es war dunkel, keine Lichterkette an, und es war still. In diesem Haus war es nie ruhig. Meine Enkelkinder waren früh wach, und die ganze Straße hatte was davon.« Der Mann wischte sich den Schweiß von der Stirn. »Ich habe gerufen, aber niemand hat geantwortet. Und dann fand ich Timmy und Manuela im Wohnzimmer. Ich dachte, sie würden schlafen. Ich wollte das Licht anmachen, aber es ging nicht. Also habe ich die Rollläden hochgezogen und das Grauenvollste gesehen, was mir je unter die Augen gekommen ist. Da war das ganze Blut.« Er schluchzte.

Mathias wartete einen Moment, bis der Mann sich ein klein wenig beruhigt hatte.

»Ich werde dieses Bild nie wieder vergessen.«

Das glaubte Mathias ihm sofort. »Haben Sie denn irgendetwas Auffälliges bemerkt?«

»Nichts. Es war niemand da, und gefehlt hat auch nichts. Nicht mal das Bargeld, das Manuela ganz offen im Wohnzimmerregal aufbewahrt.«

»Wissen Sie, wie die Ehe der beiden war? Hatten sie häufiger Streit?«

»Nein.« Der Vater des Opfers schüttelte vehement den Kopf. »Sie waren so glücklich. Manuela war erst vor wenigen Tagen bei mir und hat mir erzählt, dass sie ein zweites Mal heiraten wollen. Ich habe das nicht verstanden, so ein neumodischer Kram mit zweimal heiraten. Das geht doch gar nicht. Aber sie sind junge Leute. Ich war fasziniert, wie toll sie ihr Familienleben gelebt haben.«

»Und haben Sie von irgendwelchen Streitereien mitbekommen, die die beiden mit anderen hatten?«

»Davon habe ich keine Ahnung, aber ich kann es mir nicht vorstellen. Sie waren beliebt.«

»Noch eine Frage«, fuhr Mathias fort. »Sagen Ihnen die Namen Selina und Arno Masberger etwas?«

»Selina? Ja, ich kenne sie. Das ist Manuelas Freundin. Warum ...?« Der Mann riss die Augen auf. »Sagen Sie mir nicht, das ist die Familie, die gestern getötet wurde?« Er sah Mathias kurz an und winkte ab. »Schon gut, Sie brauchen nichts zu sagen, ich lese es in Ihrem Gesicht.« Der Mann legte seine Hand auf die Brust. »Was soll das bedeuten?«

»Das wollen wir herausfinden. Woher kannten sich die beiden Frauen?«

»Sie arbeiten zusammen. Sie sind Sozialarbeiterinnen. Aber sie kannten sich auch schon aus der Schulzeit. Sie waren seit der fünften Klasse befreundet.«

In Mathias keimte Hoffnung auf, dass diese Verbindung einen Hinweis liefern würde. »In Ordnung, das war es von uns erst einmal. Wir würden uns noch einmal melden. Es tut mir sehr leid, was da passiert ist.«

»Danke. Finden Sie denjenigen, der das getan hat. Am besten vor mir.«

Worte, die Mathias oft von Opferangehörigen hörte, und er war froh, dass die meisten die Täter nicht vorher fanden.

Romy, die die ganze Zeit sehr still gewesen war, und Mathias verließen das Haus.

»Alles okay?«, fragte er.

Romy schluckte. »Das nimmt mich mit. Ich kann das nicht verstehen, wie schafft man es, so kleinen Kindern einfach die Kehle aufzuschlitzen? Dieses Bild, mit dem kleinen Timmy in den Armen seiner Mutter, wie sie ihn an sich gedrückt hat, das werde ich nie wieder los.«

»Das ist der Horror.«

Das Klingeln seines Handys unterbrach die Unterhaltung. Es war Norman.

»Ich habe da eine kleine Information, die doch wieder Robert Masberger auf den Bildschirm holt und auch erklärt, warum der Altersunterschied zwischen ihm und seinem Bruder so groß war.«

»Wir haben auch Informationen«, antwortete Mathias. »Du zuerst.«

»Also wisst ihr schon, dass er nicht der leibliche Sohn der Familie Masberger ist?«

Diese Nachricht brachte Mathias' Sinne auf Hochtouren. »Das wussten wir nicht, das ändert tatsächlich einiges.« Er dachte daran, dass Selina Masberger und Manuela Reuter Sozialarbeiterinnen waren. Hatten Sie etwas mit der Adoption zu tun? »Erzähl uns alles.«

Mathias schaltete auf laut.

»Robert Masberger ist erst mit sechzehn zu der

Familie gekommen, also vor acht Jahren, aber wurde wie ein leibliches Kind behandelt. Er war damals aus dem Heim abgehauen, weil er es nicht ertragen konnte, dort zu leben. Mehrere Versuche, in eine Pflegefamilie zu kommen, waren gescheitert, weil er zu alt war. Er hat sich auf der Straße durchgeschlagen. Dort ist vor ihm sein späterer Vater zusammengebrochen. Herzinfarkt. Robert hat ihm das Leben gerettet. Von da an wollte sich Herr Masberger um ihn kümmern. Er wurde laut diesem von allen gut aufgenommen. Die Spannungen zwischen Robert und Selina aber wollen die Eltern nicht mitbekommen haben.«

»Okay, es könnte also auch sein, dass das Verhältnis zwischen den beiden Brüdern dann gar nicht so innig war.«

»Tja, Arno Masberger kann uns dazu keine Antwort mehr geben. Aber ich habe vorhin einen Freund des Opfers gefragt. Dieser meinte, dass er von Streitereien zwischen den Brüdern nichts mitbekommen haben will.«

»In Ordnung. Wir nehmen uns Robert Masberger noch mal genauer vor.«

»Warum hast du Robert wieder auf die Verdächtigenliste gesetzt?«

»Selina Masberger und Manuela Reuter waren seit der Schulzeit enge Freundinnen. Es besteht also die Möglichkeit, dass Robert Masberger auch die Familie Reuter kannte. Wir müssen nur herausfinden, was sein Motiv sein könnte.«

»Mir kommt da eine Idee«, sagte Norman. »Sozialarbeiterinnen, sagtest du?«

»Korrekt.«

»Ich prüfe, ob sie an der Adoption oder so irgendwie beteiligt waren.«

»Gute Idee. Wir gehen noch die Nachbarschaft ab

und kommen dann ins Büro. Bitte berufe für zwölf Uhr eine Besprechung ein. Und bitte suche noch nach gemeinsamen Freundinnen der beiden weiblichen Opfer. Wir sollten das im Kopf behalten, vielleicht liegt es nicht am Beruf, sondern an der Tatsache, dass sie Freundinnen sind.«

»Mache ich.«

Mathias legte auf. »Interessante Wendung, deshalb war der Altersunterschied zwischen Arno und Robert Masberger so groß. Zwanzig Jahre Unterschied hatten mich echt gewundert.«

Romy nickte. »Fangen wir an, ich möchte heute gern irgendwie zu Hause im Bett schlafen.«

20

24. DEZEMBER 2022

ANJA SPÜRTE die Winterkälte in ihren Wangen, als sie das Haus betrat. Ihre Gedanken wirbelten wild durcheinander. Zum einen war da dieses neue Puppenspiel, das Lili bei Dr. Schrader vorgeführt hatte, und zum anderen diese Diskussion zwischen Dirk und dem Psychologen. So langsam glaubte sie verrückt zu werden.

Lili zog ihre Stiefel und ihren Wintermantel aus, warf alles achtlos auf den Boden und eilte ins Wohnzimmer. Sie sprang zu Henry, der mit Dirk einen Film schaute.

»Da ist ja meine kleine Schwester wieder.« Henry kitzelte sie aus.

Lili lächelte, und es sah aus, als würde ihr dieses düstere und beängstigende Spiel mit ihren Puppen gar nichts ausmachen.

Anja setzte sich zu den beiden aufs Sofa und betrachtete Dirk, der stur auf den Fernseher starrte, als ob er nicht bemerkt hätte, dass Lili und sie nach Hause gekommen waren. »Dirk, können wir sprechen?«

Er drehte sich zu ihr um. »Hey, ihr seid ja wieder zurück«, begrüßte er sie. »Wie war es bei Dr. Schrader?«

»Können wir bitte kurz rausgehen?«

Dirk schaute Anja perplex an. »Alles in Ordnung? Ist was mit Lili?«

Henry erhob sich. »Komm, Lili, wir gehen spielen.«

Er nickte Anja zu und lächelte.

Sobald die beiden aus dem Zimmer waren, widmete sie sich Dirk. »Warum warst du bei Dr. Schrader?«

Dirk räusperte sich leicht. »Wie bitte? Wann soll ich bei Dr. Schrader gewesen sein?«

»Heute Morgen. Ich habe dich gesehen, ihr habt heftig diskutiert.«

»Du musst dich vertan haben. Ich war nicht dort.«

Anjas Herz schlug schneller.

»Hör auf zu lügen. Seit ein paar Tagen schon benimmst du dich merkwürdig. Gehst nachts spazieren, wirkst übermüdet und abwesend. Und heute dieser Streit. Du warst nie mit bei Dr. Schrader, es sah aber so aus, als kennt ihr euch sehr gut. Was ist los, Dirk?!« Anjas Stimme war laut geworden. Ihre Gedanken wirbelten wie ein Sturm durch ihren Körper, und ihre Kiefermuskeln hatten sich angespannt.

Dirk lächelte nervös, und seine Augen wanderten unruhig umher. »Das war kein Streit, eigentlich nicht mal etwas Besonderes. Ich habe nur mit ihm über den Fortschritt von Lilis Therapie gesprochen. Du weißt schon, wie es läuft und so.«

Anja beobachtete ihn scharf. Sie kämpfte darum, die Kontrolle zu bewahren, sich nicht von der brodelnden Wut übermannen zu lassen. »Wirklich? Es sah so aus, als wärst du nervös und sauer gewesen. Du lügst mich an. Das alles wusstest du doch von mir schon.«

Dirk blickte kurz weg und zuckte mit den Schultern. »Ich wollte es einfach vom Experten selbst hören. Jetzt mach doch nicht so ein Ding daraus. Müssen wir uns ausgerechnet heute streiten?«

Seine Worte hatten unsicher geklungen.

»Dirk, ich möchte die Wahrheit wissen. Was ist los, verdammt?«

Er atmete tief durch und sah Anja in die Augen. »Du nervst mich.«

Hitze stieg in ihre Wangen. »Wir sind eine Familie, du hasst es, angelogen zu werden. Aber warum tust du es dann selbst?«

Dirk sprang auf. »Es ist etwas Persönliches, und das geht dich nun mal nichts an.«

Dann eilte er in den Flur, zog seine Stiefel an, riss die Jacke vom Ständer, sodass dieser laut klirrend auf den Boden fiel, und verließ das Haus.

Anja blieb reglos stehen und starrte ihm hinterher. Ihr Herzschlag hallte in ihren Ohren wider, ein rhythmischer Puls, der die Intensität ihrer Verwirrung widerspiegelte.

»Alles okay, Anja?«, fragte Henry.

Sie hatte nicht gemerkt, dass er aus dem Zimmer gekommen war.

Sie schluckte schwer. »Wir hatten nur eine kleine Auseinandersetzung. Er regt sich gleich ab.« Sie rang sich ein Lächeln ab, weil sie die Kinder nicht verängstigen wollte, schon gar nicht an Weihnachten, dem Fest der Liebe. Sie wusste, dass Dirk nicht viel von Weihnachten hielt und es übertrieben fand, wenn Anja alles Mögliche auftischte. Aber so daneben hatte er sich noch nie benommen. »Schatz, würdest du noch eine Weile mit Lili spielen? Ich brauche fünf Minuten, um mich abzureagieren, dann kümmere ich mich um das Essen. Wir wollen heute Abend schließlich wie jedes Jahr genießen.«

Sie glaubte selbst nicht mehr an eine besinnliche Zeit, nicht nach diesem Streit mit Dirk.

»In Ordnung. Sag mir, wenn ich dir etwas helfen kann.«

»Du bist ein toller Mann. Die Frau, die dich einmal abbekommt, kann sich sehr glücklich schätzen.«

Anja ging in Dirks Büro. Die gedämpfte Beleuchtung des Zimmers warf sanfte Schatten an die Wände. Der Raum war voller Bücherregale, Aktenstapel und persönlicher Gegenstände. Das war sein Rückzugsort, dort konnte er sich stundenlang aufhalten.

Unbehagen kroch in Anjas Bauch, als sie den Raum betrat, weil sie genau wusste, dass Dirk erst recht sauer sein würde, wenn sie in seinen Sachen kramte. Doch er hatte ein Geheimnis vor ihr, und sie wollte herausfinden, was los war.

Anjas Blick schweifte über den Schreibtisch und blieb an einer Art Notizbuch hängen. Mit einem schlechten Gewissen, weil sie in seinen Sachen stöberte, blätterte sie durch die Seiten, in der Hoffnung, irgendeinen Hinweis darauf zu finden, warum Dirk sich in letzter Zeit so auffällig verhielt.

Es gab Notizen über seine Arbeit, Aufgabenlisten und Skizzen. Nichts, was Anja irgendetwas verraten würde.

Einige der Aufzeichnungen schienen unvollständig, als hätte Dirk plötzlich aufgehört zu schreiben. Und dann sah sie eine Seite, auf der er einige Worte notiert, aber dann durchgestrichen hatte. Sie konnte nichts davon entziffern.

Anja warf einen Blick auf den Computer. Er war eingeschaltet. Sie bewegte die Maus, damit der Monitor ansprang. Eine Seite war geöffnet und zeigte eine Liste von E-Mails. Sie fuhr mit dem Mauszeiger über die einzelnen Nachrichten. Ihre Hände zitterten leicht. Und als sie auf einen bestimmten Absender stieß, versetzte dieser ihr Inneres in Aufruhr.

»F. Schrader.« Anja öffnete die Mail, die Dirk gestern erhalten hatte.

Sie war kurz und kryptisch: ›Wir haben ein Problem. Treffen morgen früh in meiner Praxis.‹

Anja lief ein Schauer über den Rücken. Welches Problem hatten sie? Und warum traf sich Dirk heimlich mit Lilis Psychologen?

In der Kontaktleiste war noch ein *CC* gesetzt. *M. Humboldt.*

Anja wurde immer verwirrter, denn Humboldt war Henrys Nachname. Sein Vater aber hieß Konrad mit Vornamen, nichts mit M. Und außerdem war der tot. Was nur hatte das zu bedeuten? In was für Probleme war Dirk da hineingeraten?

Anja wurde ganz schlecht bei dem Gedanken, dass ihr Ehemann in irgendetwas Verbotenes verstrickt war, es würde allerdings sein merkwürdiges Verhalten erklären. Vor allem aber wusste sie nicht, wie sie Dirk darauf ansprechen sollte, denn sie konnte schlecht sagen, dass sie in seinen privaten Sachen geschnüffelt hatte.

Sie fasste einen Entschluss. Sofort nach Weihnachten würde sie weitere Informationen sammeln, um Licht ins Dunkel zu bringen. Mit einem letzten Blick auf das Notizbuch und den Computer lief Anja zur Tür. Der Gedanke an die geheimnisvolle E-Mail ließ sie nicht los. Plötzlich fiel ihr ein Foto auf, das zwischen zwei Büchern im Regal hervorlugte. Sie ging hin und zog es heraus.

Darauf zu sehen waren vier junge Männer und eine junge Frau. Diese stand in der Mitte und grinste breit in die Kamera. Auch die Männer lachten fröhlich. Sie standen vor einem See, ihre Wangen glühten rot. Auf den ersten Blick schien es eine Clique zu sein, die einen wunderschönen Tag am Wasser verbracht hatte.

Anjas Eingeweide zogen sich aber zusammen, als sie erkannte, dass zwei der Männer Dirk und Dr. Schrader waren. Auch wenn es bereits viele Jahre her zu sein schien, waren es die beiden unverkennbar. Das hieße, Dirk kannte Dr. Schrader seit Langem. Was sie aber noch viel stärker beunruhigte, war die Frau. Vielmehr deren Augen. Sie kannte diese Augen.

21

24. DEZEMBER 2012

Ich saß auf der großen Fensterbank meines Zimmers und betrachtete die Weihnachtslichter, die draußen glitzerten. Jedes Fenster des Heimes war mit Weihnachtsdekoration geschmückt. Ich schaute die funkelnden Lichter an und spürte einen Kloß in meiner Kehle, so wie ich es jedes Jahr erlebte, obwohl ich überhaupt nicht wusste, warum mich das Fest so triggerte. Der Psychologe hatte mir erklärt, dass ich aufgrund meines Traumas Gedächtnislücken hatte und mein Unterbewusstsein schlimme Dinge verdrängte, die an Weihnachten passiert waren. Es brauchte Zeit, um mich zu heilen. Ich wusste nicht, ob ich es schlimm fand, mich nicht daran erinnern zu können, was alles vorgefallen war. Vielleicht war es auch gut so. Aber das schlechte Gefühl an Weihnachten war irgendwie schmerzhaft.

Seit vier Jahren war ich nun in dem Heim. Zweimal hatte ich die Chance gehabt, in eine Pflegefamilie zu kommen, die schon etwas ältere Kinder gesucht hatte. Doch schlussendlich hatten sich die Eltern jeweils für ein anderes Kind entschieden, sodass ich wohl oder übel in diesem Heim versauern würde. Das Jugendamt hatte sogar einen Onkel ausfindig gemacht, Papas Bruder, von dem ich nie etwas gewusst hatte. Doch der hatte sich geweigert, mich bei sich aufzunehmen. Er wollte nichts mit mir zu tun haben.

»Kannst du dir vorstellen, wie es wäre, wenn wir einfach irgendwohin verschwinden könnten?«, fragte Connor und jagte mir einen riesen Schrecken ein.

»Musst du dich immer so anschleichen? Du weißt, ich hasse das.«

»Sorry, mein Gott, du und Malik, ihr seid echt Waschlappen. Immer habt ihr irgendwas zu meckern. Warum sitzt du hier so allein herum?«

»Weil ich Weihnachten nicht mag, das weißt du doch.«

»Ich mag es auch nicht, keines der Kinder hier im Heim mag Weihnachten. Aber wir könnten trotzdem raus und eine Schneeballschlacht machen.«

»Keinen Bock.« Ich sah wieder aus dem Fenster.

Einige der Kinder, die auch über Weihnachten im Heim bleiben mussten, hatten sich um den großen Weihnachtsbaum verteilt. Die Jüngeren hatten sich an die Hände genommen und drehten Kreise. Dabei sangen sie Weihnachtslieder. Die älteren Kinder bewarfen sich mit Schnee oder suhlten sich darin.

Connor starrte aus dem Fenster. »Du hast meine Frage nicht beantwortet. Träumst du manchmal davon, hier zu verschwinden?«

Seine Worte trafen den Nagel auf den Kopf. Alle träumten von einem Ort, an dem sie willkommen waren, wo sie eine Familie hatten, die sie liebte.

Ich nickte. »Klar, besonders zur Weihnachtszeit.«

»Weihnachten ist einfach nur ein großer Witz. Alle diese glücklichen Familien, die sich versammeln und feiern, während wir hier sitzen und Geschenke bekommen, die wir uns gar nicht wünschen.«

Ich konnte nur zustimmen. Weihnachten war für mich kein Fest der Freude. Es war ein ständiger Stich ins Herz, eine schmerzhafte Erinnerung an meine tote Mutter und an meinen toten Vater. »Ich frage mich, warum mich niemand will«, murmelte ich. »Ich wünschte, ich könnte auch mal so glücklich sein. Ich möchte es spüren, wie es sich anfühlt.«

Connor legte mir eine Hand auf die Schulter. »Das wirst du nie mehr spüren, dein Vater hat es dir zerstört. All das, was er dir angetan hat, hat sich in deine Seele gebrannt, weißt du. Das bekommst du nicht mehr los.«

»Aber ich kann mich doch gar nicht erinnern. Ich weiß zwar durch den Psychologen, dass es sehr schlimm gewesen sein muss, aber selber weiß ich das alles nicht mehr. Warum tut es mir dann trotzdem weh, wenn ich andere glücklich sehe?«

Connor schüttelte den Kopf und sah dabei sehr wütend aus. »Weil es in deinem Unterbewusstsein schlummert, und eines Tages wird es auch ausbrechen. Ich vergesse niemals etwas. Alle Menschen, die mir wehtun, werden sich in mein Gedächtnis brennen. Und all diejenigen hasse ich.«

Ich zuckte mit den Schultern und schaute wieder aus dem Fenster. »Was bringt es dir?«

»Weiß ich noch nicht. Aber ich gönne denen nicht, glücklich zu sein.«

Ich konnte ja die Wut, die Connor in sich trug, etwas nachempfinden, ich war ebenfalls der Meinung, dass alle, die uns unser Glück kaputtmachten, auch keins verdient hatten, aber es nützte nichts, so viel Zorn mit sich herumzuschleppen. Es erzeugte nur ein unschönes Gefühl. »Am liebsten würde ich mich auslöschen und jemand anderes sein, um später neu anzufangen.«

»Das wird wohl niemals gehen.«

Verdutzt drehte ich mich um, weil es nicht mehr Connors Stimme war. Dieser war gar nicht mehr da, stattdessen stand Malik im Zimmer und grinste mich breit an.

»Warum kommt ihr eigentlich immer einfach herein? Was wäre, wenn ich gerade dabei wäre, Schweinkram zu machen?«

»Ja, du hast recht. Ich habe vergessen anzuklopfen. Willst du mit mir rausgehen?«

»Nein!«, plärrte ich genervt. »Ich will gern meine Ruhe.«

»Warum schreist du so laut?«, fragte Jannes, mein Lieblingsbetreuer. »Man hört dich über den ganzen Flur.«

Malik hatte schnell das Weite gesucht.

»Weil mir Connor und Malik auf den Sack gehen. Ich möchte einfach nur meine Ruhe. Ich hasse Weihnachten, und ich hasse es, wenn man mir dann noch auf die Nerven geht.«

Jannes' Augen verengten sich, und kleine Falten bildeten sich über den Brauen. Die Lippen waren leicht geöffnet, als ob er gleichzeitig sprechen und atmen wollte.

»Warum starrst du mich denn so an? Lass mich doch einfach in Ruhe. Ihr alle.« Ich kämpfte mit den Tränen.

»Weißt du, ich denke, ich rufe Dr. Maier an, damit er vorbeikommt.«

»Ich brauche jetzt keinen Psychologen. Ich möchte doch bloß allein sein und warten, bis Weihnachten vorbei ist.«

»Dir geht es offensichtlich heute nicht so gut. Es wird besser sein, wenn er mit dir spricht. Ist ja nichts dabei, du hast gute Gründe, dass es dir besonders an diesen Tagen schwerfällt, gute Laune zu haben. Ich lass dich jetzt allein und sage dir Bescheid, wenn Dr. Maier im Haus ist.«

Ich holte tief Luft und verdrehte die Augen. Dann sah ich wieder aus dem Fenster. »Ich will einfach nur meine Ruhe.«

Jannes drehte sich noch einmal zu mir um. »Ich weiß, das alles ist hart, aber die Therapien sind wichtig. Du hast große Gedächtnislücken und –«

»Vielleicht möchte ich mich ja auch gar nicht mehr erinnern«, unterbrach ich meinen Betreuer. »Vielleicht ist es gut, dass ich hier eingesperrt bin, denn ich bin ja ein Mörder.«

22

24. DEZEMBER 2022

MATHIAS UND ROMY hasteten eilig ins Präsidium. Sie waren eine Stunde zu spät, weil das Schneechaos auf den Straßen die Fahrt schwer beeinträchtigt hatte.

Von unterwegs aus hatte Mathias die Besprechung um eine Stunde verschoben. Als sie den Raum betraten, saßen alle schon da und aßen Pizza.

Norman erhob sich und kam auf Mathias zu. »Ich habe alle mit Pizza bestochen, deshalb sind sie noch zufrieden. Robert Masberger sitzt in Zimmer drei.«

»Der muss warten«, antwortete Mathias. »Wir machen erst die Besprechung.«

Norman setzte sich wieder.

Mathias schaute einmal durch die Runde und erzählte dann den Kollegen, was sie im Haus der Familie Reuter vorgefunden hatten. »Wieder gab es Einbruchsspuren an der Kellertür, die ins Innere führt, und offenbar hat der Täter auch dieses Haus durch die normale Eingangstür verlassen und sie offen stehen lassen.«

»Glaubst du, das hat für den Täter eine Bedeutung?«, fragte ein Kollege.

»Du meinst, dass er die Tür offen stehen lässt?«

Mathias hob die Schultern. Er strich über die Tischkante, während er über diese Frage nachdachte. »Es könnte natürlich eine Bedeutung haben. Er signalisiert, dass er die Kontrolle über die Situation hat, vielleicht spielt er gern Spielchen und will uns verwirren. Oder es ist eine persönliche Befriedigung. Er will, dass die Tat schnell entdeckt wird. Es könnte aber genauso gut nichts bedeuten.«

»Das glaube ich nicht«, warf Romy ein. »Alles, was er tut, scheint eine Bedeutung zu haben. Die offene Tür, die Kehlenschlitze bei Frau und Kindern, die vielen Stichverletzungen bei den Männern, der Weihnachtsrock, der Satz ›das Fest der Liebe hat sie zerstört‹, das Abdecken der Kinder. All das hat irgendeinen Grund.«

Mathias stimmte zu. »Ich gehe auch davon aus, und wir müssen herausfinden, was für einen.«

»Dieses Abdecken der Kinder könnte doch auch auf eine Art Schuldgefühl hindeuten, oder?«, fragte eine Kollegin. »Vielleicht fällt es dem Täter nicht leicht, sie zu ermorden?«

Ein weiterer Kollege gab einen pfeifenden Laut von sich. »Dann soll er es nicht tun. Offensichtlich fiel es ihm gar nicht schwer, die winzigen Kehlen aufzuschlitzen.«

Christa stöhnte motzig. »Also fällt Weihnachten für uns aus.«

Norman verdrehte die Augen. »Du hast mir besser gefallen, als du nett warst.«

In der Tat hatte Christa nach Saras Tod und Normans Krankheit ihre permanent schlechte Laune abgelegt. Sie war richtig nett gewesen. Kein Meckern, keine herunterhängenden Mundwinkel, sie war sogar geradezu sympathisch gewesen. Doch seit einigen Wochen hatte sie sich ihr altes Verhalten wieder angeeignet.

»Halt die Klappe, man wird ja wohl noch mal meckern dürfen«, motzte Christa.

»Ich plane heute Abend bei meinen Kindern zu sein, also lasst uns, statt zu diskutieren, arbeiten.« Mathias erhob sich und stellte sich an das Whiteboard. »Wir haben vom Vater des letzten Opfers, Manuela Reuter, erfahren, dass sie und Selina Masberger seit vielen Jahren befreundet waren und zusammen arbeiteten. Norman, hast du dazu was finden können?«

Er schüttelte den Kopf und lehnte sich schwer seufzend in seinem Stuhl zurück. Notizen breiteten sich vor ihm aus, und seine Stirn war in tiefe Falten gelegt. »Ich habe wirklich alles durchgekaut«, sagte er in resigniertem Ton. »Die Freundinnen der zwei Opfer haben nichts mit beiden gleichzeitig zu tun gehabt. Ich sehe da keinerlei Verbindungen. Auch im engeren Kollegenkreis war nichts aufgefallen. Es gab keine Probleme mit Familien, die sie betreuten, auch keine unzufriedenen. Die Mitarbeiter können es nicht fassen.«

Mathias setzte sich wieder, lehnte sich nach vorne und stützte die Ellenbogen auf den Tisch. »Gab es Fälle, an denen sie irgendwie gemeinsam gearbeitet haben?«

Norman nickte. »Das habe ich auch erfragt, da gab es über die Jahre so einige. Sie haben mir aber versprochen, noch genauer danach zu forschen und eine Liste anzufertigen.«

Romy seufzte. »Das ergibt einfach keinen Sinn. Warum sollten die Sozialarbeiterinnen Ziel solch brutaler Angriffe werden? Warum deren ganze Familien? Ich vermute eher, dass sie als Privatpersonen beziehungsweise Freundinnen Opfer wurden.«

»Ich habe ihre Hintergründe akribisch überprüft, Beziehungen, Kontakte. Nichts weist auf einen offensichtlichen Grund hin, warum ausgerechnet die beiden Opfer wurden.«

Mathias rieb sich nachdenklich das Kinn. »Egal aus welchem Grund, weil sie Sozialarbeiterinnen oder Freundinnen waren, ich vermute, dass sich der Täter die beiden Opfer gezielt ausgesucht hat. Es ist mir ein zu großer Zufall, dass sie sich kennen. Es hat etwas mit Weihnachten, dem Fest der Liebe, zu tun. Die Frage ist nur, wem schickt er diese Botschaft an der Wand? Wir sollten uns bei der Suche auf das Stichwort Weihnachten konzentrieren. Was ist mit den Männern? Gibt es da irgendeine mögliche Verbindung?«

»Auch da habe ich nichts gefunden. Sie kannten sich nur durch ihre Frauen. Laut Freunden und Bekannten haben sie sich nie allein getroffen.«

Die Stimmung im Raum war gedrückt, weil jeder wusste, dass dies viel Arbeit bedeutete.

Norman stützte seine Stirn in seine Handflächen und atmete tief durch. »Vor allem müssen wir bedenken, dass es noch zwei Weihnachtsfeiertage gibt.«

»Christa, du kümmerst dich gleich darum, dass die Presseabteilung eine Erklärung abgeben kann. Ich möchte der Bevölkerung keine Angst machen, doch sie sollten gewarnt sein. Vielleicht ihre Türen sichern und Fenster schließen.«

Christa nickte mürrisch.

»Ich habe den vorläufigen Obduktionsbericht der ersten Opfer. Bis auf den Mann starben alle schnell. Frau Masberger hatte ein paar Abwehrverletzungen, die anderen wurden im Schlaf erwischt. Wie gesagt, bei dem Ehemann wurde äußerst brutal vorgegangen, eventuell wurden bei ihm Aggressionen abgeladen. Trotzdem ist noch nicht ganz klar, gegen wen sich das Verbrechen wirklich richtet. Ist es der Vater oder die Mutter?«

Mathias sah in die Runde und entdeckte einen Kollegen der KTU. »Hast du schon etwas für uns?«

»Die Fingerabdrücke von Robert Masberger am ersten Tatort und dass das Blut der Kinder an Frau Masberger klebte. Die DNA-Ergebnisse vom zweiten Tatort haben wir noch nicht. Die werden dauern.«

Mathias fuhr sich mit den Händen durch sein Haar oder knetete seinen Nacken. Er schaute seine Kollegen an, die fast alle mit herunterhängenden Mundwinkeln vor ihm saßen, so als würden diese von der Enttäuschung nach unten gezogen werden. »Gut, wir haben nur Robert Masberger als Verdächtigen, den nehmen wir uns jetzt noch einmal vor. Er könnte durch Selina Masberger Manuela Reuter kennen.« Er erhob sich und nickte Romy zu. »Norman, du versuchst weiter etwas zu finden, was mit dem Job der beiden Frauen zu tun hat. Leg den Fokus ganz besonders auf Weihnachten. Gab es da irgendwelche Probleme, Auffälligkeiten. Und suche auch noch bei den Männern weiter.«

Mathias verließ das Zimmer.

Robert Masberger saß in dem kühlen Verhörraum und trommelte mit den Fingern auf dem Tisch herum. Sein Gesicht war ausdruckslos. »Ist das erlaubt, dass Sie mich so lange hier festhalten? Wir haben Weihnachten, mein Bruder wurde ermordet, meine Eltern brauchen mich.«

Romy und Mathias nahmen auf der anderen Seite des Tisches Platz.

»Es tut uns sehr leid, dass Sie warten mussten«, entgegnete Mathias ruhig, »wir müssen noch einmal über Ihre Aussage sprechen. Es haben sich weitere Hinweise ergeben, die wir klären wollen.«

Robert sah Mathias direkt in die Augen. Sein Blick wirkte unergründlich. »Ich habe bereits alles gesagt, ich habe nichts mit den Morden an meiner Familie zu tun.«

»Das haben wir auch verstanden. Wir überprüfen derzeit auch noch ihr Alibi. Aber Sie haben gelogen, Sie verstehen sicher, dass Ihre Glaubhaftigkeit damit Brüche hat.«

Robert nickte langsam. »Ja, das war dumm. Aber ich habe erklärt, warum.«

Mathias legte die Hände flach auf den Tisch. »Wo waren Sie in der Nacht vom dreiundzwanzigsten auf den vierundzwanzigsten Dezember?«

Robert zögerte einen Moment. »Im Hotel.«

»Waren Sie mit jemandem zusammen?«, fragte Romy.

Roberts Lider flatterten, und der Glanz in seinen Augen war ein wenig getrübt. Sein Blick schweifte ruhelos umher, als ob er die Antworten im Zimmer suchte. »Ich habe bis in die Nacht hinein meinen Eltern beigestanden und dann geschlafen.«

»Waren Sie allein im Zimmer, als Sie geschlafen haben?«, hakte Romy nach.

»Ja.«

Mathias schrieb Norman eine Nachricht, dass er im Hotel nach einer Überwachungskamera fragen sollte.

»Kannten Sie die Familie Reuter?«, fragte er dann den Verdächtigen.

Robert Masberger runzelte die Stirn. »Ich habe sie einmal kennengelernt, an einem Weihnachtsfest. Da haben sie mitgefeiert.«

Es klopfte an der Tür.

Norman steckte den Kopf rein. »Entschuldigt bitte die Störung. Ich muss euch dringend sprechen.«

Mathias und Romy erhoben sich.

»Wir sind gleich zurück«, vertröstete Mathias den Mann und ging zu Norman.

»Es ist wichtig. Ich habe da doch was gefunden.

Selina Masberger und Manuela Reuter waren die beiden Sozialarbeiterinnen, die bei der Adoption des Verdächtigen beteiligt waren. Seine Schwägerin hat die Bedürfnisse des damals sechzehnjährigen Robert eingeschätzt. Den Prozess der Aufnahme hat dann Manuela Reuter koordiniert, und sie hat die Eignung der Familie kontrolliert.«

»Das könnte die Verbindung sein«, sagte Romy aufgeregt.

»Okay, danke, Norman. Kümmer dich weiter. Frag nochmal nach, ob wir schon irgendwelche Aufnahmen haben, die bezeugen können, dass er in der Nacht vom zweiundzwanzigsten auf den dreiundzwanzigsten Dezember auf Deutschlands Straßen unterwegs war.«

»Erledige ich, und ich fahre auch sofort im Hotel vorbei.«

»Danke.« Mathias ging zurück in den Befragungsraum. Er sah Robert Masberger eindringlich an. »Wir haben gerade erfahren, dass Manuela Reuter als Sozialarbeiterin sehr aktiv an Ihrer Unterbringung in der Familie beteiligt war. Bleiben Sie bei Ihrer Aussage, dass Sie sie nicht näher kennen?«

Der Mann biss sich auf die Unterlippe. »Ich hatte es vergessen.«

»Vergessen? Das war doch ein sehr einschneidendes Erlebnis, das Ihr Leben stark verändert hat. Wie können Sie es vergessen?«

Robert antwortete darauf nicht. Er knetete seine Hände.

Mathias beließ es dabei und wollte weiterkommen. »Sie haben uns bei der ersten Vernehmung gesagt, dass Sie keine Lust auf das Weihnachtsfest hatten und deshalb mit Ihrer Schwägerin in Streit geraten sind. Hegen Sie eine allgemeine Abneigung gegen das Fest?«

Ein düsterer Schatten glitt über das Gesicht des Verdächtigen. »Weihnachten … Es erinnert mich nur an meine schlimme Kindheit. Jahrelang musste ich Weihnachten in einem Heim feiern. Ich war fast immer allein, weil die anderen Kinder da nach Hause durften und nach den Feiertagen mit glücklichen Gesichtern zurückkamen. Ich hatte nie das Glück. Und auch wenn die Betreuer versucht haben, es schön zu gestalten, hat es mich einfach total genervt.«

»Aber hätten Sie dann nicht gerade deshalb dieses Fest mit Ihrer neuen Familie schätzen müssen?«

Der Mann schüttelte den Kopf. »Warum? Ich finde, dass sie alle nur so tun, als ob. Weihnachten bedeutet Stress, man opfert sich auf, um ein üppiges Essen auf den Tisch zu stellen, von dem die Hälfte im Müll landet. Man stopft sich voll, ist übersättigt und frisst weiter und weiter. Alle versuchen fröhlich zu sein, keiner akzeptiert, wenn es einem aber ausgerechnet an diesen Tagen nicht gutgeht und man keine Freude an dem Fest hat. Ich war natürlich froh, dass ich in die Familie kam, aber Weihnachten war ein Albtraum für mich.«

Romy lehnte sich vor. »Herr Masberger, Familie Reuter wurde letzte Nacht ebenfalls ermordet. Und Sie sind aufgrund Ihrer Lügen gerade unser einziger Verdächtiger. Haben Sie etwas mit den Morden zu tun?«

Robert Masberger riss die Augen auf und schüttelte vehement den Kopf. »Nein, nein! Ich mag vielleicht meine Fehler haben, aber ich bin kein Mörder. Ich schwöre es, ich habe nichts damit zu tun. Keine der beiden Familien habe ich umgebracht.«

Romy ließ ihre Augen auf dem Mann ruhen. »Warum haben Sie dann gelogen?«

Robert seufzte leise und rieb sich über das Gesicht. »Ich hatte meine Gründe. Ich wusste, dass Sie mich verdächtigen würden, wenn Sie erfahren, dass ich im Haus war. Und wegen Manuela Reuter habe ich nur geschwindelt, weil ich irgendwie geahnt habe, dass es einen Grund gibt, dass Sie mich nach ihr fragen. Ich hatte einfach Angst.«

»Dann erklären Sie uns, warum Sie wirklich versucht haben, vor uns abzuhauen«, hakte Mathias nach.

Robert senkte den Blick und spielte nervös mit seinen Fingern. »Weil ich Angst hatte, dass Sie hinter mein kleines Geheimnis kommen.«

Ein Moment der Stille lag zwischen ihnen.

Mathias und Romy betrachteten Robert Masberger abwartend.

»Sie haben sicher von diesem Einbruch in der Spielhalle im Industriegebiet gehört?«

»In der Nacht vom zweiundzwanzigsten auf den dreiundzwanzigsten Dezember?«

Robert Masberger nickte. »Ich war dabei. Danach wollte ich mich bei Selina und Arno verstecken. Als ich dort ankam, fand ich sie so vor. Der Rest war nicht gelogen. Ich schwöre Ihnen, ich habe nichts mit den Morden zu tun. Ich mochte Selina nicht wirklich und gebe zu, ich war auf Arno eifersüchtig, aber ich hätte sie nie töten können. Und schon gar nicht meine kleinen Nichten. Die habe ich geliebt.«

Der Mann wischte sich Tränen aus den Augen.

Mathias tauschte einen Blick mit Romy aus.

In ihren Augen schwang ein Hauch von Zweifel mit.

Doch Mathias hatte das Gefühl, dass Robert Masberger dieses Mal die Wahrheit sagte.

23

24. DEZEMBER 2022

Der Esstisch war festlich geschmückt, eine warme Atmosphäre aus gedämpftem Kerzenlicht und weihnachtlicher Musik erfüllte den Raum, doch in Anja wollte keine besinnliche Stimmung aufkommen.

Lili, Henry und Dirk saßen am Tisch, und es herrschte eine grauenhafte Anspannung. Einzig Lili schien sich auf das Fest zu freuen. Sie lächelte fröhlich, stopfte sich den Bauch mit dem Kartoffelsalat voll und kaute genüsslich auf der Bockwurst herum.

Henry war die angespannte Situation offensichtlich unangenehm, denn er wirkte nervös und sah immer wieder abwechselnd zu Anja und Dirk. Und der hatte seit seiner Rückkehr kaum ein Wort gesprochen.

In Anjas Gedanken spukte nur die E-Mail herum, die Dirk erhalten hatte. Wie gern würde sie ihn damit konfrontieren, doch das wollte sie den Kindern nicht antun. Und da war dieses Bild, das ihr unentwegt in den Sinn kam. Die Augen der Frau, sie hatten sich so tief in Anjas Kopf gebrannt, dass sie es kaum aushielt, Dirk nicht darauf anzusprechen. Warum hatte er es versteckt?

Warum verheimlichte er, dass er Dr. Schrader offensichtlich schon seit der Jugendzeit kannte?

Sie schaute zu Henry, der gerade mit Lili herumalberte. Seine weit auseinanderstehenden großen Augen, die in einem hellen Blau leuchteten, es waren die gleichen wie die der Frau auf dem Bild. Als Anja es gesehen hatte, hatte sie geglaubt, in die Augen ihres Pflegesohnes zu schauen.

»Alles okay, Anja?«, fragte Henry.

Sie räusperte sich. »Ja, natürlich. Ich freue mich nur, euch beide so glücklich zu erleben.«

Plötzlich wurde die Weihnachtsmusik im Radio durch eine wichtige Eilmeldung unterbrochen.

»Ein weiterer Mord an einer Familie erschütterte heute Morgen die Stadt Koblenz. Ein Sprecher der Polizei teilte mit, dass in der Nacht vom dreiundzwanzigsten auf den vierundzwanzigsten Dezember ein noch unbekannter Täter in das Haus der Familie eingestiegen ist und dort den Vater, die Mutter und drei Kinder ermordet hat.«

Anja konnte kaum atmen, als sie die Anzahl der Opfer hörte. Drei Kinder und die Eltern. Genau wie in Lilis letztem Puppenspiel.

»Vielleicht sollten wir das ausmachen, wer will so etwas an Weihnachten hören«, sagte Dirk.

Anja hob die Hand, um ihn zum Schweigen zu bringen.

»Die Polizei sagt außerdem, dass die Morde eventuell mit dem Weihnachtsfest zu tun haben könnten, möchte jedoch keine weiteren Details preisgeben. Sie bittet die Bevölkerung, nachts die Türen gut zu verschließen und keine Fenster aufzulassen, bis der Täter geschnappt ist.«

»Oh mein Gott, Lili hat das heute bei Dr. Schrader

gespielt.« Die Zeit schien einen Augenblick lang einzufrieren, nachdem sie die Worte ausgesprochen hatte.

Lilis starrte sie an, auch Dirk und Henry musterten sie, als wäre sie völlig verrückt geworden.

»Vielleicht sollten Lili und Henry ins Zimmer gehen«, sagte Dirk, doch Anja reagierte nicht.

Sie saß wie paralysiert am Tisch, unfähig irgendetwas zu tun.

Lili stürzte sich in Henrys Arme. Er erhob sich und trug sie aus dem Esszimmer.

»Anja, bist du völlig verrückt geworden? Wie kannst du vor dem Kind so etwas sagen?«

Sie schluckte. »Glaube mir doch, Lili weiß von den Morden. Ich muss zur Polizei.«

»Wie bitte? Und was willst du denen erzählen? Meine siebenjährige, geistig zurückgebliebene Tochter sagt die Morde voraus, die in Koblenz passieren? Die Polizisten stecken dich in die Klapper, wenn sie nicht dich selbst verdächtigen.«

Anja presste die Lippen zusammen. »Hier stimmt etwas ganz und gar nicht«, fauchte sie wütend in seine Richtung. »Lili hat in ihrem Puppenspiel drei Kinder und die Eltern ermordet. Wie diese Familie.« Sie zeigte auf das Radio. »Sie sagten, es hätte etwas mit Weihnachten zu tun. Lili hat den Frauen einen Weihnachtsrock angezogen und irgendwas mit Weihnachten gebrabbelt. Willst du den Zusammenhang nicht sehen? Von irgendwem hat sie von diesen Morden gehört.«

Dirk starrte Anja an. Die Farbe wich aus seinem Gesicht, und die Konturen seiner Züge wirkten fast surreal in ihrer Blässe.

Und dann schoss es Anja heiß durch den Körper. Sie dachte an das komische Verhalten ihres Mannes, daran, dass er seit zwei Nächten durch die Straßen spazierte, an seine merkwürdige Reaktion und das schnelle Auflegen am Morgen, als sie in Lilis Zimmer gekommen war, an den Inhalt der E-Mail: *Wir haben ein Problem.*

Ihre Atmung wurde schneller, als hätte ihr Körper Schwierigkeiten, mit der plötzlichen Welle der Erkenntnis fertigzuwerden. Die Luft floss schnell und flach durch ihre Lungen, und ihr Herz klopfte wild in einem unregelmäßigen Rhythmus. Sie musste aufstehen, weil sie das Gefühl hatte, im Sitzen die Kontrolle über sich zu verlieren.

»Hast du das getan?«, krächzte sie, selbst kaum in der Lage, es zu glauben.

Dirk sprang auf. Seine Augen fixierten sie wütend. »Ist das dein Ernst?«, schrie er. »Du willst sagen, ich hätte diese Familien getötet? Wie kommst du auf so eine blöde Idee?«

Die Welt um Anja herum schien für einen Moment in Zeitlupe zu verfallen, als Dirks Ausbruch auf sie einprasselte. Ein Gefühl der Unwirklichkeit legte sich wie Nebel über sie. Seine Reaktion bestätigte Anjas Vermutung nur, denn sie war zu heftig, und irgendwie glaubte sie, dass seine Empörung nur gespielt war. »Du hast mit jemandem telefoniert, in Lilis Zimmer. Habt ihr da über den Mord gesprochen? Hat sie es da aufgeschnappt?«

»Du drehst durch, Anja. Ich glaube, ich sollte dir einen Arzt rufen.« Dirk sah ihr eindringlich in die Augen.

Und da blitzte etwas auf. Eine Art Erinnerung, oder war es nur Einbildung?

Dirk hatte in seiner Verärgerung diese Falten um seine Augen, und nun wurde es ihr schlagartig klar. Sie hatte diese Falten so schon oft bei ihm gesehen, aber nicht nur bei ihm. Es war erst einmal gewesen, als Henry sehr sauer geworden war. Aber er hatte diese Falten an genau derselben Stelle wie Dirk.

Die Umgebung um Anja verschwamm fast. Sie war wie erstarrt. Es fühlte sich an, als ob sie von der Welt abgetrennt wäre. Lag sie mit ihrem Verdacht wirklich richtig?

Wir haben ein Problem, kam es ihr noch einmal in den Sinn. Worte, die Dr. Schrader Dirk geschrieben hatte, und eine weitere heiße Welle jagte ihr durch den Körper. Hatte Dr. Schrader ebenfalls etwas damit zu tun?

Ehe sie Dirk damit konfrontieren konnte, war dieser nicht mehr da.

Sie hörte noch, wie die Eingangstür ins Schloss fiel. Übelkeit überfiel sie, ihre Beine wackelten, und sie musste sich setzen. Henry erschien wie aus dem Nichts neben ihr. »Anja, ist alles okay? Du bist ganz schwitzig und blass.«

Ihre Brust fühlte sich an, als würde jemand einen eisernen Griff darum legen. Jeder Atemzug schien nicht mehr auszureichen, um genügend Luft zu bekommen. Ihr Brustkorb hob und senkte sich hektisch, weil sie versuchte, Sauerstoff in ihre Lungen zu ziehen. Ihre feuchten Hände zitterten unkontrolliert, und ihre Finger waren taub. Ihre Gedanken wirbelten wie ein Schwarm aufgescheuchter Vögel wild durch ihren Kopf. Die Furcht, dass sie recht hatte, überrollte sie regelrecht.

»Sag doch bitte was, Anja!«, forderte Henry sie auf. Seine Stimme hatte verzweifelt geklungen.

»Henry, mein Schatz. Kannst du dich an deine Eltern erinnern?«

Er schaute sie skeptisch an, so als wäre sie völlig verrückt geworden. »Was meinst du damit? Du und Dirk seid meine Eltern.«

»Ich rede von deinen leiblichen Eltern.«

Seine Lippen zitterten, und seine Augen wurden feucht.

Anja hatte immer vermieden, ihn auf seine Vergangenheit anzusprechen. Dirk und Dr. Schrader hatten ihr gesagt, dass es nicht gut sei, wenn er in seinem neuen Zuhause mit der belasteten Vergangenheit konfrontiert werden würde. Dort sollte er sein neues Glück finden. Sein Trauma sollte er nur bei Dr. Schrader verarbeiten. Doch Anja brauchte eine Antwort.

»Warum fragst du mich das jetzt?«

»Bitte, Henry, ich muss es wissen. Ich erkläre es dir später, wenn ich selbst eine Antwort darauf habe.«

Er kaute auf seiner Lippe herum und nickte dann schließlich. »An Papa erinnere ich mich, Mama ist schon etwas verblasst. Aber ich erinnere mich an ihre blonden Locken und ihre blauen strahlenden Augen, wenn sie gelächelt hat.«

Anja stand auf. »Warte kurz.« Sie rannte in Dirks Zimmer und holte das Foto. Dann legte sie es vor Henry ab. »Ist das deine Mutter?«

Seine Augen weiteten sich wie die einer erschrockenen Kreatur, und sein Blick war starr auf das Foto gerichtet.

»Ja«, flüsterte er. »Und das ist mein Papa.« Er zeigte auf den jungen Mann, der die Frau im Arm hielt.

Er war etwas korpulenter als die anderen Männer und hatte schon frühzeitig lichtes Haar gehabt.

»Was bedeutet das? Warum ist Dirk auf diesem Foto? Habt ihr etwa meine Eltern gekannt?«

Sie schüttelte mit feuchten Augen den Kopf. »Ich nicht. Und warum Dirk mit deinen Eltern darauf ist, wüsste ich auch gern.« Sie wischte sich die Tränen ab. »Wer ist dieser Mann?« Anja zeigte auf den, den sie noch nie gesehen hatte.

Henrys Körper bebte. Dann sprang er auf und rannte aus dem Zimmer.

»Henry, bitte warte.« Anja hätte sich ohrfeigen können, dass sie ihm das Foto gezeigt hatte. Es hatte in ihm eine schlimme Erinnerung geweckt. Aber nun war Anja einem Rätsel auf der Spur, und sie wollte Antworten. Dirk kannte Henrys Eltern, ebenso Dr. Schrader. Warum hatte er all die Jahre so ein Geheimnis daraus gemacht? Und was hatte das alles mit den Morden zu tun? Sie erkannte keinen Zusammenhang, doch aus irgendeinem Grund sagte ihr Bauchgefühl trotzdem, dass alles irgendwie zusammengehörte.

Und sie entschied, zur Polizei zu gehen, auch wenn das bedeutete, dass sie ihren Mann endgültig verlieren würde.

24. DEZEMBER 2022

MATHIAS SAß in seinem Stuhl am Schreibtisch und hatte die Augen geschlossen. Er hatte sich für einen Moment vor der Hektik des Tages zurückgezogen, um ein wenig Ruhe zu finden.

Robert Masberger hatte die Wahrheit gesagt. Die Überwachungskamera im Hotel hatte gezeigt, dass er in der letzten Nacht nicht das Hotel verlassen hatte. Und auch auf den Überwachungsvideos der überfallenen Spielhalle passten sein Gang und die von ihm beschriebene Kleidung. Damit war er als Mörder der beiden Familien ausgeschlossen. Und damit standen die Ermittler wieder am Anfang, ohne jegliche Hinweise auf einen Täter.

Mathias' Blick wanderte aus dem Fenster, wo die Lichter der Stadt nach und nach zu funkeln begannen. Der späte Dezembernachmittag war kühl, und die Stille des Büros schloss die Welt draußen aus. In dieser Einsamkeit konnte er die Erinnerungen an Sara besonders deutlich spüren. Er hatte damit gerechnet, dass das erste Weihnachten ohne sie schmerzhaft sein würde, aber er hätte nie gedacht, dass es so heftig werden würde.

Deshalb war er ganz froh, dass er Dienst hatte und durch den Fall auch abgelenkt war.

Trotzdem machte er sich die ganze Zeit Gedanken über den bevorstehenden Weihnachtsabend mit seinen Kindern und dem geplanten Picknick am Grab seiner Frau. Ein zartes Lächeln legte sich auf seine Lippen, weil er sich vorstellte, wie sie alle um das Grab versammelt waren, ihre liebsten Geschichten teilten und sich in den Erinnerungen verloren.

Sara hatte Weihnachten immer geliebt, deshalb wollte er sie nicht ausschließen.

Er wählte die Nummer seiner Schwiegermutter.

»Hallo Super-Cop, ist alles gut?«

Mathias freute sich, dass Gisela den Spitznamen, den Sara ihm gegeben hatte, immer noch verwendete. Vor allem war er froh, dass sie immer für ihn da war und ihm bei den Kindern half. »Alles in Ordnung bei euch?«

»Natürlich. Der Weihnachtsbaum ist fertig, die Geschenke liegen bereit. Nur mit dem Essen bin ich unsicher. Mia erzählte mir, dass ihr heute zum Grab wolltet? Ein Winterpicknick veranstalten?«

»Deshalb rufe ich an. Ich möchte gern, dass wir das Gefühl haben, mit Sara zusammen Zeit zu verbringen. Würdet ihr uns begleiten?«

»Selbstverständlich. Das ist eine tolle Idee. Was soll ich vorbereiten?«

Mathias packte das schlechte Gewissen. »Auch deshalb rufe ich an. Ich habe leider noch zu tun und kann nicht früher kommen. Deshalb ...«

»Ich habe das schon geahnt, als ich es in den Nachrichten gehört habe. So schrecklich, diese armen Familien. Such du diesen Täter, und ich bereite alles vor. Wenn du losfährst, sag mir Bescheid, dann wärme ich den Glühwein auf.«

»Danke, Gisela, du bist ein Goldschatz. Ich bin sehr dankbar, dass du da bist.«

»Nun hör auf zu schleimen, ich mag dich auch so. Ich würde dir ja gern die Kinder geben, aber sie sind mit dem Opa Schlitten fahren. Soll ich sie hereinrufen?«

»Nein, nein, nimm ihnen nicht den Spaß. Ich verspreche, dass ich heute nach Hause komme.«

»Okay, dann sehen wir uns später.«

Mathias hatte gerade aufgelegt, da klopfte es an der Tür.

Romy trat nach der Aufforderung ein. »Ich wollte dich wirklich gern in Ruhe lassen, aber das solltest du wissen. Draußen steht eine Frau, die etwas über die Morde wissen will. Ich kann die Befragung auch mit Norman durchführen, wenn du lieber noch etwas Pause brauchst.«

»Nein, nein, schon okay. Ich hab eh nur düstere Gedanken gehabt. Die Befragung kommt mir ganz recht.« Er erhob sich und folgte Romy aus dem Büro.

»Ist alles in Ordnung?«, fragte sie zögerlich.

»Ja, ich habe gerade Gisela gebeten, das Picknick für heute Abend vorzubereiten. Wir wollen zu Saras Grab gehen. Wenn du willst, begleite uns.«

»Ich will mich nicht aufdrängen. Ihr solltet eure Zeit als Familie nutzen.«

Mathias erkannte den traurigen Blick. »Blödsinn, du gehörst ja jetzt irgendwie dazu. Sara war deine Freundin, sie hätte sich gefreut, wenn du Weihnachten mit uns verbringst. Ich würde es mir wünschen.« Er zeigte auf das Zimmer, in dem die Frau saß. »Deshalb müssen wir alles tun, damit wir pünktlich rauskommen.«

Romy lächelte. »Ich würde mich sehr freuen, mit euch zusammen zu feiern.«

»Na siehst du.« Mathias betrat den Befragungsraum.

Am Tisch saß eine schlanke Frau, deren blondes Haar zu einem strengen Zopf nach hinten gebunden war. Sie wirkte bleich und ziemlich fertig.

»Guten Tag, mein Name ist Kron, meine Kollegin Blauen kennen Sie bereits.«

Die Frau nickte. »Guten Tag, ich glaube, ich sollte wieder gehen. Vielleicht ist das hier doch keine so gute Idee.«

Die Frau stellte sich auf.

»Bitte setzen Sie sich. Wir würden wirklich gern mit Ihnen reden. Sagen Sie uns doch erst einmal etwas zu Ihrer Person.« Mathias wollte das Gespräch langsam beginnen, auch wenn er innerlich fast platzte.

»Ich bin Anja Ludolf. sechsundvierzig Jahre und komme aus Koblenz-Güls.«

»Danke. Frau Ludolf, Sie gaben an, dass Sie etwas über die Morde wüssten. Deshalb vernehmen wir Sie als Zeugin.« Mathias belehrte die Frau. »Haben Sie alles verstanden?«

»Ja, habe ich.«

»Gut, dann erzählen Sie uns bitte, was Sie sagen können.« Mathias hoffte inständig, dass diese Aussage etwas nutzte.

Die Frau fuhr sich durchs Haar, und ihr Blick huschte unruhig umher, als ob sie auf der Suche nach einem Fluchtweg wäre.

»Ganz ruhig, Frau Ludolf. Holen Sie tief Luft«, bat Mathias, der Angst hatte, dass die Zeugin gleich kollabieren würde.

»Ich weiß gar nicht, ob es wirklich etwas zu bedeuten hat und ob es sich tatsächlich um diese Morde handelt. Aber ich kann das auch nicht einfach ignorieren.«

Mathias verstand nur Bahnhof. »Können Sie sich etwas genauer ausdrücken, ich kann Ihnen nicht folgen.«

»Ich denke, dass meine siebenjährige Pflegetochter diese Morde vorahnt.«

Stille.

Mathias musste sich die Worte mehrfach wiederholen, bis sie wirklich in sein Bewusstsein durchgedrungen waren. »Verstehe ich Sie richtig? Sie glauben, Ihre Tochter sagt diese Morde voraus?«

Er hoffte sehr, dass er das falsch verstanden hatte und nicht seine Zeit mit einer Spinnerin vergeudete.

»Na ja, ›voraussagen‹ ist auch nicht richtig. Lili ist geistig etwas eingeschränkt und aufgrund einer schlimmen Kindheit stark traumatisiert. Sie spricht nicht mit Menschen, nur über Puppen.«

Noch immer hatte Mathias ein großes Fragezeichen über seinem Kopf. Er verhielt sich jedoch ruhig.

»Sie ist seit ein paar Tagen wieder besonders unruhig gewesen. Deshalb sind wir gestern und heute bei ihrem Psychologen gewesen. Er kommuniziert über die Puppen mit ihr. Und während der Sitzung gestern hat sie gespielt, dass eine Mutter getötet wurde, ebenso der Mann und zwei Kinder.«

Romy sah Mathias an.

Er musste sich eingestehen, dass er nicht genau abschätzen konnte, ob die Frau sie gerade auf den Arm zu nehmen versuchte. »Nun, das klingt natürlich sehr beunruhigend für Sie, das verstehe ich, aber was soll das mit den Mordfällen zu tun haben?«

Die Frau errötete. »Ich weiß, das klingt alles sehr unglaubwürdig, aber ich habe einfach kein gutes Gefühl. Sie sagten in der Presse, dass die Morde wahrscheinlich etwas mit Weihnachten zu tun haben könnten. Haben die Frauen, die ermordet worden sind, einen Weihnachtsrock oder so was getragen?«

Nun strömte eine Hitzewelle durch Mathias' Körper.

»Das sind interne Informationen, die Sie gar nicht wissen dürften. Woher haben Sie davon erfahren?«

»Das wollen Sie mir wahrscheinlich nicht glauben, aber meine Tochter hat den Müttern in dem Puppenspiel den Hals rot gemalt und dann einen Weihnachtsrock angezogen. Und sie hat die ganze Zeit irgendetwas von dem Fest geredet. Ich habe das alles nicht verstanden, aber dann kamen diese Nachrichten. Es beunruhigt mich zu sehr.«

»Sie sagten, sie hat den Puppen den Hals rot angemalt? Was soll das bedeuten?«

»Vermutlich sollte das Blut sein. Sie tat das auch bei den zwei Kindern, und bei dem Mann waren es rote Punkte am Körper verteilt.«

Mathias konnte nicht fassen, was er da hörte. Niemand außer der Kripo, dem Rechtsmediziner und dem Staatsanwalt konnte von diesen Interna wissen, außer dem Täter selbst. »Sie sagten, dass Sie auch was zu dem zweiten Mord wissen?«

»Da war es genauso. Als ich gestern die Nachrichten wegen der ersten Familie gesehen habe, habe ich gleich den Psychologen angerufen, weil mich dieser Zufall wirklich erschrocken hat. Wir durften heute nochmal kommen, ich habe ihm alles erzählt, aber er sah diese Verbindung nicht. Er meinte, dass es Zufall sei und ich mir keine Sorgen machen solle. Und während wir gesprochen haben, spielte sie wieder. Dieses Mal mit drei toten Kindern, und zu Hause hörte ich dann plötzlich die Nachrichten. Ich habe wirklich Angst, Kommissar Kron.«

Die Angst hatte sogar er, denn die ganze Geschichte wirkte mehr als gespenstisch. »Frau Ludolf, wie kann ich mir das denn genau vorstellen? Sagt Lili, dass sie die Familie ermordet beim Spielen, oder wie? Bitte klären Sie mich auf.«

»Lili spricht zwar, aber eigentlich sind es die Puppen. Sie hat zum Beispiel eine männliche Puppe neben die blutende Frau positioniert. Sie hat dabei ihre Stimme immer wieder verstellt. Es sind Sätze gefallen, wie dass sie das machen müssen oder dass es zu krass ist, dass sie die Kinder nicht hätten umbringen müssen, dass die Frau nun ein wunderschöner Weihnachtsengel ist. So was.«

Mathias wurde übel. »Wissen Sie, warum sie die Stimmen verstellt?«

Die Frau nickte. »Der Psychologe meinte, dass sie vielleicht mehrere Personen nachspielt, und die männliche Puppe ist nur symbolisch. Sie könnte zum Beispiel irgendwo etwas aufgeschnappt haben. Ein Telefonat oder so.«

»Ich weiß gar nicht, was ich dazu sagen soll.« Mathias lehnte sich zurück und blies Luft aus seinem Mund.

»Es klingt wirklich nach einer sehr skurrilen Geschichte«, fuhr Romy fort. »Wie kommt denn Ihre Tochter auf so was? Wo könnte sie es denn aufgefasst haben?«

»Das ist ja meine Sorge.« Wieder füllten sich die Augen der Frau mit Tränen.

»Haben Sie denn einen Verdacht?«

In ihrem Blick stand die pure Angst. »Ich habe keine Beweise, aber mein Mann verhält sich seit zwei Tagen irgendwie komisch. Er ist abwesend und müde, weil er die letzten zwei Nächte unterwegs war. Er sagt, er könne nicht schlafen und läuft sich den Kopf frei.«

»Das sind aber noch keine Beweise dafür, dass er nachts in Häuser einsteigt und Menschen tötet«, erwiderte Mathias. »Und auch nicht, dass Ihre Tochter etwas gehört haben kann, oder war sie mit spazieren?«

»Nein.« Die Frau schluchzte. »Ich will ihm da auch

gar nichts anhängen. Aber ich habe ihn heute Morgen bei einem Telefonat erwischt, das er in Lilis Gegenwart geführt hat. Als ich in das Zimmer kam, hat er schnell aufgelegt.« Sie vergrub ihr Gesicht in ihren Händen. »Ich weiß sonst einfach nicht, wo Lili solche schrecklichen Gedanken herhaben sollte.«

»Würden Sie Ihrem Mann denn eine solche Tat zutrauen?«, fragte Romy.

»Nein, eigentlich nicht. Er hat sich noch nie irgendetwas zu Schulden kommen lassen. Wir haben uns seit Jahren um Pflegekinder gekümmert, er hat sich sogar ehrenamtlich für Tiere eingesetzt. Vielleicht liege ich auch völlig daneben, aber ich habe ein ganz schreckliches Gefühl.«

»Es ist gut, dass Sie zu uns gekommen sind, damit wir dem nachgehen können, und wenn Ihr Mann nichts getan hat, dann wird ihm ja auch nichts passieren.«

Frau Ludolf schniefte. »Er wird mich hierfür hassen.«

Mathias konnte diese Sorge natürlich nachvollziehen, aber musste sie in diesem Moment ignorieren. Er wollte weiterkommen. Die Tatsache, dass die Familie Ludolf Pflegekinder bei sich aufnahm, hatte ihn hellhörig werden lassen. »Kennen Sie eine Familie Masberger und Reuter?«

»Masberger? Selina Masberger kenne ich. Sie wohnt auch in Güls. Warum fragen Sie das?«

»Darüber darf ich nicht mit Ihnen reden. Woher kennen Sie die Frau?«

»Selina wohnt quasi in der Nachbarschaft. Sie hat uns oft bei dem Aufnahmeprozess der Pflegekinder geholfen.«

»Und Ihr Mann kennt sie auch?«

»Ja, natürlich, er war ja bei der Aufnahme mit dabei. Dirk hatte sogar häufiger Kontakt zu den Leuten des

Kinderheimes, in dem Selina arbeitet, um Kinder unterzubekommen.«

»Welches war das?«

»Das in Arenberg.« Frau Ludolf sah Mathias mit gerunzelter Stirn an. »Aber was hat das alles mit Lili zu tun?« Plötzlich erstarrte ihr Mund zu einer stummen O-Form, und die leicht rosanen Wangen färbten sich weiß. »Du meine Güte, ist sie eine derjenigen, die ermordet wurden?«

»Wie bereits gesagt, ich kann Ihnen keine Informationen geben, aber Sie werden es eh bald in der Zeitung lesen. Gab es zwischen Ihrem Mann und Selina Masberger mal Probleme?«

Ihre Lippen zitterten. »Nein, nie.« Frau Ludolf legte die Hand auf die Brust. »Oh Gott, die Kinder. Sie waren doch noch so jung.«

»Können Sie sich noch ein wenig konzentrieren«, bat Mathias höflich. »Wir brauchen dringend Hinweise auf den Täter.«

Sie nickte.

»Wie steht Ihr Mann zum Weihnachtsfest?«

»Ganz normal. Wir feiern jedes Jahr zu Hause. In den letzten Jahren nur noch mit zwei der Kinder. Es sind bis auf Lili alle ausgezogen mittlerweile, von sechs hab ich nichts mehr gehört. Henry kommt noch, und Lili lebt ja noch bei uns. Nach ihr ist Schluss. Wir nehmen keine weiteren Kinder mehr auf.«

»War Ihr Mann damit einverstanden?«, fragte Romy.

»Ja, wir haben gesagt, dass es nun reicht. Wenn Lili erwachsen ist, sind wir alt. Wir wollten dann eventuell reisen.« Ihr Blick ging zum Boden.

»Wo ist Ihr Mann jetzt?«

»Ich weiß es nicht. Wir hatten einen furchtbaren Streit. Ich habe ihm …«

Mathias wartete geduldig.

»Ich habe ihm gesagt, dass ich ihn verdächtige, dann ist er abgehauen.«

Mathias biss die Zähne aufeinander und hätte am liebsten ›Scheiße‹ gebrüllt. Das war nicht gut. Denn wenn er wirklich der Täter war, wüsste er nun, dass er aufzufliegen drohte. Er erhob sich. »Können Sie versuchen ihn zu erreichen?«

»Natürlich.« Mit zitternden Händen kramte sie ihr Handy aus der Handtasche. Sie wählte. »Es ist aus. Ich versuche es bei Henry, vielleicht ist er mittlerweile zu Hause.« Sie wählte erneut. »Hallo Schatz, ist Dirk schon wieder zurück?«

Mathias betrachtete die Frau, und ihm geisterte deren Aussage im Kopf herum. Warum spielte eine Siebenjährige Morde nach? Sie musste es vom Täter haben.

Frau Ludolf legte auf. »Er ist noch nicht wieder aufgetaucht.«

»In Ordnung, Sie telefonieren Freunde und Bekannte ab, überlegen Sie, wo er sein könnte. Ich schicke Ihnen einen Kollegen, dem Sie bitte all Ihre Pflegekinder aufschreiben, wenn Sie sie wissen, bitte auch die Adressen. Sobald Sie etwas von Ihrem Mann hören, melden Sie sich unverzüglich bei uns.«

»Mache ich.«

Mathias eilte aus dem Zimmer. »Wir müssen ihn schnell finden«, sagte er zu Romy. »Das ist mit Abstand der merkwürdigste Hinweis, den ich in meiner ganzen Laufbahn je erlebt habe.«

25

24. DEZEMBER 2022

Anja schloss leise die Eingangstür hinter sich und lauschte. Die Spannung der letzten Tage hatte sich in ihr aufgestaut, fast schon glaubte sie, paranoid zu werden. Hatte sie Dirk wirklich richtig gekannt? Sie waren seit dreizehn Jahren verheiratet, hätte sie es nicht merken müssen, wenn in ihm ein Mörder steckte?

Im Haus war alles still. Auch Dirks Stiefel und Mantel fehlten noch. Er war nicht zurückgekommen.

Sie war hin- und hergerissen, weil sie Dirk als Verdächtigen bei der Polizei gemeldet hatte. Der Gedanke daran schmerzte sie zutiefst, doch die Ungereimtheiten, die sich um ihn rankten, ließen ihr keine Ruhe. Und sie hatte Angst. Was, wenn Lili und sie auch sterben sollten?

Seufzend lief sie ins Wohnzimmer.

Henry saß vor dem Kamin und starrte in die Flammen. In seinen Händen hielt er das Bild, das Anja aus Dirks Büro hatte.

Sie ließ sich neben ihm auf das Sofa sinken. »Alles okay, Schatz? Es tut mir so leid, dass ich dich ausgerechnet heute mit dem Thema belastet habe.«

Henry sagte nichts. Es hatte den Anschein, dass er geistig gar nicht anwesend war.

Einen Moment ließ sie ihn in Ruhe und beobachtete ebenfalls die lodernden Flammen im Kamin. Das Knistern des brennenden Holzes hatte eine besänftigende Wirkung. »Ich weiß, dass du mit deiner Vergangenheit abschließen wolltest. Es war nicht richtig, dass ich davon einfach angefangen habe.«

Wieder blieb Henry stumm, doch nach einigen Sekunden sprang er auf.

»Warum lasst ihr mich nicht alle in Ruhe?«, schrie er, kniff die Augen zusammen und presste sich die Hände auf die Ohren. Er sah furchtbar aus, so hatte Anja ihn noch nie erlebt. Es war schon fast bedrohlich.

»Schatz, schon gut, beruhige dich.« Anja stockte bei dem Ausbruch der Atem. Als er sie so wütend anstierte, waren da wieder diese Falten um seine Augen, so wie sie sie vorher bei Dirk gesehen hatte.

Henry lief im Wohnzimmer auf und ab, dann setzte er sich wieder neben Anja. »Warum hat Dirk nie gesagt, dass er meine Eltern gekannt hat?«

»Ich weiß es nicht, ich stelle mir die gleichen Fragen. Ich habe das Foto heute zum ersten Mal entdeckt.« Sie nahm es ihm ab. »Die Augen hast du von deiner Mutter.«

Er nickte und schluchzte. »Ich habe Angst, dass ich sie eines Tages ganz vergessen werde. Es ist schon so lange her, dass sie gestorben ist.«

»Du wirst sie niemals vergessen. Sie wird immer bei dir bleiben.« Anja betrachtete noch mal das Foto. »Dr. Schrader hat deine Eltern wohl auch gekannt.« Ihre Muskeln versteiften sich, es fühlte sich an, als ob ein unsichtbares Gewicht auf ihren Schultern lastete. Das Wohnzimmer verschwamm um sie herum. Der Tag, an dem Anja und Dirk beschlossen hatten, Henry bei sich aufzunehmen, drang in ihre Erinnerung. Bei dem Jungen hatte fast alles Dirk erledigt, weil Anja krank gewesen war. Sie hatte tagelang mit Übelkeit zu kämpfen gehabt. Dirk war es gewesen, der ihn im Heim gesehen hatte, als er dort eine Spende abgegeben und sofort gespürt hatte, dass dieser Junge einen Platz brauchte, wo er glücklich werden konnte.

Wenn sie heute darüber nachdachte, wusste sie gar nicht viel über Henry. Nur, dass seine Eltern tot waren, er eine schlimme Kindheit gehabt hatte, weil sein Vater Frauen getötet hatte, er aber so gut wie nichts mehr von alldem wusste. Da er nachts immer wieder aufgeschrien hatte, hatten sie ihn zu Dr. Schrader gebracht. Dieser hatte gesagt, dass er sogenannte Flashbacks hatte, Teile seiner Kindheit, die versuchten in seine Erinnerungen zurückzugelangen, die er aber nicht zu einem vollständigen Puzzle zusammenfügen konnte. Er war sechzehn Jahre gewesen, als er zu ihnen gekommen war, ein schüchterner, dünner Junge, der sich sehr schnell bei ihnen eingelebt hatte.

Und nun gab es irgendein Geheimnis, das Dirk vor ihr zu verstecken versuchte. Die Erkenntnis fegte wie ein eisiger Wind über sie hinweg.

»Ich muss herausfinden, was hier los ist«, sagte sie mehr zu sich selbst.

Henry rieb sich nachdenklich das Kinn. »Ich habe vor ein paar Monaten mit ihm gesprochen, weil ich mehr über meine Kindheit erfahren wollte. Aber ich hatte das Gefühl, dass er einigen Fragen ausgewichen ist.«

»Du glaubst, es gibt Dinge aus deiner Vergangenheit, die er verbergen möchte?«, fragte sie.

Henry nickte. »Es scheint so.« Er zeigte wieder auf das Foto. »Dr. Schrader und er sind hier mit meinen Eltern zusammen. Er hat uns nie von diesem Bild erzählt.

Ich habe so oft geweint, weil ich kein Foto von meiner Mutter hatte. Warum hat er es mir nicht gegeben? Warum hat er so ein Geheimnis daraus gemacht? Glaubst du, er hat es absichtlich vor uns versteckt?«

»Keine Ahnung, dann hat er es aber nicht gut genug getan. Es steckte im Regal, er hätte damit rechnen müssen, dass ich es mal finde, auch wenn er nicht gern gesehen hat, dass ich in das Büro gegangen bin.« Anja verstand nun auch allmählich, warum er das nicht wollte. »Vielleicht hat er es als Erinnerung behalten.«

»Glaubst du, er wusste dann nicht, dass die beiden meine Eltern sind, als er mich im Heim kennengelernt hat?«

Anja konnte sich das nicht vorstellen. »Man erkennt, dass sie deine Mutter ist. Ich habe das beim ersten Blick bemerkt. Sie ist auf dem Foto nicht älter als du jetzt und sieht aus wie du.« Sie schaute Henry an. »Kennst du denn Dirk, Dr. Schrader und diesen dritten Mann nicht doch von früher? Waren sie mal bei dir zu Hause?«

»Ich erinnere mich nicht, es fühlt sich irgendwie komisch an. Ich habe Dirk das erste Mal im Kinderheim gesehen. Und Dr. Schrader, als ich dort zur Therapie sollte. Allerdings sagt mir mein Unterbewusstsein, dass irgendwas komisch ist, seit du mir dieses Bild gezeigt hast. So als wäre da eine Erinnerung in mir eingeschlossen, die es nicht schafft, aus mir herauszukommen.«

Die Worte hallten in der Stille des Raumes wider, und Anja fühlte den Drang, nach weiteren Beweisen zu suchen, um Gewissheit zu erlangen. »Ich muss wissen, ob es da noch mehr gibt. Ich werde sein Zimmer noch einmal durchsuchen.«

Henry sah sie besorgt an. »Bist du sicher, dass das eine gute Idee ist?«

Anja nickte entschlossen. »Ich muss wissen, wer

mein Mann wirklich ist. Wenn es irgendetwas gibt, das uns Klarheit verschaffen kann, dann müssen wir es finden.«

Sie hatte das Weihnachtsfest völlig aus ihren Gedanken gestrichen. Sie ging in Dirks Büro, und es war ihr sogar egal, wenn er sie dabei erwischte. Sie hatte ein Recht darauf, zu erfahren, was in ihm vorging. Vor allem suchte sie immer noch eine Antwort, ob seine Lügen und die Morde miteinander zu tun hatten.

Sie öffnete die Schränke, riss Ordner heraus, blätterte jeden durch. Sie schaute in den Büchern, doch sie fand nichts, was ihr weiterhelfen konnte. Sie wollte schon aufgeben, als sie einen der dicken Wälzer aus dem Regal zog und dahinter eine Art Safe zum Vorschein kam. Er war passwortgeschützt.

Anja probierte jegliche Kombinationen aus und scheiterte. Ihr Geburtstag, sein Geburtstag, ihr Hochzeitstag. Schlussendlich öffnete er sich mit Henrys Geburtstag. Immer mehr drängte sich die Erkenntnis in ihren Kopf, wollte sich frei machen, doch Anja versuchte diese Wahrheit weiter zu verdrängen, denn sie wollte nicht glauben, dass es wahr war. Sie wusste, dass sie diese nicht verleugnen konnte, nur weil sie sie nicht aussprach. Aber trotzdem ließ sie sie nicht zu.

In dem Safe war nicht viel versteckt. Sie holte einen Umschlag heraus. Darin waren ein Dokument und eine DVD.

Sie las das Dokument, und ihr lief es eiskalt über den Rücken. Es war Henrys Geburtsurkunde. Und darauf stand mehr, als sie wusste.

Robin Henry Humboldt, geboren am 13. August 1998, Mutter Christine Humboldt, Vater unbekannt.

In Anja zog sich alles zusammen. *Vater unbekannt.* Hatte das schon immer dort gestanden? Sie war doch mit

dabei gewesen, als sie die ganzen Papiere für die Pfleg-
schaft unterschrieben hatten. Es war immer die Rede
davon gewesen, dass Henrys Vater ein Mörder sei. Wieso
war er unbekannt? Wieder sah sie die Falten um die
Augen, die Dirk und Henry hatten, wenn sie wütend
waren.

»Nein, das kann nicht sein.« Aber der Gedanke, dass
Dirk Henrys Vater war, ließ sie nun nicht mehr los.

Sie schaltete Dirks alten Laptop ein, in dem sie die
DVD abspielen konnte.

Mit angehaltenem Atem saß Anja vor dem Laptop,
ihr Finger zitterte leicht, als sie die Aufzeichnung star-
tete. Ihr Herz klopfte laut in ihrer Brust, weil ihr Bauchgefühl ihr bereits verriet, dass auf der DVD nichts Gutes
zu sehen sein würde. Das Geräusch des Laufwerks, das
sich in Bewegung setzte, hallte durch den Raum.

Der Bildschirm flackerte kurz, bevor das Video
begann.

Ihr Magen krampfte sich zusammen, und ein kalter
Schauer lief ihr über den Rücken. Was sie da ansah, über-
stieg ihre Vorstellungskraft. Sie hielt sich den Mund zu,
um nicht hysterisch zu schreien.

Die Geräusche, die aus den Lautsprechern kamen,
schienen wie ein Echo ihrer eigenen Ängste zu sein. Ein
dumpfes Schlagen, ein fernes Wimmern – jedes Geräusch
drang tief in ihr Bewusstsein und würde sie nie wieder
loslassen. Anja konnte den Blick nicht abwenden, sie
fühlte sich gefangen von dem, was sie sah. Tränen traten
in ihre Augen, als sie erkannte, wen sie wirklich gehei-
ratet hatte.

Als das Video schließlich endete, blieb Anja für einen
Moment regungslos vor dem Bildschirm sitzen. Die Stille
im Raum war erdrückend, und sie konnte das Pochen
ihres eigenen Pulses hören.

Unter Schock schloss sie den Laptop, rannte aus dem Raum, hinaus in den Garten und versuchte, die eisige Kälte des Dezemberabends in sich hineinzusaugen. Auch wenn es in ihrer Lunge brannte, sie brauchte das, um den seelischen Schmerz, den sie gerade ertrug, zu verdrängen.

26

19. DEZEMBER 2014

Ich saß still in der Ecke des Raumes und beobachtete die fröhlichen Gesichter, die sich alle in dem großen Speisesaal tummelten.

Das Kinderheim hatte dieses Jahr zu Ehren einer verstorbenen Sozialarbeiterin eine noch größere Weihnachtsfeier als sonst organisiert. Die Frau hatte viele Jahre mit den Betreuern der Einrichtung zusammengearbeitet, und die Kinder hatten sie gemocht. Zu der Weihnachtsfeier waren Sozialarbeiter, Jugendamtsmitarbeiter, ehemalige und aktive Pflegeeltern, Adoptionseltern und viele mehr geladen worden. Alle hatten sie ihre Familien mitgebracht.

Der Saal war voll, mit glitzernden Weihnachtsgirlanden geschmückt, und in der Ecke stand ein Weihnachtsbaum, der bis zur Decke reichte. Und obwohl die Stimmung gelöst und heiter war, konnte ich mich noch immer nicht mit dem Fest anfreunden. Ich sehnte mir so sehr herbei, endlich volljährig zu werden, dann würde ich in ein betreutes Wohnen gehen und konnte solchen Feierlichkeiten fernbleiben.

Für die kleinen Kinder freute ich mich jedoch. Sie

lachten und spielten, als wären sie für einen Moment frei von all den Sorgen und Problemen, die sie sonst mit sich herumtrugen. Sie sangen, tanzten, durften an diesem Tag so viel Süßigkeiten essen, wie sie wollten, und waren einfach glücklich.

Jedoch bohrte sich ein Stachel tief in mein Herz, als ich all die Familien sah. Mütter und Väter mit ihren Kindern. Die sich liebevoll umarmten, zusammen lachten und einfach den Tag genossen.

»Wann ist dieser blöde Scheiß eigentlich vorbei?«, fragte Connor, der mal wieder lautlos neben mir erschienen war. Ich erschrak schon nicht mehr, weil es zur Normalität geworden war.

Auch die Bitte, vorher anzuklopfen, ehe er in mein Zimmer kam, hatte ich mittlerweile aufgegeben.

»Lass ihnen doch den Spaß.«

»Wer fragt uns, ob wir den haben oder ob wir dieses ganze Weihnachtsgetue wollen? Schau sie dir alle an, viele sind glückliche Familien. Muss man das ausgerechnet uns unter die Nase reiben?«

»Wir sind bald erwachsen, dann können wir alles allein entscheiden.« Ich sah einen Mann, der an der Wand stand und sich mit einem anderen unterhielt. Beide schauten immer wieder in meine Richtung, was mir etwas Unbehagen bereitete.

»Warum starren die immer hierher?«, fragte Connor.

»Fällt es dir auch auf? Ich habe mich das auch gerade gefragt.« In dem Moment jagten schattenhafte Bilder durch meinen Verstand, auf denen ich überhaupt nichts erkennen konnte. Ich musste mich kurz an die Wand lehnen, weil ich das Gleichgewicht zu verlieren drohte.

»Alles okay, Kumpel?«

»Ja. Es war komisch.« Mein Blick verharrte auf den zwei Männern, die irgendetwas tuschelten. Auf eine unbestimmte Weise schien mir der schlanke, blondhaarige Mann merkwürdig vertraut, als würde er Erinnerungen in mir wecken, die tief in meinem Inneren schlummerten.

»Kennst du die?«

»Ich weiß es nicht. Es fühlt sich so an, aber die Gesichter erkenne ich nicht.«

»Denk nach. Vielleicht aus deiner Kindheit. Du musst dich mehr anstrengen.«

Mich machte das wütend, denn Connor wollte immer, dass ich mich daran erinnerte. Ich aber war ganz froh, dass ich nur noch wenig aus meiner Vergangenheit wusste. Und das war schon schlimm genug.

»Nerv mich nicht damit«, plärrte ich ihn an.

»Meine Güte, du wirst immer ein Waschlappen bleiben, wenn du den Scheiß, den dein Vater gemacht hat, nicht verarbeitest. Sieh mich an, ich weiß noch alles, und deswegen können mich diese fadenscheinigen glücklichen Gesichter auch nicht täuschen. Die Welt ist grausam. Ich könnte kotzen bei so viel Glück. Gerade an Weihnachten tun sie alle –«

»Mann!«, unterbrach ich Connors Wutausbruch. »Lass sie doch. Nur weil du noch nie glücklich warst, musst du es anderen nicht madig machen.«

Connor stellte sich ganz nah neben mich. »Sieh sie dir alle an. Sie kommen Woche für Woche hierher, um uns weiszumachen, dass sie für uns alles tun würden, damit wir noch ein schönes Leben haben. Und dabei zelebrieren sie zu Hause ihr eigenes Glück. Sie denken nicht mehr an uns, sobald sie die Eingangstür hinter sich gelassen haben. Nachher gehen sie nach Hause, packen ihre Geschenke aus, in einem Wert, den wir uns nie erträumen dürfen. Ist das fair?«

Ich verdrehte die Augen. »Sie können nichts dafür,

dass wir nicht so tolle Eltern hatten. Jetzt hör auf damit. Ich mag Weihnachten auch nicht, aber es ist nur drei Tage im Jahr. Und den Kleinen gönnen wir es doch einfach.«

Connor schaute mit einem genervten Blick an mir vorbei. »Ich gehe.«

Ich drehte mich um und sah, wie unser Betreuer Jannes auf mich zukam.

Connor konnte ihn nicht leiden, deshalb mied er möglichst den Kontakt. Mir sollte es recht sein, denn dann musste ich mir sein Genöle nicht weiter anhören.

»Ist alles in Ordnung?«, fragte mich Jannes.

»Klar, warum?«

»Ich dachte nur, dich gerade schreien gehört zu haben.« Er sah mich mit einem durchdringenden Blick an.

Ich wusste, dass sich Jannes immer zur Weihnachtszeit besonders viele Sorgen um mich machte. Schließlich war es die Zeit, in der ich jedes Jahr die schlimmsten Dinge durchgemacht hatte. »Ich hatte nur einen kurzen Krach mit Connor. Sorry, dass es zu laut war.«

Jannes nickte. »Es ist keine leichte Zeit für dich, das weiß ich. Aber setz dich doch ein wenig zu uns rüber. Trinke einen Kinderglühwein. Vielleicht kannst du doch eines Tages noch mal das Weihnachtsfest genießen.«

»Mir geht es wirklich gut. Mir macht es sogar Spaß, den Kindern zuzuschauen. Mach dir keine Sorgen.«

Jannes seufzte. »Okay, wenn du es dir anders überlegst, du weißt, wo ich bin.«

Zögerlich lief er an seinen Platz zurück.

Aus dem CD-Player ertönte *Do they know it's Christmas*. Es war das einzige Weihnachtslied, das ich einigermaßen erträglich fand.

Als mein Blick durch den Saal wanderte, bemerkte

ich, dass die beiden Männer, die mich zuvor beobachtet hatten, mit Selina redeten.

Selina mochte ich, auch wenn Connor immer behauptete, dass sie wie alle anderen war. Ich hatte aber das Gefühl, dass sie sich ehrlich für mich interessierte, wenn sie sich mit mir unterhielt.

Ich runzelte die Stirn, während ich sie bei dem Gespräch mit den beiden betrachtete. Der schlanke, blonde Mann machte mit den Armen wilde Gesten. Stritten sie etwa? Irgendetwas stimmte nicht, das spürte ich.

Ich lief in die Richtung und tat so, als holte ich mir etwas Essen vom Büfett. Eigentlich hatte ich gar keinen Hunger, aber ich erhoffte mir, etwas von der hitzigen Diskussion mithören zu können.

»Nicht heute!«, sagte Selina in strengem Ton gerade, als ich näherkam. Dann lief sie weg. Ihre Gangart wirkte fest, sie war definitiv sauer. Das konnte ich ihr ansehen.

Ich packte mir etwas von dem Kartoffelsalat und den Würstchen auf den Teller.

»Wenn Florian rausfindet, was wir hier tun, wird er uns in sämtliche Stücke reißen«, sagte der etwas kleinere Mann.

Der Blonde sah in meine Richtung, deshalb schaute ich schnell weg und lud noch ein wenig Ketchup auf.

»Ich möchte doch nur einem Kind ein Zuhause geben.«

Ich fühlte mich so unwohl, weil ich die Blicke der beiden Männer auf mir spürte. Warum beobachteten sie mich nur so genau? Schnell stellte ich den Teller ab und lief wieder in meine Ecke. Dort fühlte ich mich am wohlsten, und ich betete stumm, dass dieser Tag endlich vorübergehen würde.

Nach ein paar Minuten kam der schlanke Mann auf

mich zu. Seine Miene war ernst, fast nachdenklich. Er hatte meinen beladenen Teller in der Hand. »Hey, darf ich dich kurz ansprechen?«

Wieder strahlte er irgendetwas Vertrautes aus, doch ich konnte es partout nicht greifen.

Ich nickte vorsichtig.

»Ich bin Dirk, ich glaube, wir haben dir vorhin etwas Angst gemacht, weil wir dich ständig angesehen haben. Bitte lass es mich dir erklären.« Er hielt mir den Teller hin. »Während du isst, kann ich dir erzählen, warum.«

Ich nahm den Teller, obwohl ich noch weniger Hunger hatte als zuvor, aber ich konnte schlecht sagen, dass ich den nur geholt hatte, um die beiden zu belauschen. Also probierte ich eine Gabel von dem Kartoffelsalat und biss von dem Baguette ab.

Dirk setzte sich auf das Fensterbrett. »Wir haben dich nur beobachtet, weil ich in deinen Augen ablesen konnte, wie unwohl du dich bei diesem Fest hier fühlst. Du magst Weihnachten nicht so sonderlich, oder?«

Ich schüttelte den Kopf. »Mir ist es egal.«

»Ich muss es auch nicht jedes Jahr haben.« Dirk legte seinen Zeigefinger auf die Lippen. »Aber nicht meiner Frau verraten.« Er zwinkerte.

Wie sollte ich es auch? Ich kannte seine Frau gar nicht.

»Auf jeden Fall habe ich eine gewisse Traurigkeit in deinen Augen gesehen, und du erinnerst mich an jemanden. Wie lange bist du denn schon hier?«

»Bald sechs Jahre. Aber das ist nicht so schlimm. Ich bin hier gut aufgehoben.«

»Das ist eine lange Zeit. Ich kenne das Kinderheim gut, meine Frau und ich haben schon sechs Kinder von hier in Pflege genommen. Sie sind alle nett, aber wünschst du dir nicht manchmal ein Zimmer für dich zu haben? Ungestört duschen zu gehen oder andere Dinge?«

Ich zuckte mit den Schultern. »Schon, aber ich werde bald achtzehn, dann geh ich eh hier weg.«

»Ich würde es dir gern anbieten. Meine Frau und ich helfen gern. Wir können mit den Sozialarbeiterinnen einen Termin machen, dann lernst du meine Frau auch kennen und besuchst uns mal. Vielleicht kriegen wir es sogar hin, dass du jetzt über die Weihnachtsfeiertage zu uns kommen kannst. Und wenn du dich wohlfühlst, kannst du so lange bleiben, wie du möchtest.«

Die Worte hallten in meinen Ohren wider, und ich sah Dirk an, versuchte in seinen Augen irgendeinen Hinweis zu finden, ob er mich nur verarschte. So viele Jahre hatte ich mir gewünscht, dass jemand so etwas zu mir sagte. Als es nun so weit war, fühlte ich mich unsicher. »Aber ich bin schon sechzehn.«

»Na und? Verdienst du deshalb nicht ein schöneres Zuhause?«

Ich biss mir auf die Lippen, meine Gedanken wirbelten durcheinander. »Doch, ich habe nur immer gesehen, dass die Leute lieber die kleineren Kinder mitnehmen.«

»Ja, ich weiß. Anja und ich geben aber auch älteren die Möglichkeit. Ich finde es schade, dass sie oft übersehen werden.

Ich schaute mich im Speisesaal um, weil ich vor lauter Nervosität gar nicht klar denken konnte und auch nicht wusste, was ich tun sollte.

Malik saß auf einem Stuhl auf der anderen Seite des Saals und beobachtete mich.

»Du kannst es dir überlegen. Ich rede mit deinem Betreuer und Selina Masberger. Wenn du dich entschieden hast, sagst du einfach Bescheid, und wir werden kontaktiert. Einverstanden?«

Mein Kopf bewegte sich fast automatisch auf und ab. »Vielen Dank.«

Ich war sprachlos. Meine Emotionen feierten eine Party, die Höhen und Tiefen hatte. Ich wusste gar nicht, was ich fühlen sollte. Sollte ich glücklich sein? Oder war das eine Falle? Hatte er mich nur aus Mitleid gefragt, weil ich wie ein Häufchen Elend in der Ecke stand und Trübsal blies? Ich war durcheinander, und dabei hatte ich nicht bemerkt, dass ich plötzlich meinen Teller leer gegessen hatte. Das erste Mal seit vielen Jahren hatte mir ein Weihnachtsessen geschmeckt.

27

24. DEZEMBER 2022

»SAG MIR BITTE, dass du irgendetwas hast.« Mathias schaute Norman flehend an. »Wo finden wir diesen Mann?«

»Darauf habe ich keine Antwort. Aber ich habe einiges über ihn in Erfahrung bringen können. Dirk Ludolf und seine Frau sind seit dreizehn Jahren verheiratet. Sie konnte keine eigenen Kinder bekommen, deshalb haben sie im Laufe der Zeit insgesamt acht Kinder zur Pflege genommen. Die Leiterin des Kinderheims in Arenberg hat mir bestätigt, dass alle acht Kinder aus ihrer Einrichtung kamen und das Paar sich seit Jahren nur an sie gewandt hat. Ich habe sie auch direkt gefragt, ob Herr Ludolf Berührungspunkte mit Frau Masberger und Frau Reuter hatte. Auch das wurde bestätigt. Das Heim hatte häufiger Feste, an denen Sozialarbeiter, Jugendamtsmitarbeiter, Pflege- und Adoptionseltern und viele andere geladen waren. Da das Ehepaar einigen Kindern ein Zuhause geboten hat, waren die beiden natürlich auch bekannt.«

»Und wie wird Dirk Ludolf dort gesehen? Gab es mal irgendwelche Streitigkeiten?«, fragte Mathias.

»Nichts.« Norman schüttelte den Kopf und ließ ein seufzendes Ausatmen folgen. Dieses Seufzen trug die Note des Bedauerns. »Er war immer nett, ein gern gesehener Gast. Auch die Pflegekinder haben sich nie beschwert, sie werden regelmäßig befragt.«

»Hast du nachgeforscht, welche Sozialarbeiter dort noch ständig sind? Möglicherweise scheint es unser Täter auf genau diese Berufsgruppe abgesehen zu haben.«

»Ja, die Heimleitung hat mir versprochen, bis morgen früh eine Liste fertig zu machen.«

»Perfekt. Dann unterhalten wir uns mit den Mitarbeitern. Wenn Frau Ludolf glaubt, dass ihr Mann der Mörder ist, muss es einen Grund geben. Es reicht nicht, dass er seit ein paar Tagen merkwürdig ist und offensichtlich etwas verbergen möchte. Damit wird uns die Staatsanwaltschaft kein Go für eine Verhaftung oder Fahndung geben. Er könnte ja einfach nur fremdgehen, dann benehmen sich die Partner auch merkwürdig.«

»Das stimmt schon, aber dieses Puppenspielen von der kleinen Tochter ist doch ziemlich auffällig, oder? Ich stimme der Mutter zu, dass sie es irgendwie aufgeschnappt haben könnte. Und wenn der Mann so komisch reagiert, liegt es nahe, dass sie es von ihm haben könnte.«

»Deshalb will ich ihn unbedingt sprechen. Denn ich habe das Gefühl, dass die Ehefrau uns noch nicht alles erzählt hat. Sie hat gezögert, als ich sie gefragt habe, ob sie noch mehr Informationen hätte, und dann schließlich mit Nein geantwortet.« Mathias sah auf die Uhr. »Wenn wir heute nichts mehr von der Frau hören, statten wir der Familie morgen früh einen Besuch ab.«

»Darf ich denn dann mal mit rausfahren? Mir fällt hier die Decke auf den Kopf.« Norman faltete die Hände und zog eine theatralische Grimasse.

»Nein, du darfst noch nicht. Und wo wir dabei sind, mach Feierabend. Ich sehe dich morgen früh.«

Norman legte die Notizen auf Mathias' Schreibtisch ab. »Wirst du heute auch nach Hause gehen?«

»Ich habe es vor, ich will mit den Kindern zum Grab. Wir sind mit Sara verabredet.« Der Satz bereitete ihm eine Gänsehaut. Niemals mehr würde er seine Frau an Weihnachten in den Arm nehmen können, doch irgendwie fühlte sich der Gedanke, mit ihr zusammen zu feiern, gut an.

»Ich vermisse Sara. Ich erinnere mich an die Weihnachtsfeste, die sie oft hier ins Präsidium verlegt hat, als ihr noch keine Kinder hattet. Sie hat uns ihre Weihnachtsstimmung gebracht, während wir in den muffigen Büros gewartet haben, dass uns die Bösewichte auf die Straße rufen.«

Mathias lächelte. »Ja, Sara hat es verstanden, Menschen in ihren Bann zu ziehen. Sie konnte den größten Weihnachtsmuffel bezirzen.«

»Und sie hatte eine so wahnsinnig warme Stimme, wenn sie Weihnachtssongs gesungen hat. Ganz ehrlich? Es waren immer die schönsten Weihnachten, die ich hatte.«

Mathias warf einen unauffälligen Blick an die Decke und schlug mit den Wimpern. Damit versuchte er, die aufgestaute Welle der Trauer im Zaum zu halten. Eine Flut schmerzender Gefühle drohte ihn zu überwältigen. »Ich habe echt Angst vor diesen Weihnachten. Ich will für die Kinder stark sein, aber ich weiß nicht, ob ich das schaffe.«

»Das ist absolut verständlich. Ihr wart eine Einheit, es ist so unfair, dass das Schicksal euch auseinandergerissen hat. Aber weißt du, ich hab zwar nicht viel Ahnung davon, bin mir jedoch sicher, dass deine Kinder ruhig sehen dürfen, wenn du trauerst. Es ist nicht gut, seine Gefühle zu verbergen. Auch nicht vor Kindern. Sie spüren es sowieso und lernen dadurch nur, dass sie sie auch herunterschlucken müssen.«

Mathias' Kinn zitterte.

»Na los, lass die Tränen raus, sonst schwillt dir der Kloß im Hals so stark an, dass ich dich gleich beatmen muss.«

»Du oller Klugscheißer«, erwiderte Mathias. Er lachte, ließ aber zeitgleich seine Tränen laufen.

Norman kam auf ihn zu und umarmte ihn.

Und auch wenn ihm die Situation unangenehm war, hatte Mathias diese Umarmung gerade gebraucht.

Einen Augenblick verharrten die beiden schweigend.

Mathias' Herz beruhigte sich. »Danke. Du hast recht. Es ist okay, zu weinen.« Er wischte sich die Augen trocken. »Es tut sogar richtig gut.«

»Siehst du. Frag den alten Norman.«

»Ja, Opa, jetzt ab nach Hause mit dir. Ich rufe noch einmal bei Frau Ludolf an, und wenn der Mann noch nicht zu sprechen ist, fahre ich auch. Sara hat bestimmt schon Hunger.« Er zwinkerte Norman zu.

Der sah ihn noch einen Augenblick mit einem sanften Lächeln an, ehe er sich umdrehte und das Zimmer verließ.

Mathias griff nach dem Telefon und wählte die Nummer der Ehefrau. Sie nahm nach dem ersten Freizeichen ab.

»Dirk?«

»Nein, hier ist Kommissar Kron von der Kripo. Entschuldigen Sie, dass ich noch einmal störe. Aber anhand Ihrer Begrüßung kann ich annehmen, dass Ihr Mann noch nicht nach Hause gekommen ist?«

Am anderen Ende der Leitung war ein leises Raunen

zu hören. »Nein, und ich kann ihn auch nirgendwo erreichen.«

»In Ordnung, dann warten wir noch bis morgen früh. Sie melden sich, wenn Sie etwas hören?«

»Mache ich.«

»Ich wünsche Ihnen trotz der Umstände noch einen schönen Heiligen Abend.«

»Ich danke Ihnen, Kommissar Kron. Auch dafür, dass Sie mich mit meiner etwas merkwürdigen Geschichte ernst genommen haben. Für Sie einen ruhigen Dienst.« Sie legte auf. Mathias hatte in ihrer Stimme ein Zittern bemerkt, sie schien sehr verzweifelt.

Es klopfte an die Tür.

»Herein.«

Romy kam mit zwei Bechern Kaffee. »Ich dachte, du könntest einen vertragen?«

»Nein danke, Romy. Wenn du nichts Brauchbares hast, würde ich jetzt gern fahren. Es ist allmählich dunkel, die Kinder warten bestimmt schon sehnsüchtig.«

»Auch wenn ich viel lieber einen Hinweis hätte, aber ich kann mit nichts Neuem dienen. Fahr du schon. Ich spreche mit dem Nachtdienst und gebe den Streifenwagen Bescheid, dass sie heute Nacht besonders in Güls die Augen offenhalten sollen.«

»Danke, kommst du dann nach?«

»Mache ich.« Sie lächelte gezwungen.

Mathias wusste, dass es auch Romy sehr schwerfiel. »Dann halte ich deinen Glühwein warm.«

Als Mathias die Tür aufschloss, wurde er mit einem lautstarken Jubel empfangen. Julian sprang aufgeregt umher, und Mia drehte sich im Kreis.

»Da bist du endlich«, rief seine Tochter und sprang in

seine Arme. »Wir haben gaaaaanz viel zu essen eingepackt. Und Opa hat zwei große Lichter, damit wir nicht
im Dunkeln sitzen müssen.«

»Ich freu mich so«, sagte Julian und umklammerte
Mathias' Bein.

Mathias sah zu seinen Schwiegereltern. Gisela hatte
Tränen in den Augen.

Er ging zu ihr und drückte sie. »Mir geht es genauso.
Es ist wirklich nicht leicht, gerade heute.«

»Sie hat Weihnachten so sehr geliebt«, sagte Saras
Mutter.

»Und deshalb bereiten wir ihr einen tollen Heiligen
Abend.« Mathias klatschte in die Hände. »Dann räumen
wir alles ins Auto.«

»Schon alles erledigt.« Mia kicherte. »Opa hat schon
das Auto gepackt. Wir können direkt los.«

Mathias' Schwiegervater hob die Hände. »Sie haben
keine Ruhe gelassen. Eigentlich sollte ich schon unterwegs sein und dich abholen.«

Alle lachten.

Dann liefen sie zum Auto.

Die Kinder waren die ganze Fahrt aufgeregt, ihre
kleinen Gesichter strahlten voller Vorfreude auf das Picknick. Sie sangen zusammen, und Mathias schloss für
einen Moment die Augen.

Er stellte sich vor, wie Sara diese Glückseligkeit ihrer
beiden Kinder in sich aufnahm und mit glühenden
Wangen dabei zuschauen würde. Für sie war es immer
wichtig gewesen, dass die beiden glücklich waren.

Die eisige Winterluft biss sanft in Mathias' Wangen,
als er aus dem Auto stieg und den kurzen Weg zum Grab
antrat. Der Schnee unter seinen Schuhen knirschte leise
bei jedem Schritt, und er spürte, wie die Kälte seine
Sinne schärfte.

Der Friedhof war ruhig, und die Luft roch frisch und würzig.

Mathias atmete tief ein, genoss den Moment, in dem seine Kinder ganz still geworden waren.

Als sie schließlich am Grab angekommen waren, blieb er einen Moment stehen und sah auf das Foto auf dem Grabstein. Ein Lächeln huschte über seine Lippen, weil er sich Sara vorstellte, die wahrscheinlich nun kopfschüttelnd vor ihm stand und über die abstruse Idee lachte, im Dunkeln, an Heiligabend, bei Minusgraden, auf dem Friedhof ein Picknick zu veranstalten.

Die Kälte fühlte sich fast tröstlich an, denn sie überschattete den Kummer und die Sehnsucht. Er rieb sich die Hände. »Ich hoffe, ihr habt euch warm eingepackt.«

»Ja, natürlich, und wir haben noch ganz viele Decken dabei«, antwortete Mia und gab dem Foto ihrer Mutter einen Kuss. Sie tat es immer, wenn sie auf dem Friedhof waren.

Mathias' Schwiegervater stellte die beiden Lichter auf das Grab.

Und Mia hängte eine Lichterkette über den Grabstein. »Mama, du findest die Lichter immer am schönsten. Deshalb habe ich dir die mitgebracht.«

Sie breiteten eine Decke vor dem Grab aus, und die Kinder halfen, die Körbe mit Essen und Getränken auszupacken.

»Wir haben dir Frikadellen gemacht, Mama«, sagte Julian und legte Sara zwei davon auf das Grab.

Sofort füllte sich Mathias' Herz mit Schwere. Er war fasziniert davon, wie seine Kinder mit dem Tod ihrer Mutter umgingen, und er wünschte sich, er könnte es mit derselben Leichtigkeit.

»Schaut mal, Kinder.« Er sah zum Firmament hinauf. »Eure Mama liebte die Sterne am Himmel. Heute sind sie so klar und deutlich, bestimmt schaut sie von dort oben auf uns herab.«

Aus Giselas Richtung ertönte ein leises Schluchzen. Mathias legte den Arm um sie.

»Ich habe sie so sehr geliebt.« Und schon wieder brannte der Kloß in seinem Hals.

Er dachte an Normans Worte.

»Und sie hat dich sehr geliebt. Sie würde dir für das hier einen Vogel zeigen, aber genau das hat sie so sehr an dir geschätzt.« Gisela sah zu ihren Enkelkindern. »Wisst ihr, als eure Mama euren Papa kennengelernt hat, da kam sie mitten in der Nacht zu mir nach Hause. Sie war so aufgeregt, weil sie glaubte, einen Prinzen getroffen zu haben.«

Mia kicherte. »Papa ist doch gar kein Prinz.«

»Für eure Mama war er das. Sie war ganz verliebt und hatte sich von mir Rezepte geholt, damit sie ihm zu Weihnachten leckere Plätzchen backen konnte.«

Mathias erinnerte sich daran. Es war komplett schiefgegangen, die Kekse waren alle knüppelhart und schwarz geworden. Er lächelte, weil das Bild, wie sie dagestanden und sich über sich geärgert hatte, so präsent war, als wäre es erst gestern gewesen.

Plötzlich erklang ein leises Summen hinter ihm. Gänsehaut zog sich über seinen ganzen Körper, als er die Melodie von Saras Lieblingslied hörte. Er drehte seinen Kopf und sah einige seiner Kollegen, die sich hinter ihnen aufgestellt hatten. Ihre Gesichter strahlten eine Mischung aus Verbundenheit und Trauer aus.

Mia sprang auf und umarmte Romy, die Tränen in den Augen hatte.

Gemeinsam sangen sie, und Mathias konnte seine Tränen nicht mehr aufhalten. Es war so wie bei den Festen auf dem Präsidium, als alle lieber bei ihren Familien gesessen hätten, aber nicht gekonnt hatten und dann Sara gekommen war, um allen ein schönes Weihnachten zu bescheren. Nun gaben sie es ihr an diesem friedlichen Ort zurück. Und es war so, als ob Sara durch die Lieder und die Erinnerungen lebendig wurde.

Seine Tränen waren nicht nur welche der Trauer – es waren auch Tränen der Dankbarkeit, der Liebe und der Erkenntnis, dass Sara immer noch in ihren Herzen lebte.

Mathias legte seine Hand fest um die seines Sohnes. Seine Schwiegermutter schmiegte sich an ihn. Gemeinsam mit seiner Familie und seinen Kollegen sangen sie das Lied bis zum Ende, und in diesem Augenblick fühlte er sich von der Liebe umgeben, die Sara ihnen hinterlassen hatte.

28

24. DEZEMBER 2022

DIE KERZEN auf dem Tisch warfen flackernde Schatten an die Wände. Draußen heulte ein leichter Wind, und Schneeflocken rieselten sanft gegen die Fenster. Es hätte ein schönes Weihnachtsfest für Lili werden sollen, voller Liebe und Geborgenheit. Dinge, die sie in ihrem kurzen Leben viel zu selten erfahren durfte. Doch stattdessen hatte Anja an diesem Heiligen Abend etwas herausgefunden, das sie nie mehr loswerden würde.

»Anja, was hast du denn gefunden?«, fragte Henry. »Du siehst aus, als hättest du ein Gespenst gesehen.«

Mit aller Kraft versuchte sie nicht zu schreien. Trotz des Sturms, der in ihr tobte, kämpfte sie darum, ihre Tränen zurückzuhalten, weil sie Henry auf keinen Fall sagen durfte, was sie gerade auf diesem Video entdeckt hatte. Sie biss sich auf die Unterlippe, damit der Schmerz, den sie fühlte, dort gebündelt werden und ihr nicht mehr den Magen aus dem Leibe reißen konnte.

»Nun sag doch bitte was?«

Sie legte ihre Hand auf Henrys Schulter. »Alles gut, ich bin nur noch immer so durcheinander. Ich würde gern wissen, was mit Dirk los ist.«

»Das verstehe ich. Ich habe mir vorhin noch einmal das Foto genau angesehen. Der vierte Mann, der neben Dirk und Dr. Schrader steht, der ist mir wieder eingefallen.«

Anja setzte sich gerade hin. »Wo hast du ihn gesehen?«

»Ich glaube, es war der Mann, der damals bei dieser Weihnachtsfeier im Kinderheim mit Dirk da war. Damals, als mich Dirk gefragt hat, ob ich bei euch wohnen möchte.«

Anja erinnerte sich, dass sie 2014 nicht an der Weihnachtsfeier hatte teilnehmen können, weil sie schlimmen Durchfall gehabt und sich kaum auf den Beinen hatte halten können. Dirk war anschließend nach Hause gekommen und hatte von einem netten Jungen erzählt. »Kannst du dich noch an was anderes erinnern?«

Henry schluckte. Er hatte viele Gedächtnislücken, und Dr. Schrader hatte immer gesagt, dass man ihn nicht zwingen solle, sich zu erinnern, weil es die Sache nur verschlimmern würde.

Deshalb hatte sie nie nach seiner Kindheit gefragt. In diesem Moment jedoch musste sie graben, denn Henry war der Einzige, der etwas Licht ins Dunkel bringen konnte.

»Ich weiß, du erinnerst dich nicht gern, aber vielleicht bringt das uns Antworten.«

Henry massierte sich die Schläfen. »Ich versuch es ja.« Er wiegte seinen Oberkörper vor und zurück. »Sie waren zu zweit und haben sich mit Selina gestritten. Vor allem Dirk.«

»Moment, welche Selina?«

»Diese Sozialarbeiterin, die immer so gestrahlt hat und unbedingt so groß Weihnachten feiern wollte.

Connor konnte das gar nicht ausstehen. Er hat es immer gehasst, wenn jemand so glücklich war an Weihnachten.«

Anja runzelte die Stirn. »Wer ist jetzt Connor?«

»Mein bester Freund.«

»Ah, okay.« Anja wollte nicht, dass Henry wieder abdriftete. »Du sagtest, Dirk hatte Streit mit Selina. Weißt du, worum es da ging?« Selina Masberger hatte oft mit ihnen zu tun gehabt, wenn es um die Aufnahme eines Kindes gegangen war. Anja konnte noch immer nicht fassen, dass sie eines der Mordopfer war.

»Nein, ich weiß es nicht. Ich habe nur gesehen, dass sie wild diskutiert haben, und dann wollte ich lauschen. Doch sie ist ziemlich wütend weggegangen.«

Sollte ein jahrelang zurückliegender Streit zu den Morden geführt haben? Einer, der Weihnachten 2014 stattgefunden hatte? Das konnte sich Anja nicht vorstellen. »Und was fällt dir noch ein.«

»Es gibt nicht viel. Ich hatte bemerkt, dass Dirk und dieser Mann mich ständig beobachteten. Ich hatte damals das Gefühl, dass sie mir irgendwie vertraut vorkamen, dabei habe ich sie nicht gekannt. Erst war es unheimlich, aber dann kam Dirk zu mir und hat mir angeboten hier bei euch zu leben. Kennst du den Mann auf dem Foto nicht?«

»Nein, ich habe ihn noch nie mit Dirk zusammen gesehen.« Anja seufzte. »Ich habe wirklich geglaubt, Dirk zu kennen, aber wenn ich jetzt so recht darüber nachdenke, hat er nie viel über seine Vergangenheit gesprochen.« Wieder kam ihr der Name Humboldt in den Sinn. »Darf ich dich noch weiter fragen, oder ist es dir zu anstrengend?«

»Versuchen wir es.«

»Dein Vater hieß ja Konrad Humboldt. Kennst du

einen Herrn, der ebenfalls Humboldt hieß und dessen Vorname mit M begann?«

»Oh, wie ich diesen Namen hasse, ich würde so gern anders heißen. Aber wenigstens konnte ich meinen Rufnamen von Robin auf Henry wechseln. Ich erstarre heute noch, wenn jemand Robin sagt. So wurde ich immer gerufen.«

»Schatz, bitte konzentriere dich. Kennst du einen Humboldt mit M als Vornamen?«

»Nein, tut mir leid. Ich habe niemals jemanden von meiner Familie kennengelernt. Ich weiß, dass ich wohl noch einen Onkel habe, der mich aber nicht gewollt hat. Ich weiß nur nicht, wie er hieß. Wie kommst du auf den Namen?«

»Er ist in einer E-Mail aufgetaucht. Aber ich weiß nicht, was die bedeutet.« Anja versuchte krampfhaft, die Wahrheit zu begreifen. In ihr tobte eine Mischung aus Erschütterung, Entsetzen und Unverständnis. Sie dachte an das Video und glaubte, dass dort die Antwort lag. »Kannst du dich wirklich an nichts mehr aus deiner Kindheit erinnern?«

Henry fummelte am Saum seines Pullovers. »Nein, ich weiß nur das, was man mir erzählt hat. Mein Papa war ein Mörder, und ich habe ihn umgebracht. Und dass ich immer große Angst vor ihm hatte.«

»Das war doch nur ein Unfall, Schatz. Du hast dich nur gewehrt.«

Über Henrys Wangen kullerten dicke Tränen, die er mit der Zunge auffing. Sein Blick verlor sich in der Ferne. Sein Gesicht war angespannt, als würde er gegen unsichtbare Fesseln ankämpfen. Plötzlich erstarrte er, sein Blick wurde leer, als würde er in eine andere Welt gezogen werden.

»Henry, ist alles in Ordnung?«

Seine Gesichtszüge hatten sich verändert, und er reagierte nicht auf sie. Ein Ausdruck von Entsetzen, Schmerz oder Panik spiegelte sich in seinen Augen wider, und seine Körperhaltung war ganz angespannt. Sein ganzer Leib zitterte.

»Schatz, was ist los?«

Seine Brust hob und senkte sich in einem schnellen Rhythmus, sodass Anja Sorge bekam, er könnte hyperventilieren.

Sie rüttelte an ihm, doch Henry war wie in einer anderen Welt gefangen.

Panik überfiel sie. Was sollte sie tun? Dr. Schrader anrufen? Aber irgendwas hielt sie davon ab, denn offenbar log auch er. Irgendetwas lief zwischen ihm und Dirk. Dann kamen ihr Lilis Puppenspiele in den Sinn. Ihre Tochter hatte immer in unterschiedlichen Stimmen gesprochen. Er sagte, es könnte ein Telefonat gewesen sein. Sie riss die Augen auf. War Dr. Schrader selbst gemeint? Hatte sie ihre Kinder etwa zu einem Mörder gebracht?

Ihre Brust wurde immer enger, und sie hielt die Ungewissheit kaum noch aus. Das konnte doch nur ein Albtraum sein.

Plötzlich stöhnte Henry schmerzerfüllt auf. Er presste seine Hand auf seine Brust. Schweißperlen standen auf seiner Stirn, und seine Augen waren weit aufgerissen.

»Schon gut, ich bin da. Möchtest du Wasser trinken?« Anja reichte ihm ein Glas, doch er schüttelte den Kopf. »Was ist los?«

Henry weinte bitterlich. »In mir ist nur Dunkelheit. Es gibt da Dinge, die ganz tief in mir schlummern. Aber ich kann sie nicht sehen. Es ist so, als ob Dämonen in mir sind, die die Erinnerungen mit ihren Klauen festhalten, damit sie sich nicht befreien können.«

»Vielleicht sollten wir noch einmal einen anderen Psychologen aufsuchen. Vielleicht war Dr. Schrader einfach nicht der Richtige für dich.«

Henry erhob sich abrupt. »Nicht nötig. Ich bin sehr müde. Ich denke, ich gehe nach Hause. Ich kann morgen wiederkommen, und dann holen wir für Lili die Bescherung nach.«

»Bleib doch über Nacht hier, dann musst du jetzt nicht mehr los.«

»Ich wäre jetzt lieber allein.«

Anja holte tief Luft. Sie hatte ihn mit ihrer Fragerei vertrieben. »Okay, wie du willst. Ruf mich jederzeit an, wenn etwas ist.«

»Ja, und du meldest dich, wenn du mehr wegen Dirk weißt.« Henry umarmte Anja und verließ das Haus.

Sie lehnte sich an die Tür und schloss die Augen. *Ich doofe Kuh.*

»Lass mich jetzt einfach in Ruhe«, plärrte Henry draußen.

Anja sah aus dem schmalen Fenster neben der Tür.

Sie konnte nicht viel erkennen, aber er schien mit jemandem zu telefonieren. Dann ging er weg. Was sollte das nun bedeuten? Mit wem hatte er da gesprochen? Gab es noch mehr Geheimnisse?

Sie setzte sich an den Küchentisch. Die ganzen Vorkommnisse in den letzten Stunden hinterließen allmählich ihre Spuren und lasteten schwer auf ihren Schultern. Ihre Hände umklammerten eine Tasse kalten Tee, die seit dem Morgen dort gestanden hatte. Ein tiefer Seufzer entwich ihren Lippen, und sie versuchte, die Gedanken zu ordnen, die wild in ihrem Kopf wirbelten.

Die unerklärlichen Verbindungen zwischen Lilis Puppenspiel und den realen Morden hatten sie in eine düstere Spirale aus Sorgen und Ängsten gezogen, doch was sie nun noch alles aufgedeckt hatte, war kaum mehr zu ertragen. Sollte sie direkt Kommissar Kron anrufen und von dem Video erzählen? Oder sollte sie Dirk erst zur Rede stellen? War das nicht dumm? Wenn er wirklich in der Lage war, Menschen zu töten, könnte er auch sie beseitigen. Sie wusste jetzt von den Geheimnissen, die Dirk, Dr. Schrader und dieser andere Mann mit sich trugen. Außerdem konnte sie sich noch immer keinen Reim darauf machen, was die Morde mit der Vergangenheit zu tun hatten.

Anja spürte die Erschöpfung in ihren Knochen, so konnte sie nicht klar denken. Deshalb wollte sie nur einen kurzen Moment die Augen schließen und für wenige Minuten den ganzen Albtraum vergessen. Dann würde sie die Polizei über dieses Video informieren.

Sofie sah aus dem Fenster in die Dunkelheit, die über dem Haus lag. Das leichte Flackern der Lichter am Weihnachtsbaum durchbrach die Stille, die sie nach dem ereignisreichen Tag ersehnt hatte. Sie beobachtete den Schnee, der sanft auf die Straßen rieselte und im Schein der Straßenlaterne tanzte. Eine Szene, die sie beruhigte.

Es war ein wunderschöner Heiligabend gewesen. Ihre und Piets Eltern hatten sie besucht und Christoph mit Geschenken überschüttet. Ihr Sohn war schon fast überfordert gewesen. Aber sie konnte noch so oft sagen, dass sie ihn nicht so verwöhnen sollen, sie taten es trotzdem. Es war für beide das einzige Enkelkind.

Sosehr Sofie das Weihnachtsfest liebte und auch ihre Familie, der Tag hatte sie erschöpft. Vor allem nachdem sie erfahren hatte, dass zwei ihrer lieben Kolleginnen tot waren. Den ganzen Abend konnte sie sich nicht von diesem Gedanken befreien, warum ausgerechnet diese beiden samt ihrer Familien sterben mussten. Sie konnte auch nicht an einen unglücklichen Zufall glauben, ausgerechnet zwei Freundinnen und Kolleginnen?

Ein leises Stöhnen hinter ihr riss sie aus der Stille.

Christoph saß auf dem Sofa und hielt seine Hände um den Bauch. Er wimmerte vor sich hin.

»Was ist los, Schatz?«, fragte Sofie und strich ihm über die Stirn.

»Ich habe Bauchweh«, flüsterte er mit leidender Stimme.

»Das ist aber nicht schön. Wahrscheinlich ist der Magen überfordert, weil du so viel Lebkuchen gegessen hast.

Auch Piet stand plötzlich in der Wohnzimmertür. »Alles in Ordnung? Warum seid ihr denn wach?«

»Christoph hat Bauchschmerzen.«

»Vielleicht hilft es, wenn du etwas trinkst.« Piet holte ein Glas Wasser.

Sofies Sohn nahm es mit zittrigen Händen und nippte vorsichtig daran.

Piet strich ihm über den Rücken. »Wir sind alle ziemlich überfressen.«

Christoph seufzte leise. »Aber es war so lecker.«

»Das war es wirklich«, stimmte Piet zu.

Sofie setzte sich neben ihn auf das Sofa und nahm seine Hand. »Keine Sorge, das geht gleich wieder vorbei. Vielleicht legst du dich ein bisschen hin, dann fühlt sich dein Bauch bestimmt besser.«

Christoph nickte und ließ sich auf das Sofa sinken. Die Decke, die über der Lehne lag, zog er über sich, als würde er sich in einen warmen Kokon hüllen.

»Ich hole dir ein Wärmekissen, und dann lese ich dir eine Geschichte vor. Vielleicht kannst du dann einschlafen.« Sofie ging in das kleine Haushaltsräumchen und suchte nach dem Kissen.

Plötzlich erlosch das Licht, und Sofie rammte sich den Kopf gegen das Regal, weil sie sich so erschrocken hatte. Ihre Finger klammerten sich an das Regal, damit sie sich in der Dunkelheit orientieren konnte. »Piet, was ist denn los?«

Sie lauschte in die Dunkelheit, vernahm aber nur ein seltsames Stöhnen, gedämpft und verzerrt.

Ihr Herz schlug schneller, und eine eisige Kälte huschte über ihren Körper. »Piet? Hörst du mich?«

Der laute und durchdringende Schrei ihres Sohnes versetzte sie in einen Schock. Ihr Puls hämmerte wild in ihren Ohren. »Piet? Verdammt, nun sag was. Ich brauche eine Taschenlampe.«

Doch Piet reagierte weiterhin nicht.

Mit den Händen tastete sie sich an dem Regal bis zur Tür. Sie konnte kaum etwas erkennen, wodurch ihr schon ganz schwummerig wurde.

Wieder schrie Christoph laut um Hilfe.

»Ich komme, Schatz. Ich kann nur nicht viel sehen.« Voller Verzweiflung bewegte sich Sofie tastend durch die Dunkelheit und atmete erleichtert aus, als sie in den Flur gelangte. Durch den ganz schwachen Schein der Straßenlaterne draußen konnte sie wenigsten leichte Schatten der Möbel erahnen.

Doch sie kam nur langsam voran. Die Minuten schienen sich zu dehnen.

Die Schreie ihres Sohnes wurden immer lauter, von Piet hörte sie gar nichts mehr.

»Das läuft völlig aus dem Ruder.«

Sofie erstarrte. Wer hatte das gesagt? Es war weder die Stimme ihres Mannes noch die ihres Sohnes.

»Sieh zu, dass du diese Nervensäge ruhigstellst«, sagte eine andere Stimme böse.

»Er hat mich gebissen. Das tut weh, verdammt.«

Sofie wagte sich nicht zu atmen. Ihr war sofort klar, dass es die Mörder sein mussten, die auch bei Selina und

Manuela eingestiegen waren. *Wo ist mein Handy, verdammt?*

»Töte ihn endlich!«, brüllte eine der Stimmen, und es schallte durch den Flur. »Wir müssen Sofie finden.«

Die Angst pulsierte in ihrem Inneren, und ihr Herz schlug so laut, dass sie fürchtete, entdeckt zu werden. Sie musste irgendwie in ihr Schlafzimmer kommen, um den Notruf zu wählen. Und ihr blieb nicht mehr viel Zeit dafür.

Auf Zehenspitzen bewegte sie sich in der Dunkelheit an der Wand entlang zur Treppe. Ihre Gliedmaßen wogen schwer, als ob sie von einer unsichtbaren Kette gehalten wurden. Ihre Muskeln waren angespannt und fühlten sich an, als würden sie sich bei dem Versuch, nirgendwo dagegenzuknallen, verkrampfen.

Jeder Schritt auf dem Weg nach oben schien wie eine Ewigkeit, und die Panik erdrückte sie fast. Bei jeder Treppenstufe biss sie sich auf die Unterlippe und betete, dass keine davon knarzen würde. Als sie oben ankam, schmeckte sie Blut. *Nur noch wenige Meter, dann habe ich es geschafft.*

Mittlerweile hörte sie nichts mehr von unten, was sie zusätzlich besorgte. Sie hatten doch nicht wirklich ihren kleinen Sohn getötet?

Ihr Herz pochte wild, als sie das Schlafzimmer betrat. Sie hockte sich auf den Boden und krabbelte hastig bis zu ihrem Nachtschrank, tastete nach dem Handy. Ihre zitternden Finger wählten die 110, und sie stieß einen erleichterten Seufzer aus, als sich jemand meldete.

»Bitte«, flüsterte sie weinend. »Sie sind in unserem Haus. Karl-Möhling-Straße dreizehn. Sie haben meinen Mann und Sohn getötet.«

Plötzlich nahm sie eine eisige Kälte an ihrem Hals wahr, und ein Schreckensschrei erstarrte in ihrer Kehle.

Jemand drückte das kalte Metall eines Messers gegen ihre Haut. Sie konnte den Atem ihres Angreifers spüren, der sich bedrohlich an sie schmiegte.

»Beende den Anruf«, fauchte eine raue Stimme in ihr Ohr.

Sie ließ das Handy zu Boden fallen. »Bitte«, flüsterte sie. »Bitte, tun Sie mir nichts.«

Das Messer drückte noch fester auf ihren Hals. »Du wirst jetzt schlafen, so wie dein Mann und dein Sohn. Ab heute ist es vorbei mit deinem Glück.«

Sofie rang verzweifelt nach Luft. »Hören Sie auf, ich gebe Ihnen alles, was Sie wollen.«

30

25. DEZEMBER 2022

Die Nacht war eiskalt, und der Schnee glitzerte im Schein der Straßenlaternen, als Mathias und Romy mit Blaulicht und Martinshorn durch die dunkle Stadt fuhren.

Mathias war gerade erst eingeschlafen, als er von seinen Kollegen informiert worden war, dass ein Notruf einer Frau eingegangen sei, der so klang, als wäre ihr gesuchter Täter am Werk. Angegeben war, dass mindestens zwei Personen tot sein sollten und der Anruf abrupt abgebrochen worden war. Der Mitarbeiter der Leitstelle sagte, dass er eine männliche Stimme vernommen habe, die der Frau gedroht hatte. Er konnte nur hoffen, dass die Streife rechtzeitig vor Ort war und den Täter schnappen konnte.

Das Blaulicht warf ein gespenstisches Schimmern auf die umliegende Landschaft, und das Martinshorn hallte in der Stille der Nacht wider. Mathias' Hände lagen fest am Lenkrad, während er konzentriert die Straße vor sich im Auge behielt.

Romy saß neben ihm und starrte aus dem Fenster. »Bitte lass uns rechtzeitig da sein.«

Mathias bog in die Straße ein und hielt mitten auf der Fahrbahn.

Es waren mehrere Rettungs- und Polizeiwagen vor Ort.

Er stieg aus und starrte auf dem Weg zum Haus in jeden Streifenwagen, doch nirgendwo saß jemand auf der Rückbank. Voller Adrenalin ging er zu dem Polizeikommissar, der vor der Tür wachte. »Bitte sagt, dass ihr den Täter erwischt habt!«

Bedauernd schüttelte der Kollege den Kopf. »Es war niemand mehr vor Ort, als wir ankamen. Es sollen zwei sein.«

»Zwei? Von wem habt ihr das?«

»Der Ehefrau.«

»Sie lebt?« Mathias war mehr als froh, das zu hören.

»Ja. Ihr Mann ist tot und ihr achtjähriger Sohn schwer verletzt. Er ist schon auf dem Weg in die Klinik. Es sah nicht gut aus.«

Mathias richtete ein stummes Stoßgebet nach oben, damit es nicht noch ein weiteres totes Kind gab. »Danke.«

Er trat ins Haus. Ein Zimmer und die Treppe nach oben waren abgesperrt. In einem Raum hörte er Stimmen. Als er anklopfte, sah er eine Kollegin, die auf eine sichtlich verstörte und unter Schock stehende Frau einredete.

»Darf ich eintreten?«

Die Kollegin nickte. »Das ist Sofie Heiser, die den Notruf abgesetzt hat. Das Krisenteam ist informiert. Sie ist ansprechbar, aber es geht ihr sehr schlecht.«

»Vielen Dank. Ich übernehme.« Mathias ging zu der Frau und erschrak bei ihrem Anblick.

Ihr rechtes Auge war dick, an ihrer Nase klebten

Blutkrusten, und ihre Lippen waren so angeschwollen, dass es aussah, als würden sie platzen.

»Mein Name ist Kron, ich bin Kriminalkommissar.« Er zeigte auf Romy. »Das ist meine Kollegin Blauen. Sind Sie in der Lage, uns ein paar Fragen zu beantworten, damit wir den Täter schnellstmöglich ausfindig machen können?«

»Ich kann Ihnen nicht so viel sagen, es war dunkel. Aber es waren zwei Männer. Einer war …« Sie hob ihre Hände zu einer hilflosen Geste, so als ob sie sich unsicher war. »Wie soll ich es ausdrücken. Er war unsicher, wollte nicht so richtig, und der andere hat wütend geklungen. So richtig böse auf mich. Ich verstehe das gar nicht, ich habe doch niemandem etwas getan.«

Mathias machte sich Notizen und dachte an Frau Ludolfs Tochter Lili, die mit zwei männlichen Puppen ein Gespräch nachgespielt haben sollte, das vergleichbar geklungen hatte. »Waren Sie noch wach, als die Täter ins Haus gekommen sind?«

»Ja, eigentlich hatten Piet und Christoph schon geschlafen, und ich wollte im Wohnzimmer runterfahren, weil ich im Bett überhaupt nicht zur Ruhe gekommen bin. Plötzlich saß mein Sohn da, er hatte Bauchweh. Piet ist auch wach geworden. Ich wollte dem Kleinen ein Wärmekissen holen. Das Haushaltszimmer liegt gleich den Flur runter. Plötzlich wurde es dunkel, und ich habe meinen Mann stöhnen gehört. Er hat mir nicht geantwortet, und Christoph hat um Hilfe geschrien.« Sie wischte sich die Augen trocken. »Ich wollte ja helfen, aber ich konnte mich in der Dunkelheit nur Stück für Stück vortasten. Und dann habe ich die beiden Männer gehört.«

Mathias bekam eine Gänsehaut, als Frau Heiser erzählte, wie sie hatte zuhören müssen, wie die Männer planten, dem Kind die Kehle aufzuschlitzen. Er wollte sich gar nicht ausmalen, wie verzweifelt sie gewesen sein musste.

»Ich habe wirklich vorgehabt ins Zimmer zu springen und ihm zu helfen. Aber ich war wie gelähmt. Und es war stockfinster, ich habe gar nichts sehen können, wo ich hätte angreifen können.« Sie vergrub ihr Gesicht in den Händen. »Ich war so feige. Statt meinen Männern zu helfen, bin ich nach oben gerannt.«

»Das war das einzig Richtige, sonst wären Sie jetzt alle tot«, sagte die junge Polizistin.

Mathias verdrehte innerlich die Augen. Er wusste, was sie meinte, doch er hätte es etwas feinfühliger ausgedrückt, denn im Moment war ihr Ehemann tot, und ihr Sohn schwebte in Lebensgefahr. Diese Frau würde nach diesem Vorfall nicht mehr zur Ruhe kommen, sollte ihr Sohn es nicht schaffen. »Sie haben nichts gesehen, es war mutig von Ihnen, den Notruf abzusetzen. Wir beten alle, dass Ihr Sohn wieder ganz gesund wird.«

Die Mutter schluchzte. »Ich weiß nicht, ob ich das Richtige getan hab. Piet ist tot.«

»Es tut mir so leid. Aber geben Sie sich dafür nicht die Schuld«, erwiderte Mathias. »In solchen schrecklichen Situationen gibt es kein Richtig oder Falsch, der Geist arbeitet außer Kontrolle. Wissen Sie, wie die Täter in der Dunkelheit sehen konnten?« Mathias fragte sich, wie sie so präzise die Kehlen aufschlitzen konnten, wenn es so dunkel war. Auch in den anderen Häusern der Opfer waren die Sicherungen draußen.

»Sie hatten so ein Ding auf, so eine Art Brille, mit der man nachts sehen kann. Als ich mich oben gewehrt habe, habe ich ihm die runtergeschlagen.«

Mathias drehte sich zu der Polizistin. »Ein Nachtsichtgerät. Einer der Täter hat es oben liegen lassen, bevor sie abgehauen sind.«

Mathias erhoffte sich, darauf Fingerabdrücke oder DNA zu finden. Er wandte sich wieder Frau Heiser zu. »Sie sind dann hochgegangen und haben von dort den Notruf gewählt?«

»Ja, doch dann kam einer hoch und hat mir ein Messer gegen die Kehle gehalten. Er hat mich gezwungen aufzulegen.«

Mathias konnte den Abdruck am Hals noch sehen. »Konnten Sie da etwas erkennen?«

Das Opfer schüttelte den Kopf. »Nein, aber ich habe mich gewehrt. Ich habe ihm in den Arm gebissen, dann hat er das Messer kurz von meinem Hals gelassen. Ich bin aufgesprungen und hab auf ihn eingeprügelt, dabei bin ich gegen diese Brille gekommen und hab sie runtergezogen.«

»Damit konnte er auch nicht mehr richtig sehen.« Mathias bewunderte die Frau für diesen Mut.

»Das stimmt, aber er hat es trotzdem geschafft, mir mehrfach ins Gesicht zu schlagen. Mein Glück war, dass er dabei das Messer verloren hat. Eigentlich hatte ich mich schon mit dem Tod abgefunden. Und dann ertönte endlich das Martinshorn. Der Typ ist abgehauen. Er hat noch etwas gebrüllt, aber ich habe nicht verstanden, was. Es war aber für seinen Mittäter bestimmt.«

»Es war unglaublich mutig, wie Sie sich gewehrt haben.« Romy sah zu der Polizistin. »Ist das Messer gefunden worden?«

»Ja, es lag oben.«

Damit hatten sie zumindest schon mal die Tatwaffe.

»Warum haben die das getan? Das sind doch die, die auch Selinas und Manuelas Familien getötet haben, oder?«, fragte Frau Heiser.

»Davon gehen wir derzeit aus«, antwortete Mathias. »Sie kannten die beiden?«

»Ja, es waren meine Kolleginnen.«

Damit war es klar, dass die Taten etwas mit dem Beruf zu tun haben mussten. Nur dieses Weihnachtsding wurde Mathias einfach nicht klar. »Sie haben also auch in dem Kinderheim Arenberg zu tun gehabt?«

»Ja, ab und zu. Ich war aber mehr in anderen Einrichtungen. Manuela und Selina waren ausschließlich in diesem Heim tätig. Selina als Betreuerin in Vollzeit, und Manuela hat noch zusätzlich an Schulen gearbeitet.«

Das Kinderheim war die einzige gemeinsame Stelle. »Kommt Ihnen denn irgendwer in den Sinn, der Ihnen das antun könnte?«

»Nein, ich habe schon überlegt. Wir haben mit niemandem Streit. Ich kann mir nicht erklären, warum uns jemand töten wollte.«

»Wir haben den Eindruck, dass es an dem Weihnachtsfest liegen könnte. Jemand, der was dagegen hat. Haben Sie irgendwelche Ideen, was dahinterstecken könnte? Sind Sie irgendwo zu Weihnachten tätig, machen Sie da etwas Außergewöhnliches oder Ehrenamtliches? Alles, was Ihnen einfällt, wenn es noch so belanglos ist, könnte helfen.«

Die Frau überlegte. »Nein, jedes Jahr sind wir zu Hause, meist mit unseren Eltern. Wir essen, lachen, erzählen, singen. Nichts Besonderes. Ich wüsste nicht, wen wir damit verärgern sollten.«

»In Ordnung«, sagte Mathias. »Noch eine Frage, dann lass ich Sie erst einmal ins Krankenhaus bringen. Kennen Sie einen Dirk Ludolf?«

»Ja, den kenn ich. Er hatte einige Pflegekinder aus dem Heim in Arenberg aufgenommen. Ich glaube, Selina hatte vor ein paar Wochen einen Streit mit dem. Aber sie hatte uns allen erst einmal nichts erzählen wollen, solange sie sich nicht sicher war.«

Mathias wurde hellhörig. »Womit sicher?«

»Sie hat irgendetwas erfahren oder herausgefunden, dem wollte sie auf den Grund gehen. Dann war sie plötzlich tot, sie hat uns nie erzählen können, was da zwischen ihnen vorgefallen war.«

»Wie haben Sie von dem Streit erfahren?«, fragte Romy.

»Wir haben es gehört. Es war in einem Büro im Kinderheim. Sie hat ihn angebrüllt. Er war dann wütend raus.«

Dirk Ludolf musste dringend gefunden werden, war der einzige Gedanke, der in diesem Moment in Mathias' Kopf kreiste. »In Ordnung, wir werden alles dafür tun, um die beiden Täter zu finden. Wenn Ihnen noch etwas einfällt, dann geben Sie den Kollegen Bescheid. Sie werden vorerst unter Schutz gestellt, weil wir nicht wissen, was die Täter planen, nachdem das hier schiefgegangen ist.«

»Ich möchte einfach nur zu meinem Sohn.«

Mathias nickte verständnisvoll. »Wir hoffen sehr, dass Ihr Sohn das übersteht.«

Mathias und Romy liefen aus dem Zimmer.

Auf dem Flur kam ihnen René Walther entgegen. »Wolltet ihr noch zu der Leiche rein?«

»Nein«, antwortete Mathias. »Sag uns, was du hast, wir wollen direkt zu Familie Ludolf. Wir müssen uns diesen Mann vornehmen.«

»Okay. Hier scheint es so, dass ein ordentlicher Kampf stattgefunden hat. Der Ehemann hat sich auf alle Fälle gewehrt. Er hat Abschürfungen und Hämatome an seinem rechten Faustknöchel. Vermutlich hat er dem Täter eine gegeben. Ich nehme Abstriche, wenn ihr Glück habt, ist DNA dran.«

»Das wäre zumindest ein Fortschritt. Brauchen wir dann aber noch eine Vergleichs-DNA im System?«

»Der Mann hat mehrere Verletzungen, die auf stumpfe Gewalt hindeuten, Tritte und Schläge, dann wurde er wie die anderen männlichen Opfer niedergestochen. Mehr muss der Rechtsmediziner rausfinden.«

»Hast du schon was von dem Kind gehört?«

»Ich habe ein Team in die Klinik geschickt, die mit den Ärzten zusammen schauen. Er wird noch versorgt. Man hat versucht, ihm die Kehle aufzuschlitzen, aber es war wohl nicht tief genug, weil der Junge sich auch ordentlich gewehrt hat. Er hat massig Blut verloren, hoffen wir, dass die Mediziner schnell genug waren, um ihn retten zu können. Was ich aber schon mal sagen kann, der betreuende Arzt des Jungen hat in der Klinik einen beachtlichen Hautfetzen aus seinem Mund geholt. Es könnte sein, dass er zugebissen hat. Das müssen wir aber alles erst prüfen.«

»Schrecklich, was muss dieser Junge für eine Panik gehabt haben.« Mathias schüttelte fassungslos den Kopf. »Wir fahren. Melde dich, wenn es noch etwas gibt.«

31

25. DEZEMBER 2022

EIN LAUTES POLTERN riss Anja plötzlich aus dem Schlaf. Sie spürte jeden Knochen in sich, weil sie auf dem unbequemen Sofa eingenickt war.

Ihr Herz pochte wild in ihrer Brust. Sie setzte sich auf und lauschte.

Aus dem Flur drang ein leises Knurren, und unter dem Türschlitz schien Licht.

»Henry, bist du das?«

Vorsichtig setzte sie ihre Füße auf den Boden und tastete nach ihrem Handy. Der Bildschirm erleuchtete den Raum, als sie darauf tippte. Dann schaltete sie die Taschenlampe ein und bewegte sich langsam Richtung Flur. Leise öffnete sie die Tür. Sie wollte verhindern, dass Lili sich erschreckte, sollte sie wieder schlafwandeln.

Doch auf dem Gang stand Dirk, etwas wackelig auf den Beinen, und zog sich gerade seine Stiefel aus.

»Du wagst es, dich hier noch blicken zu lassen, nachdem du an Heiligabend abgehauen bist und den Kindern das Fest versaut hast?«, plärrte Anja sofort los.

Dirk drehte sich um.

Anja erschrak bei seinem Anblick. Er hatte ein gerötetes Auge, das zudem stark geschwollen war.

»Du hast mich zutiefst verletzt, als du mir einen Mord angedichtet hast«, sagte er. »Glaubst du wirklich, dass ich dann bei dir bleibe?«

Anja verschränkte die Arme. »Und was willst du dann hier? Ich habe meine Meinung nicht geändert, und nach dem, was ich heute alles herausgefunden hab, bin ich sogar sicher. Und das habe ich auch der Polizei gesagt.«

»Du hast was?«, brüllte Dirk sie an. »Bist du komplett irre? Weißt du, was du da getan hast?«

»Das einzig Richtige«, schoss sie zurück. »Du bist ein widerliches Dreckschwein, Dirk. Wie konnte ich mich so in dir täuschen?« Anja ging ins Wohnzimmer.

Er stampfte wütend hinterher. »Ich kann dir jetzt schon sagen, dass du das eines Tages bitter bereuen wirst. Denn du kannst dir nicht ausmalen, was das für ein Fehler war.«

»Ein Fehler? Nein, Dirk. *Du* bist mein größter Fehler. Du lügst mich seit Jahren an. Und ich blöde Kuh habe es nicht gemerkt.« Anja konnte genau das immer noch nicht fassen. Sie drückte die Schnellwahltaste, in der sie die 110 gespeichert hatte, und ließ das Telefon auf dem Sofa etwas versteckt liegen.

»Wovon redest du da?«, zischte Dirk.

»Von allem. Ich habe dein kleines Video gesehen, was du in dem heimlichen Safe aufbewahrt hast. Du bist ein ekelhafter Vergewaltiger, du und Dr. Schrader, zu dem du unsere Kinder gebracht hast.« Anja hielt sich den Magen und weinte. Sie konnte diese Bilder, wie die drei Männer über die arme Frau hergefallen waren, nicht mehr vergessen. »Ihr habt sie alle drei vergewaltigt und dann auch noch dabei gefilmt, damit ihr euch das jetzt immer wieder anschauen könnt. Du widerst mich an, Dirk Ludolf.« Sie konnte nur hoffen, dass die Polizei sofort schaltete, um wen es ging.

»Das ist nicht so, wie du denkst. Was hast du an meinen Sachen überhaupt zu suchen?«

»Ich habe gemerkt, dass du seit Tagen lügst, ich wollte Antworten. Ich habe das Foto gefunden, wo du mit Dr. Schrader, Henrys Eltern und noch jemandem drauf warst. Du wusstest die ganze Zeit, wer Henry ist, und hast mir Märchen erzählt. Ich habe die Mails gelesen, die Dr. Schrader geschickt hat, einen Tag, bevor ich dich da gesehen hab. Habt ihr die Frauen etwa auch vergewaltigt und dann getötet?«

»Du spinnst dir da was zusammen.« Dirk machte einen Schritt auf sie zu.

»Du bleibst, wo du bist. Komm mir bloß nicht zu nah.«

Er hob die Hände und blieb stehen. »Komm zur Vernunft.«

»Oh, ich bin bei klarem Verstand.« Anja griff sich an die Stirn. »Wie konnte ich nur so dermaßen blind und dumm gewesen sein. Das ist doch krank. Wie kannst du einen Jungen als Sohn großziehen wollen, dessen Mutter du vergewaltigt hast? Habt ihr sie womöglich auch umgebracht?«

»Verdammt, Anja, halt den Mund!« Dirk schlug mit der Faust gegen die Tür. Es krachte so laut, dass Anjas Herz kurz aussetzte. »Diese Nacht im Sommer damals, das war ein Missverständnis. Wir waren alle besoffen und haben gedacht, dass sie es auch wollte.«

»Sah das so aus? Sie hat geschrien, sie hat laut und deutlich Nein gerufen. Selbst der dümmste Mensch auf Erden hätte das verstanden. Ich nehme dir deine

Ausreden nicht ab. Und dann habt ihr sie auch noch gefilmt.«

»Das waren nicht wir, das war ihr Mann. Er hat das heimlich gefilmt und uns damit erpresst.«

Anja lachte hysterisch auf. »Deine Ausreden werden immer schlimmer. Als ob der Ehemann dabei zuschaut, wie seine angeblichen Freunde seine Frau vergewaltigen, und dabei Filme macht, statt ihr zu helfen.«

»Du weißt, dass er ein kranker Mörder war. Humboldt war ein gestörter Spinner. Er hatte keinerlei Empathie und hat seine Frau wie den letzten Dreck behandelt. Christine hat sich bei uns immer ausgeheult. Wir haben an diesem Abend Mist gebaut, und glaube mir, dafür haben wir unser ganzes Leben gebüßt. Er hat das aufgenommen, damit er uns immer benutzen konnte, wie er Lust und Laune hatte. Es war für ihn eine glückliche Fügung, dass wir Christine …« Er senkte den Blick.

»Du wirst es nun noch mehr büßen. Ich sage alles der Polizei, du wanderst in den Knast.«

»Anja, höre mir bitte zu. Das alles ist nicht so, wie du denkst.«

»Ihr habt Henrys Mutter danach getötet, und jetzt habt ihr das mit Selina und der anderen Frau auch gemacht, richtig? Nur dieses Mal habt ihr gleich die Familien mit umgebracht.«

»Wir haben Christine nicht getötet!«, schrie Dirk. »Ich hätte das gar nicht gekonnt, ich habe sie geliebt.« Sein Gesicht war hochrot.

Anja warf ihre Arme in die Luft. »Das wird ja immer besser. Du liebst eine Frau und vergewaltigst sie?«

Dirk standen Tränen in den Augen. »Ich schwöre dir, ich wollte das alles gar nicht. Aber Manfred hat uns angestiftet. Er wollte seinem Bruder eine auswischen.

Christine hat mit uns gefeiert und getrunken, und Manfred sagte, dass sie es auch wollte.«

»Ist Manfred der andere Mann auf dem Foto?«

»Ja, es ist der Bruder von Henrys Vater.«

Anja holte tief Luft. »Nur dass *du* der leibliche Vater von Henry bist, richtig?«

Dirk starrte Anja mit herunterhängendem Kinn an. »Was?«

»Ich habe es schon mal gesehen, er hat Eigenschaften und Gesten, die den deinen sehr ähneln. Ich habe es nie für voll genommen. Aber ich war mir sicher, als ich dieses Video angeschaut habe. Hast du ihn deshalb hierhergeholt?«

Er schluckte schwer. »Es tut mir leid.«

»Spar dir das. Du bist für mich gestorben. Ich möchte nur wissen, warum du mich all die Jahre belogen hast. War unsere ganze Familie nur Show?«

»Natürlich nicht. Ich habe es auch erst kurz vorher erfahren. Manfred Humboldt hat es Ende 2010 herausgefunden. Das Haus seines Bruders und seiner Schwägerin stand ewig leer, und da erst hat sich Manfred durchgerungen, es endlich zu entrümpeln. Er hat einen Brief in Christines Sachen gefunden. Darin stand, dass es rein rechnerisch nicht sein kann, dass Konrad der Vater dieses Kindes ist. Einer von uns dreien war es. Ihr Mann hatte das später herausgefunden, als Henry sechs war. Er hat sie beschimpft, geschlagen, gedemütigt, bis er sie getötet hat. Mit Tabletten, sodass es aussah, als hätte sie sich selbst umgebracht. Er ist damit durchgekommen. Wir haben das alle erst viel später erfahren, als wir ihn wegen der ganzen Morde zur Rede stellen wollten.«

Anja wusste nicht, ob sie die Geschichte weiterhören wollte oder lieber nicht. Aber nur so kam sie der Wahrheit auf die Spur. »Ihr habt von den Morden gewusst und nichts getan?«

Dirk holte tief Luft. »Er hat jedes Jahr zu Weihnachten eine Frau entführt, die sein Weibchen spielen und sich um Henry kümmern sollte. 2008 ist es so eskaliert, dass er Henry zusammengeschlagen hat. Der Junge war halb tot, als dieses Schwein uns angerufen hat.«

»Moment, ich blicke nicht mehr durch. Er hat euch angerufen? Ihr habt ihm geholfen?« Anja hatte das Gefühl, gleich das Bewusstsein zu verlieren. Mehr Wahrheit konnte sie kaum noch ertragen.

Dirks Gesicht verfärbte sich knallrot, er senkte den Blick. »Er hat Manfred immer angerufen, nachdem er die Frauen getötet hat. Er hat seinem Bruder geholfen, sie wegzuschaffen. Irgendwann hatten Schrader und ich genug davon, zu schweigen, und haben Manfred gesagt, dass wir ihn und Konrad nicht mehr decken wollen. Wir drei haben ihn zur Rede gestellt und gesagt, dass wir ihn auffliegen lassen, aber ...«

»Er hatte euer nettes Video. Er hätte euch auch verraten«, vollendete Anja den Satz.

Dirk nickte. »Als er Henry fast totgeprügelt hat, sind uns die Sicherungen durchgebrannt. Das ging einfach zu weit. Wir haben ihn in die Mangel genommen, dabei ist er mit dem Kopf gegen den Küchenschrank geknallt. Wir haben ihm nicht geholfen, haben Henry, der bewusstlos neben der Leiche einer Frau lag, in sein Bett gelegt und gewartet. Als Henry aufwachte, war sein Vater tot. Wir haben ihm eingeredet, dass er ihn im Streit geschubst hätte, dass es Notwehr war, und ihn so lange bearbeitet, bis er es selbst geglaubt hat. Florian hat ihm gut zugeredet und ihm versprochen, dass wir ihm helfen. Aber wir haben es nie getan. Wir haben nur unseren Arsch gerettet.«

Anja konnte sich kaum noch auf den Beinen halten. »Was bist du nur für ein krankes Arschloch? Wie konnte ich das nur alles übersehen?«

Auch Dirk setzte sich, aber weit entfernt von Anja auf einen Stuhl. »Ich bin da nur immer irgendwie mit hineingeraten.«

»Natürlich, du bist unschuldig, das habe ich auf dem Video gesehen. Wie ein Tier hast du dich verhalten.« Anja empfand so einen Ekel für den Mann, den sie einst abgöttisch geliebt hatte. »Wieso hast du Henry geholt?«

»Wie gesagt, Manfred fand den Brief, und ich wollte unbedingt wissen, ob ich Henrys Vater bin. Schrader und Humboldt haben mir abgeraten, weil ich damit alles auffliegen lassen könnte, alte Wunden wieder aufreiße, aber ich musste es wissen, ich habe mir immer eigene Kinder gewünscht. Also haben wir nachgeforscht, wo man ihn untergebracht hatte. Ich habe bald einen Freudensprung gemacht, als ich erfahren hab, dass er in Arenberg untergekommen war. Da konnte ich ohne Weiteres rein. Ich habe mich mit Selina Masberger verabredet, und sie hat mir die älteren Jungen gezeigt. Ich hatte gesagt, dass wir einen älteren Jungen suchen. Sie saßen beim Essen, und ich habe mir Henrys Glas geschnappt, als ich die Chance dazu hatte. Der Test hat ergeben, dass ich es war.«

»Und dann wolltest du ihn hierhaben.«

»Ja, ich war damals bei dieser Weihnachtsfeier so nervös und hoffte, dass nichts auffliegt. Ich hatte Schrader und Humboldt versprochen, dass ich alles tun würde, damit unsere Vergangenheit nie herauskommt.«

»Deshalb konntest du nicht abwarten, bis ich wieder gesund war«, stellte Anja fest. »Du wolltest ihm unbedingt helfen.«

Wieder lief Dirks Gesicht hochrot an.

»Was, Dirk? Sag jetzt die ganze Wahrheit!«

»Ich habe dir Brechmittel verabreicht, damit du verhindert bist, an der Weihnachtsfeier teilzunehmen. Ich wollte erst einmal alles abchecken und ihn mir genau ansehen. Wenn er mir total ähnlich gewesen wäre …«

»Ja, was wäre dann gewesen? Hättest du ihn versteckt?«

»Ich weiß es nicht. Es tut mir leid.«

»Das ist alles so gestört, Dirk. Du hast diesen Jungen also nicht geholt, weil du ihm helfen wolltest, sondern du wolltest alles im Griff haben, wolltest verhindern, dass jemals alles herauskommt. Hier hattest du ihn unter Kontrolle und hast ihn dann auch noch zu Florian Schrader gebracht, damit er ihn therapiert.«

»Das stimmt so alles nicht, ich wollte mich in erster Linie um Henry kümmern, weil er mein Sohn ist und endlich ein schönes Leben haben sollte. Wir haben unsere Kinder doch alle zu Florian gebracht, wenn sie einen Psychologen brauchten.«

»Weil du das so wolltest. Ihr drei musstet zusammenhalten, euch gegenseitig schützen. Eure Freundschaft war ein Geheimnis, damit man euch niemals in Verbindung bringt. Henry hat mir erzählt, dass du und Selina Masberger damals bei der Weihnachtsfeier einen Streit hattet.«

Dirk riss ungläubig die Augen auf. »Du hast mit Henry darüber geredet?«

»Natürlich, er hat auch gemerkt, dass was nicht stimmt. Ich habe ihm das Foto gezeigt, er hat sich erinnert an den Tag, an dem du ihn im Heim angesprochen hast.« Anja verheimlichte Dirk, dass sie Henry dadurch in eine sehr schlimme Verfassung gebracht hatte.

»Weißt du, was du da getan hast? Er wollte nicht auf

seine Vergangenheit angesprochen werden. Florian hat dir erklärt, dass es nicht gut ist.«

»Dein toller Florian hat Henrys Mutter vergewaltigt und führt jetzt ein Leben, das er nicht verdient«, schrie Anja. »Antworte mir auf die Frage. Worum ging es in dem Streit mit Selina Masberger?«

»Da war nichts«, plärrte Dirk zurück. »Sie wollte mir an diesem Tag einfach nicht helfen, mich Henry vorzustellen, weil es ihrer Meinung nach nicht passend war bei einer Weihnachtsfeier zwischen Tür und Angel. Da war ich etwas sauer.«

»Und welchen Streit hatten Sie mit Selina Masberger vor ein paar Wochen?«

Anja fuhr zusammen, als Kommissar Kron in der Tür stand. Sie hatte das Handy auf dem Sofa ganz vergessen.

Dirk sah sie fassungslos an.

Anja hielt das Smartphone hoch, sie wollte über ihren Triumph grinsen, aber sie war zu schwach dafür.

Der Beamte stellte sich vor Dirk. »Ich bin Kriminalkommissar Kron, meine Kollegin Blauen. Herr Ludolf, wo waren Sie heute Nacht zwischen zwei und vier Uhr?«

»Hier zu Hause.«

Der Kommissar sah Anja an. »Können Sie das bestätigen?«

»Nein, es ist gelogen. Er ist erst gekommen, kurz bevor ich den Notruf gewählt habe.«

Der Beamte sah wieder zu Dirk. »Sie haben ein Veilchen im Gesicht. Heute Nacht wurde eine weitere Familie angegriffen, der Ehemann hat sich heftig gewehrt, seine Knöchel an der Faust haben uns verraten, dass er kräftig zugeschlagen hat. Ihr lädiertes Auge passt da ziemlich gut.«

Dirk stand fast reglos da und starrte Anja an.

»Die Ehefrau lebt, es ist also vorbei. Wenn sie Ihre

Stimme erkennt, werden Sie eindeutig identifiziert. Also seien Sie kooperativ und sagen Sie uns alles. Haben Sie die Familien ermordet, weil Selina Masberger etwas herausgefunden hat und es ausplaudern wollte?«

Einen Augenblick starrte Dirk weiter, dann blinzelte er. Seine Schultern sackten mit einem Mal hinunter, und in seinen Augen sammelten sich sogar Tränen. Er schaute Anja an. »Es tut mir so unfassbar leid. Ja, Selina hat etwas herausgefunden und mich darauf angesprochen. Ich bin schuldig. Ich habe die Familien getötet, um ein Geheimnis zu bewahren.«

Anja hatte die ganze Zeit gehofft, dass wenigstens das ihr erspart bliebe. Auch wenn sie es geahnt hatte, war es ein Schlag in die Magengrube, es aus seinem Mund zu hören.

»Das Opfer sagte, dass Sie zu zweit waren. Wer ist der andere Täter?«, fuhr der Kommissar fort.

»Ich war das allein.«

Anja schüttelte den Kopf. Sie lief zur Anbauwand und holte die DVD heraus. Sie reichte sie dem Kommissar. »Sie haben ja mitgehört, was Dirk alles erzählt hat. Sicher finden Sie Ihren zweiten Täter in Florian Schrader oder Manfred Humboldt.«

»Die beiden haben damit nichts zu tun. Ich war es allein.«

Der Kommissar belehrte Dirk und legte ihm Handschellen an.

Anja spürte plötzlich eine kalte Hand in ihrer. Sie sah nach unten.

Lili stand noch sehr verschlafen neben ihr und sah Dirk mit großen Augen an.

Anja nahm sie auf den Arm. »Schon gut, meine Kleine. Du musst nie wieder so etwas Böses hören.«

MATHIAS HANTIERTE in der Küche herum, als Mia die Treppe herunterkam. »Schatz, was machst du denn schon hier unten? Du kannst doch noch schlafen.«

»Ich kann nicht mehr. Ich habe etwas Böses geträumt.«

Mathias nahm seine Tochter auf den Arm. »Oh nein, das tut mir leid. Möchtest du mir davon erzählen?«

Mia nickte. »Ich habe geträumt, dass ein schwarzes Monster dich auffrisst. Und dann hatte ich keine Mama und keinen Papa mehr.«

Ihr kleines Herz raste.

»Das ist wirklich ein fieser Traum, aber Gott sei Dank eben nur das. Denn es gibt ja keine Monster, die Menschen fressen.« *Nur Monster, die Familien töten.* Mathias konnte den Fall der ermordeten Familien nicht vergessen.

Mia schmiegte sich an ihn. »Ich denke, dass ein ganz leckeres süßes Frühstück mich wieder aufmuntern kann.«

Mathias lächelte. »Na, wenn das so ist, sollten wir das zusammen vorbereiten. Vielleicht haben Julian und Romy ja auch schlecht geträumt.«

Er zwinkerte seiner Tochter zu.

Sie sprang von seinem Schoß. »Dann lass uns loslegen.«

Mia klatschte dabei in die Hände, und Mathias überlief eine Gänsehaut. Es war für den Bruchteil einer Sekunde so, als stünde Sara vor ihm, die eine Aktion auch immer so angekündigt hatte.

Er lachte. »Was machen wir?«

»Pancakes«, rief Mia und riss die Arme in die Luft.

»Okay, ich hole die Schüssel aus dem Schrank, du die Zutaten.«

Eine halbe Stunde später saßen die Kinder mit einem gesunden Appetit am Tisch.

Romy hatte dunkle Augenränder und stocherte lustlos im Obst herum.

»Hast du schlecht geschlafen?«, fragte Mathias.

Sie seufzte. »Ich weiß nicht, ich habe immer diese Bilder im Kopf. Du weißt schon. Ich denke immer und immer über diesen Fall nach, aber ich kapiere einfach nicht, wozu diese Weihnachtsinszenierung sein sollte.«

»Vielleicht wollte Dirk Ludolf uns damit nur eine falsche Fährte legen. Keine Ahnung.« Mathias schaute zu seinen Kindern, die sich etwas stritten. »Hey ihr zwei. Ihr seid schon so groß, bestimmt könnt ihr eure Probleme auch anders lösen, oder?«

Mia zog eine beleidigte Schnute. »Okay.«

»Dann geht euch waschen und Zähne putzen. Gleich kommen Oma und Opa. Sie wollen mit euch noch auf den Weihnachtsmarkt gehen.«

»Juhu«, rief Julian, sprang von seinem Stuhl und rannte ins Badezimmer.

Mia folgte ihm mit leicht hängenden Schultern.

»Stop!«, rief Mathias. »Komm noch einmal zu mir.«

Mia drehte um und setzte sich zu Mathias auf den Schoß.

»Warum schaust du so bedrückt?«

»Weil ich es doof finde, dass du nicht mitkommst. Ich wollte mit dir Currywurst essen.«

»Es tut mir sehr leid, dass ich arbeiten muss. Aber ich habe eine coole Idee. Wie wäre es, wenn du auf dem Markt etwas anderes isst. Und bevor ihr nach Hause geht, holst du Julian und dir und für Romy und mich Currywurst mit Pommes. Und wir essen sie gemeinsam hier. Das bedeutet, dass du so lange wach bleiben kannst, bis ich komme.«

Mias Augen weiteten sich und glänzten. Ihre Lippen waren zu einem O geformt. »Ehrlich?«

»Ja, ich würde mich so was von freuen, wenn ich nach Hause komme und mit meinen Kindern Currywurst essen darf.«

»Das find ich auch gut.« Mia lächelte, drückte Mathias und rannte dann ins Bad. Schon auf dem Weg dorthin erzählte sie ihrem Bruder von der tollen Idee.

Romy grinste. »Danke, dass ich dabei sein darf.«

»Natürlich. Du wohnst hier.« Dann wurde Mathias wieder nachdenklich. »Wir müssen uns langsam auf den Weg machen. Ich will heute diesen Schrader und Humboldt finden. Einer der beiden ist unser zweiter Täter. Frau Heiser war sich ganz sicher, dass es zwei waren.«

»Ich hoffe, wir bekommen heute die DNA. Damit bewiesen wird, dass Dirk Ludolf den Ehemann getötet hat.«

Mathias erhob sich. »Ich mache mich fertig. Dann statten wir ihm einen Besuch in der JVA ab, vielleicht ist Dirk Ludolf heute gesprächiger.«

Die Fahrt auf die Karthause zum Untersuchungsgefängnis war irgendwie bedrückend. Romy sagte kaum ein Wort und wirkte generell etwas traurig.

»Du weißt, dass du mit mir reden kannst, wenn dich etwas belastet.«

»Es ist nichts weiter. Ich bin nur müde. Und ehrlich gesagt auch etwas traurig. Dieses Weihnachten ist irgendwie schrecklich.«

»Das stimmt. Es ist für uns alle nicht sehr leicht. Der Fall geht an die Substanz, Sara ist nicht mehr da, du bist getrennt. Es ist für uns echt ein bescheidenes Jahr.«

»Gott sei Dank ist es bald vorbei. Nächstes Jahr wird es wieder besser.«

Mathias stellte das Auto auf dem Parkplatz ab und meldete sich an der Pforte bei einem Justizvollzugssekretär an.

»Sie haben einen Termin?«, fragte dieser streng und begutachtete die Dienstausweise.

»Haben wir.«

»Gut, ich öffne Ihnen. Ein Kollege nimmt Sie in Empfang.«

»Vielen Dank.«

Ein weiterer Kollege führte sie nach der Kontrolle in den Raum, in dem Dirk Ludolf bereits wartete. Er saß wie ein Häufchen Elend da und starrte auf den Tisch.

Mathias und Romy setzten sich ihm gegenüber.

Dirk Ludolf hatte die Arme vor der Brust verschränkt und blickte nicht einmal auf.

Mathias räusperte sich. »Herr Ludolf, wir sind noch einmal gekommen, in der Hoffnung, dass Sie heute etwas gesprächiger sind. Wir dachten, Sie hätten Ihren Anwalt kontaktiert.«

»Den brauche ich nicht«, antwortete der Mann knapp.

Mathias sollte es recht sein, er wollte nur wissen, wo

sich die anderen beiden Verdächtigen versteckten. »Wir wissen, dass es zwei Personen waren, die in dem Haus waren, Ihre Pflegetochter hat das sogar nachgespielt. Spätestens wenn wir die DNA-Spuren an den Opfern ausgewertet haben, wissen wir es genau. Das letzte Opfer hat Ihre Stimme nicht erkannt, das lässt uns annehmen, dass nicht Sie oben im Schlafzimmer waren. Wollen Sie wirklich alle Schuld alleine auf sich nehmen?«

Der Verdächtige blickte auf, aber seine Miene verriet gar nichts. »Ich habe nichts mehr zu sagen. Ich habe bereits meine Aussage gemacht. Lassen Sie es dabei beruhen. Ich bin derjenige, den Sie wollen.«

Romy seufzte leicht. »Sie wollen wirklich allein dafür geradestehen? Herr Schrader und Herr Humboldt werden sowieso wegen des Mordes an Konrad Humboldt gesucht. Wir haben das ganze Gespräch zwischen Ihnen und Ihrer Frau mitbekommen. Warum wollen Sie die beiden noch schützen? Womit haben die Sie in der Hand?«

Dirk Ludolf schwieg.

Mathias unterdrückte seine Frustration. »Wollen Sie wirklich zulassen, dass heute Nacht eventuell noch eine Familie stirbt?«

Der Mann lehnte sich zurück.

»Ich habe nichts mehr zu sagen«, wiederholte er.

Romy setzte einen ernsten Blick auf. »Wollen Sie Ihrem Sohn Henry so was antun? Er wird jetzt erfahren, dass Sie sein Vater sind, und somit wiederum ein Mörder. Soll er dasselbe wie in seiner Kindheit noch einmal durchmachen?«

Einen Moment starrte Dirk Ludolf die beiden an. Dann stützte er die Hände auf den Tisch. »Ich habe all das nur für ihn getan. Er musste vor dieser grausamen Geschichte geschützt werden. Er darf niemals erfahren, was alles geschehen ist. Florian Schrader und ich haben all die Jahre alles dafür getan, dass Henrys Erinnerungen nicht zurückkommen, damit er nie wieder diese grausamen Bilder sehen muss, die er als kleines Kind ertragen musste.«

»Das verstehen wir alles«, antwortete Mathias. »Aber warum mussten die Sozialarbeiterinnen und gleich deren ganze Familien sterben? Sie haben den Kindern eiskalt die Kehle aufgeschlitzt. Weshalb?«

»Ich sagte doch, Frau Masberger hat herausgefunden, dass ich Henrys leiblicher Vater war und das alles verheimlicht habe. Es kam zum Streit, sie hat mir gedroht, alles neu prüfen zu lassen, dann bin ich einfach durchgedreht.«

»Wegen eines so banalen Grundes töten Sie alle Sozialarbeiterinnen inklusive der Familien, kleine Kinder? Und Ihre Freunde haben dabei mitgeholfen, weil Sie sich seit Jahren gegenseitig decken? Wer soll Ihnen das glauben?«

Dirk Ludolf atmete tief ein und aus. »Bitte lassen Sie es doch dabei. Florian und Manfred haben nichts mit den Morden zu tun. Sie haben all die Geheimnisse nur für mich bewahrt. Dass Konrad damals gestorben ist, ist tragisch, wir wollten das nicht. Aber er hat Henry wirklich heftig zugerichtet. Der Junge war fast tot, als wir ihn gefunden haben. Eigentlich hat er es verdient.«

»Es war nicht Ihr Recht, das zu entscheiden. Sie hätten lieber einen Krankenwagen gerufen, statt den kleinen Jungen all die Jahre in dem Glauben zu lassen, dass er Schuld am Tod seines Vaters hatte«, sagte Romy wütend.

»Ich weiß das alles selbst. Ich habe mich in all das verstrickt und wusste am Ende nicht mehr, wie ich da rauskommen sollte. Ich werde dafür büßen. Aber bitte belassen Sie es dabei. Nur ich habe die Familien getötet, Sofie Heiser hat sich vertan.«

»Woher kommt Ihr Veilchen?«, fragte Mathias.

»Na von dem Mann. Er hat mich im Kampf erwischt.«

»Wie ist das genau passiert?« Mathias wollte sehen, ob der Mann log.

»Daran kann ich mich nicht erinnern.«

»Sie müssen es doch gesehen haben?«

»Ich sagte ja, ich erinnere mich kaum. Es ging alles so schnell.« Er erwähnte nichts von der Dunkelheit, von der Frau Heiser gesprochen hatte. Zwar schienen die Täter ein technisches Hilfsmittel gehabt zu haben, um sehen zu können, aber Mathias war sich sicher, hätte er von der Dunkelheit gewusst, hätte er diese als Ausrede genutzt.

»Wie haben Sie ihn getötet?«

Dirk Ludolf schaute direkt in Mathias' Augen, und auch wenn der Verdächtige schwieg, wusste Mathias in diesem Moment, dass Dirk Ludolf nichts mit dem Mord zu tun hatte.

»Sie decken Ihre beiden Freunde. Richtig? Die haben Ihnen das Veilchen verpasst, weil durch Sie alles aufzufliegen drohte. Weil Ihre Frau herumstocherte, Sie den Fehler gemacht haben, vor Ihrer Tochter über die Morde zu sprechen. Reden Sie!«, sagte Mathias.

Der Blick des Mannes bestätigte Mathias. Er hatte Angst vor den beiden.

Dirk Ludolf erhob sich und klopfte an die Tür. »Holen Sie mich raus.«

Wenige Minuten später saßen Mathias und Romy zurückgelassen da.

»Wir haben nur den Mitwisser gefasst«, sagte Mathias schockiert. »Und wenn wir die beiden nicht finden, ist heute Nacht vielleicht die nächste Familie dran.«

Als sie wieder im Auto saßen, schaute Mathias auf sein Handy. Es waren mehrere Anrufe eingegangen. Er hörte die Mailbox ab.

»Sari, LKA Mainz. Hallo Herr Kron. Ich melde mich bezüglich der Proben, die wir gestern Morgen bekommen haben und mit der Ihres Verdächtigen vergleichen sollten. Bitte melden Sie sich schnellstmöglich bei mir.«

Mathias sah Romy an. Ihm war heiß. Dann drückte er die Rückruftaste.

33

26. DEZEMBER 2022

DIE WINTERLICHE MORGENSONNE schien blass durch das Küchenfenster. Es herrschte eine gespenstige Ruhe, seit Dirk verhaftet worden war.

Anja beobachtete Lili mit müden Augen beim Frühstücken. Während sie vor lauter Schock wegen der letzten Ereignisse nichts herunterbekam, schien Lili großen Appetit zu haben.

Sie löffelte ihre Cornflakes mit Milch und hielt in der linken Hand ihre drei Puppen, die sie von Henry geschenkt bekommen hatte. Sie schaute auf und lächelte Anja an.

Anja lächelte zurück. Es fühlte sich so schön an, von der Kleinen angelacht zu werden, so was passierte sehr selten. Fühlte sie sich erleichtert, dass Dirk weg war? Hatte sie sich etwa sehr oft solche grausamen Gespräche anhören müssen und war deshalb so verschlossen? Anja zermürbte dieser Gedanke. Es quälte sie ihr Gewissen, dass sie jahrelang nichts geahnt hatte. Und acht Pflegekinder in so ein verlogenes Haus geholt hatte. Wieder traten ihr Tränen in die Augen. Schnell wischte sie sie weg und seufzte. »Ach Lili, ich wünschte, du würdest reden und mir sagen, was du gerade durchmachst.«

Lili kaute weiter auf ihren Cornflakes und betrachtete die Puppen.

Henry war so ein toller Bruder, und es zerriss Anja innerlich, dass sie ihm nun all das Grauen erklären musste. Sie hatte nach der Verhaftung versucht zu schlafen, aber es schwirrte ihr nur die Frage im Sinn, ob sie Henry alles erzählen oder lieber verschweigen sollte. Er war bald fünfundzwanzig Jahre, ein erwachsener Mann. Wurde es da nicht langsam Zeit, dass er seine ganze Wahrheit erfahren sollte?

»Bist du fertig mit Frühstücken«, sagte Lili als Sprachrohr der blonden Puppe. Die dunkelhaarige Puppe erwiderte: »Ja, ich bin satt.«

»Gut«, sagte Anja. »Da wir ja noch Weihnachten haben und die letzten beiden Tage nicht so schön waren, besuchen wir jetzt Henry und schauen, ob es ihm gutgeht.«

Lilis Augen glänzten, und sie nickte wild. Sie sprang vom Stuhl und rannte ins Bad.

Anja fühlte sich verpflichtet, Henry die Wahrheit zu sagen, auch wenn es schmerzhaft sein würde. Sie schrieb ihm eine Nachricht, in der sie ihren und Lilis Besuch ankündigte.

Nachdem Lili sich gewaschen und Zähne geputzt hatte, zog sie sich die Stiefel und den Mantel an, den ihr Anja letztes Jahr gekauft hatte. Er musste dringend gewaschen werden, doch Lili wollte das nicht. Manchmal wirkte es so, als wäre es ein Zauberumhang, der sie unsichtbar machte, sodass sie sich damit völlig angstlos bewegen konnte.

»Dann mal los«, sagte Anja und öffnete die Tür.

Ein kalter Wind wehte herein. Es hatte die Nacht über

wieder kräftig geschneit, und eigentlich müsste sie erst die Einfahrt und den Fußweg freischaufeln, doch sie war so unruhig, dass sie es einfach ignorierte.

Sie setzte Lili auf den Rücksitz und fuhr los.

Während der Fahrt legte sie sich die Worte zurecht, überlegte, was sie weglassen sollte, verwarf den Gedanken dann wieder und beschloss, alles zu erzählen, um Sekunden später dann doch wieder zu hadern. Wütend schlug sie auf das Lenkrad. Warum hatte dieser Arsch sie mit so etwas belastet?

Henry war so sensibel, es würde ihm wehtun, wenn er all das hörte. Seine Mutter, die vergewaltigt worden war, offensichtlich hatte sein Vater sogar Spaß daran gehabt, es zu filmen, der Vater, der gar nicht sein Vater war. Und dieser eine Tag 1997 hatte eine Kaskade an immer mehr Lügen und Verbrechen freigesetzt.

Vor dem Haus atmete sie ruhig durch. Sie kramte Lilis Kopfhörer aus dem Handschuhfach, damit sie in der Wohnung Musik hören konnte und das ganze Gespräch nicht mitbekommen würde. Dann schaute sie in den dritten Stock des Mehrfamilienhauses, in dem Henry wohnte. Am liebsten würde sie umdrehen und einfach so tun, als wäre nichts gewesen, aber es würde sowieso nicht mehr lange dauern, da wüsste ganz Koblenz-Güls, dass Dirk Ludolf verhaftet worden war.

»Tu es jetzt«, forderte sich Anja auf und stieg aus.

Lili lächelte, als sie zu Henrys Fenstern hinauf- schaute. Sie nahm Anja an die Hand.

Bereits im Treppenhaus hörte sie Henry schimpfen. Ihr Magen zog sich zusammen. Was war denn da los?

Eilig rannte sie die Treppe hinauf. Als sie vor der Tür stand, wurde das Geschrei lauter.

»Nein, verdammt. Es ist so schon alles kompliziert, Connor. Ich lasse mich nicht mehr von dir lenken.«

»Ich bin dein einziger Freund«, plärrte eine tiefe Stimme, die Anja aber bekannt vorkam. »Ich habe dich seit dem Heim nicht ein einziges Mal im Stich gelassen. Willst du es mir so danken? Reicht es nicht, dass Malik uns hängen lässt? Wir müssen das tun. Damit du mit deiner scheiß Vergangenheit endlich abschließen kannst.«

»Ich erinnere mich doch gar nicht an das alles«, schrie Henry.

»Aber ich weiß alles. Es ist doch nur noch einmal. Sie haben alle das Glück nicht verdient. Wie oft sind sie uns auf die Eier gegangen mit ihrem übertriebenen Weihnachtsscheiß.«

Dann war es still. Anja war vor Schock erstarrt. Wovon redeten die beiden da?

Lili nahm Anjas Hand, zog leicht daran und sah ihr tief in die Augen. Anja bekam eine Gänsehaut, weil der Blick fast gespenstisch war.

»Connor hat die Familien getötet«, sagte das kleine Mädchen im Flüsterton.

Anja lief ein eiskalter Schauer über den Rücken. Sie starrte auf die Tür, als könnte sie ein Loch hineinbrennen und sehen, was Henry da drinnen trieb. Was meinte Lili damit? Und war wirklich gerade der Mörder der Familien bei Henry in der Wohnung?

Sie nahm allen Mut zusammen und klingelte.

Einen Moment blieb es ruhig.

Dann öffnete Henry die Tür. Sein Anblick war schockierend. Er sah aus, als hätte er nächtelang nicht geschlafen, blass, mit geröteten Augen und rissigen Lippen. Außerdem hatte er ein dickes Veilchen und an seinem Arm einen Verband. »Anja?«

»Ich habe dir geschrieben, dass wir kommen. Ich muss mit dir reden. Was ist hier los? Warum bist du verletzt?«

Henry zitterte, er wirkte völlig außer sich. »Es passt gerade nicht, ich komme später zu euch.«

Stand er unter Drogen?

»Mann, verpiss dich, du Supermutti«, ranzte Henry sie dann plötzlich an. Es war die tiefe Stimme, die ihr kurz zuvor so bekannt vorgekommen war. Sein Gesicht wechselte zu einer bösartigen Fratze.

Starr vor Schock sah sie Henry mit offenstehendem Mund an. Nicht in der Lage, etwas zu erwidern.

»Was glotzt du so dumm? Er will dich jetzt nicht hierhaben.«

Plötzlich wechselte Henrys Gesichtsausdruck wieder in den unsicheren, völlig fertigen Henry. »Connor, lass das! Sie ist meine Mutter.«

Lili kniff Anja in die Hand. Ihre war ganz schwitzig. Offenbar hatte sie Angst.

Das konnte Anja verstehen, denn auch ihr machte die Situation gerade welche.

»Komm rein, Anja«, sagte Henry.

Sie überlegte, ob sie das tun sollte. Doch sie konnte Henry in solch einem Zustand nicht alleinlassen.

Ihr Pflegesohn ging vor ins Wohnzimmer.

Anja schloss die Tür, brachte Lili in die Küche und setzte ihr die Kopfhörer auf, damit sie auf dem Handy einen Film schauen konnte. Dann ging sie ins Wohnzimmer.

Henry hatte sich in eine Ecke des Sofas gekauert und wippte mit den Beinen.

Der Raum war von einer angespannten Stimmung gefüllt, und Anja wusste nicht, wie sie sich jetzt verhalten sollte. Tausend wirre Gedanken rasten ihr durch den Kopf.

Henry starrte einfach in den Raum. Seine Atmung war flach und hastig.

»Du musst stärker sein, Henry. Schwäche ist keine Option«, sagte er dann in diesem tiefen Ton.

Henry ballte die Fäuste, seine Augen verengten sich. »Ich versuche es, Connor. Aber es ist nicht einfach. Ich will doch einfach nur, dass endlich alles aufhört.«

Unruhe durchströmte Anjas Körper, weil sie völlig überfordert war.

»Henry, Schatz. Was ist los?«, fragte sie vorsichtig.

»Henry lässt sich von Connor viel zu sehr einlullen«, sagte er, nun in einem eher ängstlichen Ton. Die Stimme war etwas piepsig gewesen. »Ich habe ihn von Anfang an gewarnt, sich nicht auf Connors Plan einzulassen.« Henry sah Anja dabei an. Aber es war ganz und gar nicht ihr Henry.

»Sei einfach still, Malik. Du Waschlappen brauchst dich gar nicht zu äußern. Du bist ein Feigling.« Es war die tiefe, bösartige Stimme.

»Es reicht!«, brach es schließlich aus Henry heraus, mit seiner eigenen Stimme.

Ein dumpfer Aufprall erfüllte den Raum, als seine Faust auf dem Glastisch einschlug und dieser zerbarst.

Dann war es ruhig. Niemand sagte etwas.

Die Stille war fast erdrückend.

Henry starrte auf seine blutige Hand.

»Du bist verwirrt, nicht wahr?« Es war die piepsige Stimme. »Verloren zwischen all diesen Teilen deiner selbst.«

»Es ist sein Problem«, murmelte die tiefe Stimme mit einer Prise Verachtung. »Du kannst nicht einmal Kontrolle über dich selbst haben. Du wirst niemals das Ganze vergessen. Immer gefangen sein in deiner Vergangenheit, ohne zu wissen, was Vater getan hat. Ich erinnere mich an alles. Wie Patricia, Mara und Linda geschrien haben, wie Mutter tot auf dem Boden lag, wie er sie alle verprügelt hat, dich verprügelt hat. Ich sehe es ganz genau vor mir, wie er Mutter getötet hat, du hast es auch gesehen, aber du willst es einfach nicht mehr wissen. Er hat ihr diese Tabletten eingeflößt, sie hat sie nicht freiwillig genommen. Ich weiß alles von den drei Männern, die dich ins Heim gesteckt haben und nie geholfen haben, so wie sie es versprochen haben. Dieses ganze Glück, das von diesen Möchtegern-Betreuern ausging, die uns weismachen wollten, dass sie für uns da sind, aber zu Hause nur ihr eigenes Glück zelebrierten. Ich hasse sie alle. Ich hasse Weihnachten. Ich hasse Väter.«

Henry kniete sich auf den Boden und verbarg sein Gesicht in den Händen.

Anja hockte sich neben ihn und legte ihre Hand auf seine Schultern. »Schatz, hörst du mich?«

Henry sah sie mit tränennassen Augen an. Sein Gesicht war voller Blut, das er mit der verletzten Hand dorthin geschmiert hatte. Er nickte. »Sie sind ständig bei mir. Ich wollte das alles nicht.«

»Hast du die Familien angegriffen?«, fragte sie vorsichtig, auch wenn sie die Antwort bereits wusste. Lili hatte immer diese Puppenspiele gemacht, nachdem Henry bei ihr gewesen war. Sie war offenbar Zeugin der Gespräche, die Henry mit seinen Persönlichkeiten gehabt hatte.

Anja dachte an die acht Jahre zurück, in denen er bei ihnen gelebt hatte. Öfters hatte es Situationen gegeben, in denen sich Henry merkwürdig benommen hatte, auch mal Reaktionen gezeigt hatte, die sie verwirrend fand. Anja hatte an Selbstgespräche gedacht. Es gab diese Situationen aber selten, und wenn sie auftraten, hatte sich Dirk dann meist Henry angenommen. Ihr wurde allmählich bewusst, dass Dirk wahrscheinlich davon gewusst und es vor ihr hatte verbergen wollen. Deshalb hatte er sich immer so für Henrys Psyche interessiert, er wollte immer nur sichergehen, dass Henry sich auch wirklich nicht erinnern konnte. Nun musste sie sich eingestehen, dass sie einfach viel zu wenig hingeschaut und alles immer mit irgendeiner Ausrede abgetan hatte, anstatt sich ordentlich darum zu kümmern. Wahrscheinlich hatte sie es gar nicht wahrhaben wollen. »Bitte antworte mir, Henry.«

»Es ist Connors Schuld. Er hatte die Idee, er wollte das Glück an Weihnachten zerstören. Er hat es immer gehasst, wenn die Betreuer, Sozialarbeiter oder alle anderen an Weihnachten so glücklich waren, während er nie vergessen kann, was mein Vater jedes Jahr getan hatte. Er hat gesagt, wenn wir diese Familien auslöschen, dann geht es mir besser, und ich kann endlich glücklich werden.«

»Ich dachte, du warst glücklich bei uns.«

»Ich habe mich auch wohlgefühlt, aber in mir steckt trotzdem immer nur diese tiefe Traurigkeit. Ich habe immer gespürt, dass etwas nicht stimmte. Und es war schlimm, dass ich nie sehen konnte, was es war.«

Anja weinte. Sie hielt Henrys Hand. »Ich habe es einfach nicht gemerkt.«

»Es ging ja auch einigermaßen, der Psychologe im Kinderheim hatte mir geholfen, damit ich mich mit Connor und Malik verbinden kann und wir ein gutes Miteinander aufbauen können. Nachdem ich zu euch gekommen bin, waren sie auch gar nicht mehr oft da. Wir haben nur ab und zu gesprochen. Und Dr. Schrader meinte, dass es ausreicht, wenn wir uns gut vertragen. Dann müssten wir nicht über unsere Vergangenheit sprechen. Aber seit einigen Wochen ist es außer Kontrolle geraten. Connor ist ständig ausgerastet. Das war, als vor ein paar Wochen diese Frau entführt wurde, die überall in den Nachrichten war. Ihre Familie hatte die Täter angefleht, sie wieder freizulassen, damit sie sie Weihnachten wiederhaben können. Jeden verdammten Tag kam das in den Nachrichten. Und kurz vor Weihnachten haben sie die Frau wirklich wieder nach Hause gelassen. Connor war so sauer. Er hat geschrien, dass es doch so nicht abläuft. Alles von früher kam wieder hoch, und er hat mir alles erzählt, jedes Detail, was mein Vater den Frauen angetan hat. Ich wollte das alles gar nicht hören. Und dann hat er diesen Plan geschmiedet, weil er glaubte, so endlich Frieden zu finden. Malik hat mich damit alleingelassen und wollte nicht helfen. Aber ich konnte meinem Freund doch nicht in den Rücken fallen. Er war immer für mich da.« Henry schluchzte heftig. »Aber die Kinder? Ich konnte das gar nicht sehen. All das Blut. Er hat sie nur aus Eifersucht getötet, weil sie das hatten, was wir nie hatten. Ich habe sie abgedeckt, weil ich den Anblick nicht ertragen konnte.«

Er verfiel in einen heftigen Weinanfall.

»Schon gut, Schatz. Wir besorgen dir richtige Hilfe. Ich rufe jetzt die Polizei, sie werden dir helfen, okay.« Anja verstand nichts von dem, was Henry versuchte zu erklären. In ihrem Kopf herrschte ein heilloses Wirrwarr. Und die Frage, warum Dirk ein Geständnis abgelegt hatte, drängte sich ihr auf. »Warte hier, ich schaue nach Lili.«

Sie konnte nur hoffen, dass die Kleine nichts von alldem mitbekommen hatte.

Henry sah auf. »Du hasst mich jetzt, oder?«

»Nein, wie könnte ich dich hassen, Henry? Ich werde dich weiter lieben und für dich da sein. Das verspreche ich dir. Du kannst für all das nichts.« Sie umarmte ihren Pflegesohn, damit er auch spüren konnte, dass jedes ihrer

Worte der Wahrheit entsprach. Dann ging sie in die Küche.

Lili hatte noch die Kopfhörer auf und schaute auf das Handy.

Auf dem kleinen Küchentisch lag das Skizzenbuch, in dem Henry immer gemalt hatte. Nicht einmal hatte Anja dort hineingeschaut. War das ein Fehler gewesen?

Sie öffnete es und erstickte fast, so sehr schnürte sich ihre Kehle zu.

Das Heftchen war voll mit Zeichnungen, in denen Männer die Kehlen der Frauen aufschlitzten. Überall war Blut gemalt. Henry hatte auch gezeichnet, wie die Kinder abgedeckt wurden und wie auf den Mann der Familie eingestochen wurde. Wie eine Frau ermordet auf dem Sofa lag, ihr kleines Kind in ihren Armen. So, wie Lili es in der Arztpraxis gespielt hatte. Und bei jedem Fall stand zum Schluss in roter Farbe: ›Das Fest der Liebe hat sie zerstört.‹

Entsetzt schaute sie zu ihrer Tochter.

Lili presste die Lippen zusammen und nahm die Kopfhörer ab.

»Hast du das alles gesehen?«, wisperte Anja völlig unter Schock.

Die Kleine nickte.

»Connor hat sie getötet«, wiederholte sie.

»Du hast gehört, wie Henry geredet hat, stimmt's? Und seine Stimme dabei verstellt hat.«

Wieder nickte Lili.

Nun war klar, warum Lili so viele Details gewusst hatte.

Das schlechte Gewissen rührte sich in Anja. Sie hatte nur Dirk in Verdacht. Sicher war er nicht unschuldig an der ganzen Sache, denn er hatte sie jahrelang belogen, und ganz sicher gab es einen Grund, warum er sich gestellt hat. Hatte er etwa alles gewusst?

Mit zitternden Händen und schmerzerfülltem Herzen wählte Anja die Nummer von Kriminalkommissar Kron.

»Kriminalkommissar Kron.«

»Hier ist Anja Ludolf, ich brauche Ihre Hilfe.«

»Frau Ludolf, wie kann ich Ihnen helfen?«

Anja schluchzte. Sie hatte wirklich nachgedacht, ob sie einfach Dirk im Knast verrotten lassen sollte. Er war doch schuld daran, dass es Henry so schlecht ging. Doch ihr Sohn brauchte dringend professionelle Hilfe.

»Hallo? Sind Sie noch dran?«

»Ich glaube, mein Pflegesohn Henry ist der Mörder dieser Familien. Aber er kann da nichts für, er …«

»Wir sind schon auf dem Weg zu ihm, Frau Ludolf.«

Anja runzelte die Stirn. Woher wusste der Kommissar davon? In ihr stieg Wut auf. Hatte Dirk jetzt doch die Wahrheit gesagt? »Bitte glauben Sie mir, er ist kein Mörder.«

»Wir biegen gerade in die Straße ein. Sind Sie bei ihm?«

»Ja, bin ich. Er ist in keiner guten Verfassung.«

»Wir sprechen gleich.« Der Kommissar legte auf.

Anjas erste Intuition war es, Henry zu schnappen und ihn in Sicherheit zu bringen. Würde das nicht eine gute Mutter tun? Doch dann würde der Albtraum nicht aufhören.

Sie setzte sich zu ihm auf das Sofa und nahm ihn fest in ihre Arme. Er war ein Opfer, kein Mörder. Und er war nicht nur das Opfer eines Mannes, von dem er glaubte, dass er sein Vater war. Er war das Opfer von Dr. Schrader, von Dirk, von seinem Onkel. Wie hätte er da heilen können? Dr. Schrader hatte wahrscheinlich niemals den Willen gehabt, Henry zu helfen, denn die Gedächtnislücken kamen ihnen nur recht. So konnte Henry diese drei Männer nie verraten.

Es hatte keine fünf Minuten gedauert, da klingelte es an der Tür.

Anja streichelte Henry über den Kopf. »Denke nicht, dass mir das leichtfällt. Ich weiß, dass du ein guter Mensch bist. Aber mir bleibt nichts anderes übrig.«

»Schon gut, Anja. Ich gehöre in den Knast. Schon mein Leben lang. Ich bin für die Tode dieser Frauen damals auch verantwortlich, denn ich habe Papa nie verraten. Ich hätte ihnen helfen können.«

»Nein, du warst noch ein kleines Kind. Du hättest so eine Grausamkeit gar nicht miterleben dürfen.«

Es klingelte erneut.

Anja ging zur Tür und öffnete.

Kommissar Kron hielt ihr einen Beschluss vor die Nase. »Das ist ein Haftbefehl für Robin Henry Humboldt. Wo ist er?«

Anja nickte traurig. »Er ist im Wohnzimmer. Bitte seien Sie vorsichtig, er ist psychisch sehr krank. Tun Sie ihm nicht weh.«

»Das haben wir nicht vor. Wir wissen Bescheid.«

»Woher?«, wollte Anja wissen.

»Bei den letzten Opfern wurde DNA gefunden, die wir mit der Ihres Mannes verglichen haben, die aber nur zu fünfzig Prozent übereingestimmt hat. Wir wussten damit, dass es nur jemand von seiner Familie sein konnte. Und da gab es nur drei Möglichkeiten. Seine Eltern, die tot sind, seine Geschwister, die er nicht hat, oder sein leibliches Kind. Von dem Telefonat, bei dem Sie uns haben mithören lassen, wussten wir von dem Umstand mit Henry. Wir waren gerade aus der Justizvollzugsanstalt raus, als der Anruf kam. Dann sind wir noch einmal zurück. Ihr Mann hat uns dann alles gestanden, dass er Henry dabei beobachtet hat und ihn beschützen wollte.

Anja schnaubte. »Ihn oder doch eher sich und seine Freunde?«

»Sicher auch das. Aber er hat uns erklärt, dass Henry seit vielen Jahren an einer dissoziativen Persönlichkeitsstörung leidet, sie wurde damals im Heim diagnostiziert.«

Anja wunderte nichts mehr. »Heißt, Dirk hat das gewusst, mir aber verheimlicht.«

Kommissar Kron presste die Lippen aufeinander.

»Dirk und seine Freunde sind schuld, dass Henry diese Familien getötet hat. Ohne die wäre er nicht in solch einer Verfassung.«

»Das wissen wir, aber wir müssen ihn erst einmal mitnehmen. Machen Sie sich keine Sorgen, er bekommt die Hilfe, die er benötigt, das versichere ich Ihnen.«

Anja führte die beiden zu Henry ins Wohnzimmer.

Dieser erhob sich und reichte sofort seine Hände. »Es tut mir leid.«

Sein Gesichtsausdruck zerriss Anja fast das Herz. Es tat ihm wirklich leid.

34

EIN PAAR TAGE SPÄTER

»HEY ROMY.« Mathias erschrak, als er mitten in der Nacht in die Küche gekommen war und Romy im Dunkeln saß. »Kannst du auch nicht schlafen?«

»Nein. Irgendwie will mir der ganze Fall nicht aus dem Kopf gehen. Da gab es so viele kranke Verstrickungen, dass mir ganz schlecht davon wird.«

Mathias nickte. »Geht mir genauso.«

Als sie herausgefunden hatten, dass Frau Ludolfs Pflegesohn der Mörder der Familien gewesen war, war ihm anders geworden. Sie hatten die ganze Zeit nach den Falschen gefahndet. Auch wenn Herr Schrader und Herr Humboldt keine Engel waren, getötet hatten sie die Opfer nicht.

»Ich habe mich wirklich lange mit dieser Krankheit beschäftigt, die letzten Tage«, fuhr Romy fort. »Es ist so schwer zu begreifen. Henry ist ein so guter und liebenswerter Junge, unfassbar, dass er ganze Familien getötet hat, obwohl er es gar nicht war. Das klingt so skurril.«

»Henry hat das in der Tat nicht getan. Er konnte sich ja an nichts aus seiner Kindheit erinnern und hat dementsprechend auch keinen Groll gehegt. Connor, eine seiner

Persönlichkeiten, hatte die Erinnerungen in sich, all das, was Henrys Vater getan hat, und trug somit den Hass mit sich, den er auf Väter projiziert hat. Das hat er auch so in den Morden symbolisiert, als er wie wahnsinnig auf die männlichen Opfer eingestochen hat.«

»Du warst ja gestern bei der Befragung mit in der Klinik. Hat Connor auch gesprochen? Wie kann ich mir das vorstellen?«

»Die Betroffenen verändern sich dann. Henry bekam einen anderen Gesichtsausdruck, seine Stimme und Körperhaltung haben sich verstellt. Es gibt verschiedene Arten, bei manchen Erkrankten erkennt man das als Außenstehender nicht. Aber Henry hat eine dissoziative Störung mit Besessenheit, da sieht und spricht er mit den Persönlichkeiten und lässt diese auch sprechen. Connor hat während der Befragung Partei für Henry ergriffen, dass man ihn nicht bestrafen solle, und hat gestanden, dass die Morde alle seine Schuld sind.«

»Aber warum? Warum hat er die ganzen Familien über die Weihnachtstage hinweg ermordet? Warum jetzt?«

»Laut dem forensischen Psychiater war der Auslöser die Entführung der Frau, die vor Wochen durch die Medien ging. Sie wurde vor Weihnachten freigelassen, und das hat Connor wütend gemacht. Er plante, an jedem Tag des Festes das Glück und die Liebe zu zerstören, die Henry nie erfahren durfte. Damit wollte er seinen Hass auf das Fest der Liebe besonders unterstreichen. Die Männer hat er als Symbol für Henrys Vater getötet, die Kinder aus Eifersucht, weil Henry nie das hatte, was die hatten, und die Frauen haben im Kinderheim immer wieder darauf beharrt, dass Weihnachten groß gefeiert wird, obwohl Henry gesagt hat, dass er Weihnachten nicht mag. Connor empfand das als Folter für Henry, weil der ja nur traumatische Weihnachten kannte.«

Romy sah Mathias an. »Wie verrückt. Deshalb ging es ihm bei Familie Ludolf erst einmal gut, er hat laut seiner Pflegemutter immer Weihnachten mitgefeiert. Bis dann diese Entführung Thema wurde. Das hat das Trauma wieder aktiviert.«

»Genau, weil Henry bei Dr. Schrader nicht die Therapie bekommen hat, die er gebraucht hätte.«

Romy seufzte. »Ich bin so fassungslos, dass er ohne Weiteres in der Lage war, die Kehlen der Frauen und Kinder aufzuschlitzen.«

»Der Psychiater vermutet, dass das wegen der Erfahrungen war, die er als Kind gemacht hat. Sein Vater hat den Frauen die Kehlen aufgeschlitzt, nachdem er sie verprügelt hat. Das könnte er in seinem Unterbewusstsein abgespeichert haben und so dann auch die Frauen getötet haben.«

»Und warum die Kinder?«

»Keine Ahnung. Das versteht der Psychiater wohl auch noch nicht.«

»Ich kann nachvollziehen, dass Connor quasi diesen Hass auf Weihnachten hatte, dass die Sozialarbeiterinnen, die er aus dem Heim kannte, ihm zu glücklich an Weihnachten waren, darum diese Botschaft an die Welt, dass sie allein deshalb am Fest der Liebe sterben mussten. Den Weihnachtsrock hat er ihnen als Verhöhnung angezogen, weil sie Weihnachten ja so liebten. Aber warum diese unterschiedlichen Herangehensweisen? Selina Masberger auf einen Stuhl gefesselt, Manuela Reuter mit Kind im Arm. Warum durch den Keller ins Haus, warum dann zur Eingangstürtür wieder raus und die offen lassen? Ich kann dem nicht folgen.«

»Das liegt daran, dass Connor eben nicht alleine war.

Der hatte den Plan, durch den Keller ins Haus zu gelangen, damit er dort den Strom abstellen kann. Henry war derjenige, der aus der Haustür raus ist und sie offen gelassen hat, weil er gehofft hat, dass die Opfer irgendwie doch noch rechtzeitig gefunden werden. Er war es auch, der die Kinder zugedeckt hat, weil er den Anblick gar nicht ertragen konnte. Und Connor wollte die Frauen gern im Weihnachtsrock auf dem Stuhl gefesselt präsentieren, wie er es bei Selina Masberger getan hat. Doch bei Manuela Reuter lag der Sohn nicht im Bett, damit hat er nicht gerechnet. Es hätte zu lange gedauert, ihn erst nach oben zu tragen, weil Henry sowieso nicht so richtig mitgespielt hat. Also hat er sie beide an Ort und Stelle getötet und fand das Bild, das uns ziemlich fertiggemacht hat, dann sogar noch schöner und dramatischer. Deshalb hat er es so belassen.«

»Einfach nur unbegreiflich. Wenn Dirk Ludolf nicht herausgefunden hätte, dass er der leibliche Vater ist, wäre das alles vielleicht nie passiert.«

»Dirk Ludolf hat alles falsch gemacht. Er hätte seinem Sohn lieber helfen müssen. Stattdessen haben er und Dr. Schrader Henry gelenkt, damit sie seine dissoziative Störung irgendwie geheim halten konnten, an deren Ausbruch sie nicht unschuldig waren. Sie haben seinen Vater jahrelang gedeckt, als der Frauen ermordet hat, haben den Jungen in so einem Umfeld aufwachsen lassen, haben den Vater getötet und Henry in dem Glauben gelassen, dass er schuld wäre. Und ihn anschließend im Stich gelassen. All diese traumatischen Erlebnisse haben diese Erkrankung ausgelöst. Bei Henry wurde sie dann auch noch so schlimm, dass eine seiner Persönlichkeiten zum Mörder geworden ist, das ist ja meist nicht der Fall. Menschen mit dieser Störung sind in der Regel keine Mörder. Und das alles haben Ludolf und

Schrader nur gemacht, um diese Vergewaltigung an Henrys Mutter zu vertuschen.«

»Es war der größte Fehler, dass Ludolf den Jungen auch noch nach Hause geholt hat. Das konnte nur schiefgehen.«

»Ja, damit begann wieder ein Martyrium für Henry, denn er wurde erneut Opfer dieser Machenschaften der drei. Bei Dirk Ludolf spielten wahrscheinlich wirklich Vatergefühle eine Rolle. Er hat vom Heim erfahren, dass Henry an der Störung leidet, Gedächtnislücken hat, und wurde gewarnt, was auf ihn zukommen könnte. Gerade an Weihnachten brach es stets am schlimmsten aus. Sein Betreuer Jannes konnte gut damit umgehen und empfahl, ihn im Heim zu belassen, damit er ein gewohntes Umfeld hat, seinen Therapeuten behält, der Henry gut behandelt hatte. Aber Ludolf wollte ihn bei sich haben, doch sein Geheimnis durfte trotzdem nicht herauskommen. Er hat sich an seine Freunde gewandt, und sie schmiedeten gemeinsam einen Plan.«

»Dr. Schrader hat die Therapie übernommen. Was für ein krankes Spiel.« Romys Kiefer mahlte.

»So hatte er alles unter Kontrolle. Er hat die dissoziative Störung nicht richtig behandelt, indem er die Persönlichkeiten eher getrennt gehalten hat, statt sie zusammenzuführen. Er hat Connor eingeredet, dass er Henry niemals verraten darf, was früher in dem Haus geschehen war, weil es ihn zerstören könnte. Er hat sowohl Connor als auch Henry weisgemacht, dass die Erinnerungen eines Tages von ganz allein zurückkommen würden. Aber er wollte diese Pseudotherapie schlussendlich nur machen, um eingreifen zu können, wenn Henry angefangen hätte, sich an die Männer zu erinnern.«

»Und dabei haben sie sogar in Kauf genommen, dass

eine seiner Persönlichkeiten mordet, weil Connor irgendwann durchgedreht ist. Und richtig krank ist, dass Ludolf ihm nachts sogar gefolgt ist und gesehen hat, wie er in die Häuser eingestiegen ist. Er hat es seinen Freunden gesagt, nachdem wir vom ersten Mord in der Presse gesprochen haben, doch die wollten nichts unternehmen. Dirk Ludolf hat sich sogar geopfert und die Morde auf sich genommen, um einerseits Henry zu schützen, aber viel mehr noch seine Freunde, die ihm schon das Gesicht poliert haben, weil sie alle es für eine Scheißidee hielten.« Mathias streckte sich und gähnte. »Sie alle sind mitschuldig an den zahlreichen Opfern. Und alles nur, um ihre Ärsche vor den Folgen eines früheren Verbrechens zu retten.«

»Manchmal frage ich mich, warum ich nicht einfach Buchhalterin geworden bin, um mich mit Zahlen und Buchungen zu beschäftigen, statt diese kranken Fälle zu bearbeiten. Ich mag gar keine Kinder in die Welt setzen.«

»Du wärst aber eine wunderbare Mutter. Und deine Kinder wären bei so einer top Polizistin in guten Händen.«

Romy lächelte. »Ich brauche ja auch erst einmal einen Mann.«

»Der kommt noch. Warte es ab.« Mathias erhob sich. »Gehen wir schlafen. Morgen früh jagen wir Schrader und Humboldt weiter. Ich werde niemals aufgeben, sie zu finden. Eher gehe ich nicht in Rente.« Er zwinkerte.

»Na dann haben die ja noch viele Jahre Zeit, um gefunden zu werden.« Sie lachte.

Nervenkitzel, gepaart mit festlicher Spannung im Hochsommer. Genau so sah das bei mir aus, als ich diesen Weihnachtsthriller geschrieben habe. Ich saß bei 40 Grad in meinem Dachgeschossbüro und schrieb vom kalten Winter, Glühwein und Weihnachten. Den unwiderstehlichen Duft von Glühwein habe ich mir eingebildet, während ich über dunkle Geheimnisse und überraschende Wendungen nachgedacht habe. Und die bezaubernde Atmosphäre der Weihnachtszeit hat mich inspiriert, Verbrechen zu verüben – zumindest auf dem Papier. Also, wenn du beim Lesen das Gefühl hattest, Sommerwellen rauschen zu hören, dann habe ich wohl etwas falsch gemacht.

Aber nun ist es Zeit, ein wenig Dank loszuwerden.

Ich möchte dem Zeilenfluss Verlag danken, der an meine Idee geglaubt und mit dem Titel die Faust aufs Auge getroffen hat. Zudem danke ich für das Vertrauen in meine Bücher und dass er somit Mathias Kron ein Zuhause geschenkt hat.

Meine Polizistin Steffy stand auch wieder stets bereit und hat mir bei Fragen zur Seite gestanden, damit die Ermittlungen im Winter nicht in einem Schneehaufen steckengeblieben sind. Danke dafür.

Ein weiteres herzliches Dankeschön gilt meiner Lektorin Luise. Du hast dich in mein Manuskript eingeschlichen und wirre Gedanken entwirrt. Wenn dieser Thriller logisch ist, dann weil du mir weihnachtliche

Anmerkungen geschenkt hast, um die Spannung noch zu erhöhen.

Und meine geschätzten Leser:innen, die ihr diese Seiten umblättert und euch auf dieses Abenteuer einlasst – ihr seid die wahren Held:innen dieser Geschichte. Ohne euch wären meine Geschichten nur Buchstaben auf Papier. Ihr gebt meinen Worten Leben, und dafür danke ich euch von Herzen. Ich kann gar nicht müde genug werden, euch zu sagen, wie dankbar ich für diesen Traum bin. Bitte unterstützt mich weiterhin mit Rezensionen, Teilen der Bücher, Weitersagen und so weiter, damit ich diesen Traum noch lange weiter erleben darf. Ihr motiviert mich auch aus dem tiefsten Loch heraus, immer weiterzuschreiben, auch wenn mein Stundenlohn manchmal nur 2,10 Euro beträgt. Eure Begeisterung treibt mich an.

Und wer es noch nicht weiß, ich habe ein Kompliz:innen-Team, das mir bei jedem Verbrechen unter die Arme greift, exklusive Gewinnspiele hat und regelmäßig Kurzgeschichten von mir bekommt, mit sich als Hauptfigur. Hast du Lust, dazuzukommen? Dann melde dich jetzt zu meinem Kompliz:innen-Letter an auf www.andreareinhardt.de/newsletter und erhalte schon eine Stunde später deinen ersten Mini-Krimi mit dir als Hauptfigur. Außerdem nimmst du automatisch im angemeldeten Monat an der Ziehung zum/zur Kompliz:in des Monats teil und kannst ein signiertes Buch aus meiner Feder gewinnen. Und du nimmst jedes Jahr an der Jahresziehung teil zur Kür des/der Kompliz:in des Jahres und hast die Chance, ein buchiges Paket zu gewinnen. Ich freu mich dich dort zu sehen.

Und nun schnapp dir eine Tasse heiße Schokolade (oder etwas Stärkeres) und genieße die winterlichen und weihnachtlichen Tage, die auf uns zukommen. Und gib

Acht, wenn die Glocken läuten und die Schneeflocken fallen, dann kommt das Grauen mitten in der Nacht.

Frohe Weihnachten!

Und solltest du das Buch außerhalb der Weihnachtszeit gelesen haben, dann kommt das nächste Weihnachten ganz bestimmt, denn meine Weihnachtsgrüße sind magisch, sie gelten jedes Jahr für dich.

ÜBER DIE AUTORIN

Andrea Reinhardt wurde 1981 in Sachsen-Anhalt geboren. Sie war lange Jahre als Kinderkrankenschwester tätig, ehe sie sich dem Schreiben widmete. Anders als die meisten ihrer KollegInnen hat sie zuvor weder den Wunsch geäußert, je Schriftstellerin zu werden, noch hatte sie schon immer Interesse am Schreiben. Es war eine Mischung aus Neugier, Skepsis und Belächeln, die sie schlussendlich zum Schreiben gebracht hat. 2017 veröffentlichte sie ihren ersten Thriller, der drei Jahre später in die Top 100 der Amazon-Charts einzog.

Seit 2020 ist sie Vollzeitautorin und veröffentlicht regelmäßig spannungsgeladene, perfide, dramatische und emotionale Thriller.

»Es sind die Meinungen und die Faszination meiner LeserInnen, die mich weitertreiben, motivieren und meinen Beruf zu dieser Großartigkeit machen.«